어쩌면
우리는 모두가
여행자

어쩌면
우리는 모두가
여행자

달 출판사 〈내 여행의 명장면〉
공모전 당선작 모음집

차례

여행이라는 뜨거운 축제

그냥 이야기를 듣고 싶어서

여행자는 본능적으로 뭔가를 남기려 한다. 여행을 다녀온 후여서 더 그렇다. 시간이 지나면 기억하지 못할 수도 있는 그 아련한 시간들을 저장하려는 노력은 저마다 아름답다. 그것이 글이 됐든 사진이 됐든, 말로 전하려는 것이 아닌 기록에 가까운 형태를 취하면서 타인과 공유할 준비를 해놓는다. 자, 이제 어느 정도 축적되었다면 그것을 언제 어느 때 발사하느냐의 문제만 남아 있는 것이다.

아닌 게 아니라 실제로 달 출판사 편집부에는 여행자들의 투고가 참 많다. 하지만 이 계절 간절한 것이 빙수 한 그릇이듯 한 권으로 다 묶을 수 없는 원고를 읽기보다는 짧으나 상큼하면서도 가슴 뛰는 원고를 읽고 싶은 마음이 고개를 들었다.

긴 호흡의 글을 쓰는 것은 누구에게나 부담스러운 일이다. 긴 시간을 매달려 한 권 분량의 글을 쓰지 못하지만 저마다의 방식으로 다녀온 여행자들의 여행 이야기는 얼마나 표정이 깊을지 궁금했다. 그리고 '내 여행의 명장면'은 무엇인지 그 이야기들을 꼭 한번 듣고 싶었다.

한 권짜리 긴 이야기가 아닌 한 토막 이야기에다 한 여행자가 다녀온 길과 만난 사람과 그 느낌들을 다 담을 수는 없겠지만 그래도 그 이야기들을 밤

새워 읽을 기회가 있다면 누구보다 행복한 사람이 될 거라는 욕심에서 공모전의 첫 발을 내딛게 되었다.

과연 많은 이야기들이 도착했다. 약 600여 명의 여행자들로부터 1,000여 편이 넘는 이야기들이 배달되었다. 행복하지만은 않은 일이 벌어졌다. 막 누른 전송 버튼의 속도를 타고 도착한 산더미 같은 원고 앞에서 달 편집부는 일순간 올 것이 오고 말았다는 분위기 속에 잠시 침묵했다. 한 권의 책에 묶이지 못하는 사람들이 있을 것 같아 괜한 일을 벌인 것은 아닌가 싶어 미리부터 걱정이 앞서기도 했다.

글을 읽다가 글 쓴 사람이 보고 싶어지는 이유는

① 어떻게 쓸 것인가, 무엇을 쓸 것인가를 고민해서 쓴 글들은 별 시선을 끌지 못했다.

② 어디에 다녀왔고 무엇을 보았다는 식의 서술이 넘쳐나는 글 역시도 읽는 동안 고통스러웠다.

③ 과연 얼마나 자신의 여행 속에 젖어들었는가 하는 정도에 따라 큰 점수를 주거나 그러지 못했거나.

④ 결국 중요하게 생각한 것은 스타일이었다.

⑤ 슬쩍 프로의 느낌을 풍기면서 설득력을 동반한 원고에 낮은 점수를 줄수는 없었다. 처음엔 "어?"라고 시작해서 원고를 다 읽을 때는 "아!"로 끝나는 원고에 세상 모든 편집자는 주목할 수밖에 없는 법.

⑥ 읽는 내내 여행에 동행하고 있다는 느낌을 주는 원고 또한 매력 이상의

호기심을 자극했다. 먼 곳의 이야기를, 혼자 경험한 이야기를 하고 있음에
도 줄곧 같이 하는 느낌을 준다는 것은 얼마나 잘 쓴 글이겠는가 말이다.

실제로 얼굴을 보고 여행한 이야기들을 듣고 싶을 정도로 글을 쓴 사람이
누구인지가 궁금했던 순간도 많았음을 고백한다. 어떤 여행 이야기는 한
사람의 향기에 관여하고 결국 그 한 사람이 어떤 사람인지를 짐작하게 하
니까.
1,000여 편의 원고를 분류하고 모든 원고에 일일이 점수를 달아 나에게 넘
겨준 달 편집부의 김지향, 이희숙 에디터와 박선주 인턴 에디터의 아름다운
노고에 특급 칭찬을 아끼지 않는다.

우리들의 진짜 직업은 여행자라고

그사이 여행자들은 어디 한군데 모여 축제를 벌이고 싶었던 게 아닐까 하는
생각이 들 정도로 이번 '여행기 공모전'의 열기는 상당했다. 같으면서도 다른
길을 걸었던 그들이 결국은 외롭고 쓸쓸할 수밖에 없는 여행자였다는 사실
을 토로할 장이 필요했던 것도 같다. 물론 여행을 통해서 행복했다는 사실
까지도. 달 출판사의 이번 여행기 공모전을 통해 그 장이 마련될 수도 있을
것 같다는 의도와는 달리 많은 응모자들의 열정을 한데 모을 수 없었다는
아쉬움이 결국은 취지와 의도를 풍성하게 해줄 수는 없었다. 그럼에도 축제
를 벌이려고 했지 게임이나 경쟁을 하려는 의도는 없었음을 밝히고 싶다.
이 한 권의 책에 자신의 글이 묶이게 된 여행자들에게는 박수를, 안타깝게

도 그렇지 못한 여행자들에게는 따뜻한 박수를 보낸다. 비록 도전의 결과
는 좋지 않았으나 우리 모두는 세상의 기준이나 자신의 형편과 상관없이
여행을 사랑하는 사람들일 테고, 앞으로는 겨우 쓰는 일만이 아닌 더 큰 여
행을 통해 성장을 멈추지 않을 것이라는 걸 누구보다 잘 알고 있으니까. 어
떤 일을 앞에 두고 되고 안 되고의 문제로 안절부절하기보다는, 삶을 바라
보는 태도가 어떠냐에 따라 우리가 딸려가느냐, 끌어가느냐를 결정지을 것
이 명백하므로.

우리 여행자들의 책 『어쩌면 우리는 모두가 여행자』는, 이제 세상은 '여행의
시대'를 넘어 '여행자의 시대'로 접어들고 있음을 선언하는 의미의 책이다.
세상은, 세상의 구석구석은 세상 모든 여행자를 맞이할 준비를 마친 상태이
고, 어느 곳이든 여행자의 자격으로 가지 못할 곳은 없다는 사실이 증명된
시대에 살고 있다. 이제 세상의 주역은 누구도 아닌 '여행자'다.

이토록 다채로운 시선과 경험이 담긴 여행 글들이 한 권의 책으로 묶인다
는 것은 세상에 흔치 않은 일임을 굳이 내세우지 않더라도 이 책의 향기는
특별할 정도로 자극적이고 발칙하며 식감 또한 사랑스럽다.

이 책을 출간한 이유에 대해 누군가 묻는다면 ; 우리는 여행자로 태어나 여
행자로 살고 있는 것이고, 그것이 인생이나 삶에 있어 우리가 잘 살아야 하
는 이유를 이해받을 수 있는 유일한 근거라는 사실을 모두 알게 되기를, 나
는 바라는 것이다.

달 출판사, 이병률 씀

흔들린다,
훔쳐본다,
휘둘린다

———

강 지 혜
:

하는 일_ 학원 강사
여행지_ 남인도

흔 들 린 다

기차는 첸나이로 가고 있었다. 남쪽으로 내려가는 3A칸이었다. 맨 꼭대기 층이 내 자리였다. 천장만 몇 시간째 쳐다보다 내려왔다. 인도의 기차는 여자의 길게 땋은 머리처럼 자꾸 잡아당기고 싶다. 건드리고 싶다. 한없이 쳐다보게 된다. 통로로 내려와보니, 머리를 짧게 깎은 꼬마가 뛰어다니며 조부모인 듯한 노부부에게 칭얼대고 있었다. 아이는 곧 나를 보았다. 아이가 물었다.

"점심은 뭐 먹었어요?"

배낭은 너무 크고, 나는 아무 곳에서나 내려도 상관없다고 생각했다.

"왜? 내가 뭐 먹었는지 궁금하니?"

되물을 수밖에 없었다. 난 혼자였고, 그들의 그물망에 들어 있지 않았다. 가족이나 친척, 연인, 이웃도 아닌 사람의 배 속을 왜 궁금해하겠는가. 아이는 내 질문에 곧바로 고개를 끄덕였다. 그러곤 상체를 쭉 펴며 배를 두드렸다. 거기에 뚜껑이라도 달아서 보여달라는 듯이. 다정하거나 의심하거나. 나는 하루 전 내 배 속에 머문 음식들을 말해줬다. 아이에게 "여긴 비어 있어. 아무도 놀러오지 않았어"라고 답하긴 싫었다.

"라임 소다와 코코넛 쿠키, 석류 반 개, 그리고 야채 커리."

잊혀졌던, 꼬리뼈 부근을 떠돌던 시간들이 돌아오고 있었다. 다시 돌아온다. 본 적도, 만진 적도 없는 사람이 던진 단 하나의 질문으로 손쉽게 불려오고 있었다. 떠나기 전에도 떠난 후에도 떠나 있는 중에도 나는 내 것이 아니었다. 다른 사람들은 내가 뭘 원하는지 기막히게 알고 있었다. 나만 빼고 모두 나를 알고 있었다.

나는 아이의 손에 들린 비닐봉지였다. 한 주먹 조금 넘는 좁은 물속에서 숨쉬는 주홍 금붕어였다. 꽉 쥔 비닐봉지 속에서 세상을 둘러보는 금붕어가 되어 있었다. 아이가 희고 부드러운 이로 나를 깨물지도 몰라. 불안하지만 아름다웠다. 아이가 가진 이와 내 입속에 있는 건 전혀 다른 것 같았다. 벌써 나를 낚아서, 파닥거리게 만들잖아. 날 깨물라고 주홍 비늘이 가지런히 누워 있는 옆구리를 보여주고 싶다. 아이는 아이가 아니다. 내가 그 자리에 없었던 것처럼 아이는 금세 창밖을 보았다. 아이의 거무스름한 손안에서 나는 빠져나오고 있었다. 그렇게 아이는 내 팔목과 손을 몇 번 쓸어보더니 가버렸다. 비슷하지만 다른 색의 피부와 언어가 지루해진 모양이었다.

아이의 할머니가 일어나 손을 내밀었다. 물고기가 미끼를 물 듯 아이가 덥석 잡았다. 그리고 고개를 돌려 나에게 손바닥을 보여주다가 얼른 주먹을 쥔다. 안녕, 잘 가. 오늘 내 점심의 주인. 세상에서 내 점심식사를 궁금해하는 사람이 있었다. 주인이라고 불러주고 싶었다.

사람들의 졸음이 길게 엮여 흔들렸다. 기차는 역을 계속 지나쳤다. 사람들의 희고 가지런한 치아가 내는 소리를 가만 들었다. 도마 위에서 침묵하는 양파처럼 규칙적으로 썰리고 다져지고 있었다. 다시 졸음이 왔다. 서로를 모르니까 우리는 이렇게 따뜻한 노래가 된다. 노래는 쉽게 시작되었다. 혼자 앉아 있는 동안 알아듣지 못하는 말들을 '점심'으로 먹었다.

훔 쳐 본 다

내가 나여서 예쁜 시간이 있었다. 젖은 머리칼 끝에 고인 물방울이 어깨로 떨어지고 두 번 접은 흰 양말이 복사뼈를 살짝 덮었다. 내가 타는 버스는 6시 20분에 문을 열었다. 똑같은 시간이어도 어느 계절엔 해가 떴고 어느 계절엔 새벽별을 보기도 했다. 잘 자. 솜이불을 목까지 끌어올려 덮어주는 사람도 만났다. 내 맘속의 철조망을 젖은 혀로 핥아주는 사람도 보았다. 가끔 철조망이 침에 젖어 말랑말랑해지기도 했다. 담의 어깨에 박힌 병조각처럼 아프지만 반짝였다. 빛은 아프게 색을 입을 줄도 알았다. '예전'이라는 말 안에 흉한 무늬들도 함께 들어갔다. 차곡차곡 쌓였고 층을 이뤘다. 스물이 금세 지나갔다.

에그모어 역 주변은 붐볐다. 가로등만 부족할 뿐 어둠 속에서 사람들이 분주히 지나갔다. 밤이 되어도 자는 사람 없이 거리는 보글보글 끓었다. 검은 냄비 속에 들어 있는 것 같았다. 누군가 우릴 자작하게 졸이고 있었다. 떠도는 공기 속에 흐느낌은 없었다. 그런데 자꾸 코가 시큰했다. 모두의 울음인지도 몰랐다. 사람들은 계속 쏟아져나왔고, 움직였고, 어디론가 걸어가고 있었다. 늦은 밤, 산책이라고 나왔지만 마땅히 갈 곳은 없었다. 역을 향해 걸었다. 내일 아침을 위해 역 안에 있는 빵집을 향해 길을 건넜다. 역에는 바닥에 앉거나 서서 끼니를 해결하는 사람들이 많았다. 심야의 기차는 사람을 기다리게 하고 그렇게 길들였다. 길들여지면 사람은 더 다정해지는가보다. 사람들은 신랑이 오길 기다리는 들러리처럼 눈을 내리깔고 오므린 손가락을 입으로 가져갔다. 나는 비닐봉지 가득 빵을 사서 담았다.

건기에는 비가 거의 오지 않는다고 했다. 거짓말처럼 비가 내렸다. 정수리에 닿는 빗방울을 느끼면서 궁금해졌다. 비가 없는 몇 개월을 어떻게 살 수 있을까. 당신들의 손빨래, 젖은 눈썹, 입안을 횡단하는 칫솔의 행방. 다 무엇으로 씻을 수 있을까.

갑자기 내린 비에 놀라는 사람은 없었다. 다들 의연하게 걸었다. 나는 가게 차양 밑으로 들어갔다. 거기엔 노란 사리(sari)를 입은 중년 여자와 남자가 큰 가방에 기대앉아 이야기를 나누고 있었다. 옆에는 5, 6학년 정도로 보이는 소년이 웅크린 채 누워 있었다. 소년은 얇은 천 하나를 몸에 감고 있었다. 가게의 셔터는 내려져 있었다. 세 사람이 어둠 속에서 흰자위가 두드러지는 눈으로 나를 보았다. 소년이 나와 오래 눈 맞추었다.

헬로. 볼수록 큰 눈을 감싼 흰자위가 깨끗해 보였다. 주먹밥처럼 부드럽고 따뜻해 보였다. 나는 어둠과 비에 겁을 먹어서 입술만 달싹여 인사했다. 묵음의 인사였다. 소년은 어둠에 완벽히 녹아들어 있었다. 가게 밑 네모난 어둠이 온통 소년의 몸통 같았다. 바다의 차가운 기운이 소년의 어깨를 찌를 것이다. 소년은 언제 클까. 이미 큰 것일까. 소년 또한 이 거리의 젖을 빨고 금방 크겠지. 아니면, 반짝이는 유릿조각을 사랑하며 하루 만에 남자가 될 지도 모른다. 어느 날 담에 깨진 병조각을 꽂고 있을 것이다. 출입금지.

다만, 손가락과 뼈 마디마디와 작고 순정한 고환을 돌아나오는 시간을 소년 이 잘 쥐고 있었으면 했다. 소년이 낡은 내 운동화를 쳐다보았다. 나는 주저 앉아 손으로 복사뼈를 살짝 가렸다. 사람들은 여전히 깜빡이는 전등 아래 서 신랑을 기다리고 있었다.

휘 둘 린 다

꿈을 꿨다. 웨딩드레스를 입고서 내 얼굴에 뜨거운 물을 붓고 있었다. 스물 일곱이 되어도 떨어지는 꿈은 계속됐다. 당신과 나의, 갓 한 밥처럼 따스하 고 촉촉한 아이를 낳는 게 바람인 적이 있다. 무엇을 한 적이 있다, 라는 말 은 녹슨 쇠사슬 같다. 깊게 끌린 자국은 바다에서야 끝이 날 것이다.

로컬 버스를 타고 트리반드룸으로 가는 길이었다. 코치에서 세 시간 반 정 도밖에 걸리지 않는다고 했다. 자리에 앉으려고 눈치 싸움을 하다가 머릿기 름을 잔뜩 바른 청년과 블루투스를 끼고 전화하던 아저씨 사이에 겨우 앉 게 되었다. 셔터 같은 두껍고 주름진 창을 내리니, 버스 안은 상영을 시작한 영화관 같았다. 빛은 운전사에게만 쏟아졌다. 우리는 구경 외에 할 것이 없 었다. 꼼짝없이 잡힌 포로였다.

당신과 내가 나란히 앉아 있었다. 버스가 길을 따라, 뒤척이는 대로 우리도 뒤척였다. 우리는 대접 속에서 오물조물 무쳐지는 나물처럼 고소해. 아니야, 계란물을 입은 애호박 같기도 해. 아니야, 수제비 반죽처럼 점점 우리 사이에 공간은 사라지고 살점만 남아 하나의 덩어리가 됐어. 나는 나를 혐오하지만 네 손에서 달싹이는 것들은 보석이다.

저 아이는 뭘 만지는 걸까? 입에 대고 맛보는 저건 대체 뭘까? 대체 뭐야. 이런 게 내게 있었다고? 우린 길 위에서 서로의 어깨를 치며 반짝이는 걸 함부로 토했다. 깔깔거리는 웃음소리에 사람들이 죄다 돌아보았다. 돌아보지 않으면 못 배길 만큼 손등에 마구 끈적거리는 웃음을 흘렸다. 손이 주머니 속을 더듬을수록 더 깊어졌다. 네 주머니 속은 달거나 시구나? 가지런히 개킨 너와 내 흰 셔츠들이 나란히 놓였다. 네 윗니는 참 오긋해. 우린 흔들리는 버스 안에서 서로의 졸음과 덧니, 혀를 바꿔 끼웠다. 졸음이 묻은 당신의 손가락을 핥기도 했다. 어디선가 멈추고 내려야 한다는 것이 악몽처럼 느껴졌다. 끔찍하다는 말은 이럴 때 써야 하는 거야. 깍짓손에 힘을 주고 우리는 눈으로 웃으며 서로의 입을 막았다.

조용히 해. 너무 많은 게 새어나가잖아.

누군가 내 어깨를 두드렸다. 어둑한 성냥갑 같은 로컬 버스 안이었다. 나는 머릿기름 청년의 어깨에 거의 꼬꾸라지다시피 머리를 박고 있었다. 양옆의 검은 어깨가 내게 고해성사를 시킨 것 같았다. 나는 오점만 남기는 곪은 여드름. 부드러웠지만 자꾸 만지고 싶었고 그래서 곪았고 이제 곧 노란 물과 피 흘리며 터질 일만 남았지. 피가 나와야 진짜야. 면봉을 들고 거울만 뚫어져라 보던 언니가 중얼거리던 말이었다. 나는 거울에 튄 노란 고름에 놀랐다. 눈은 벌써 붉어져서 눈물이 맺혔다. 내게도 그런 일이 일어날 줄은 모

르고 힘껏 웃고 만졌는데, 항상 생각보다 아팠다. 옆자리에 앉아 있던 아저씨가 내게 붉은 눈을 맞추며 말했다.

"내 블루투스가 사라졌다."

귓속으로 끈끈하게 흘러들던 오후의 잠이 달아나고 있었다. 나는 아저씨의 잃어버린 귀 한쪽을 찾는 시늉을 했다. 어쩌면 이 흔들리는 버스가 나를 놀리는 중일지도 몰라. 꿈꾸는 자를 깨우는 사람에게 주는 가혹한 벌이 있으면 좋겠다고 생각했다.

이곳에선
모두가
다른 속도로

고현주
:

하는 일_ 디자이너
여행지_ 제주 우도

사무실에서 긴박하게 울리는 전화벨, 점심시간 동료들의 명랑한 수다, 퇴근
길 상점에서 흘러나오는 커다란 노래. 도시에 사는 사람들에게 익숙한 소리
들이다. 이런 소리들은 사람들의 생활에 밀접하게 닿아 있지만 결코 큰 작
용을 하지는 못한다. 단지 생활의 작은 부분만 담당할 뿐이다. 그러나 지금
우리의 삶이 평탄하지 않다고 가정해보자. 예컨대 마음에 생긴 생채기가
아물지 못하고 고름을 쏟아낼 때나 나를 방해하는 보이지 않는 힘이 지속
적으로 느껴질 때 우리는 점차 슬픔과 분노에 가까워질 것이다. 그러다 정
상 궤도에서 이탈하기도 한다. 이럴 때 이런 소리에 둘러싸여 있으면 사람
들은 어떻게 달라질까? 오랜 시간 고요함 없이 계속해서 이런 소리에만 노
출된 사람들은 자신을 어떻게 컨트롤할까?

컨트롤을 잘할 수 없었던 나는 정도에서 자주 빗나갔다. 마땅히 풀 곳도 없
어 난감할 때가 많았다. 소리들이 자주 자극해 작은 일에 날카롭게 반응하
기도 했다. 계절의 여왕 5월. 활기찬 봄날이었다. 그러나 나는 그 활기가 못
마땅했다. 저녁에 집에 들어와 혼자 푹 파묻히거나 휴일에 이불 속에서 뒹
굴거리며 생각에 잠길 때 비로소 안정을 찾았다. 하지만 생활을 위해서는
밖으로 향해야 했다. 몸을 숨길 수만은 없었다. 크게 한숨을 내쉬고 씩씩하
게 한발 내딛자 나를 덮고 있던 얇은 보호막은 가차없이 찢어졌다. 그리고
그 찢어진 막 사이로 들어온 여러 소리들이 나를 쥐고 흔들었다. 다만 그런

것들로부터 조금 멀리 떨어져 있고 싶었다.

휴일이 주말과 바로 이어져 모처럼 긴 휴가를 쓸 수 있었다. 전국 어디나 사람들이 붐빌 것 같아 여행이라는 것도 고요함으로 들어서는 길은 아닐 것이었다. 하지만 그 어디건 이 도시보다는 낫지 않겠나.

그리하여 나는 제주도에 와 있다.

운전면허가 없는 사람이 선택할 수 있는 여행지는 대체로 제한된다. 차를 렌트해 제주 해안 도로를 끝없이 달린다거나 시내 곳곳에 아기자기한 관광지를 둘러보는 것은 꿈도 꿀 수 없다. 선택과 집중이 필요하다. 그리하여 결정한 첫번째 여행지가, 우도이다. 하루를 우도에만 쏟기로 한다. 우도는 소의 형상을 하고 제주도 동쪽에 누워 있는 섬이다. 나는 성산항에서 운행하는 첫 배를 타고 우도로 출발한다. 십여 분이 지나고 나니 우도의 방파제 위 붉은 등대가 보이기 시작한다. 잔잔한 파도에 큰 배가 따라가고 너른 풍경이 시각을 자극하니 가볍게 마음이 움직인다. 기분 좋은 떨림이다.

배에서 내리자마자 가장 먼저 눈에 들어오는 것은 자전거 대여소이다. 생각할 것도 없이 그곳으로 향했다. 나는 평소에도 종종 라이딩을 즐기는 편이다. 보통 서울에서는 한강으로 나가는 하천을 따라가며 자전거를 타곤 했는데, 휴일이 되면 그곳은 걷는 사람들, 뛰는 사람들 그리고 자전거 타는 사람들로 인산인해를 이룬다. 그런데 자전거를 타고 달리다보면 종종 당혹스러울 때가 있다. 자전거도로에 버젓이 '천천히'라는 글씨가 쓰여 있음에도 뒤에서 나타난 라이딩족은 여지없이 경적을 울린다. 길을 비켜주면 하나같이 고개를 돌려 나를 본다. 왜 그렇게 늦게 가냐는 눈치다.

최선을 다해 페달을 밟았어요! 변명하고 싶지만 그들은 갈 길이 바쁜 사람들이다. 당혹스러움을 피하고 싶다면 뒤에서 다가오는 라이딩족 정도의 속력을 내야 한다. 하지만 그것은 내게 버겁다. 대신 몸을 숙여 가슴을 자전거 핸들에 바짝 붙이고 달린다. 그러면 바람의 저항을 덜 받기 때문에 라이딩족의 차가운 눈빛은 어느 정도 피할 수 있으리라.

우도에서는 자전거 핸들을 가볍게 그러쥐고 허리를 곧게 세운 채 고개를 들고 자전거를 탄다. 우도에서의 라이딩은 내 속도를 유지할 수 있게 한다. '천천히 가시오'라는 안내 없이도 나는 천천히 페달을 밟는다. 그곳에서는 남들에게 휩쓸려갈 필요도 없고 조금 늦는다고 눈치볼 필요도 없다. 앞서가는 사람을 위해 얼마든지 길을 내어줄 수도 있다. 하지만 우도에서는 앞서가는 사람도 없고 뒤처지는 사람도 없다. 사람 자체가 많지 않다. 하나의 길이 오롯이 내 것이 된다. 자전거를 타는 도중 길가에 내려 들꽃을 구경해도 상관없다. 나는 우도의 바닷바람을 온몸으로 맞으며 달린다.

우도에서 자전거를 탈 때는 해안 도로만 고집하지는 않는다. 이쪽저쪽으로 난 길을 다 훑고 다닌다. 천천히 달리면서 고운 색들로 단장한 우도의 생활을 들여다본다. 빽빽이 벽돌을 쌓아 자신을 보호하는 도시의 집들과 다르게 구멍이 숭숭 뚫린 낮은 돌담은 눈길을 쉬이 허락한다. 그 구멍 사이로 바닷바람과 함께 내 시선도 넘나든다. 돌담에 핀 유채꽃, 혹은 그보다 더 많은 들꽃들도 본다. 길에 주저앉아 우뭇가사리를 자세히 들여다보아도 손질하고 있던 할머니는 나를 쳐다보지 않는다. 무심함이 섭섭하지 않다. 우뭇가사리 옆으로 급하게 벗어놓은 듯 신발이 널브러져 있다. 이 길 또한 할머니에게는 집의 일부가 된다. 그 길에서 밥도 먹고 일도 하고 이웃과 한담을 나눌 것이다. 할머니는 여기서 어슬렁거리는 나를 집 안에 우연히 들어온 똥강아지 정도로 생각하는 것 같다. 집에 들어온 미물을 마구 쫓아내거나 잡아죽이는 노인은 그렇게 많지 않다. 제 알아서 나갈 때까지 둔다.

해안에서 우도의 중심지로 가는 길은 많다. 하물며 지도에 표시되지 않는 길도 발견한다. 하지만 해안 어느 길에서 출발해도 사람들은 어느 한곳에서 반드시 만난다. 우도박물관이 있는 곳이다. 그곳은 우도의 번화가인 양 식당에서부터 약국, 성당, 노래방까지 모두 모여 있다. 그러나 딱 하나씩만 있다. 딱 하나뿐인 그곳들은 1980년대 드라마를 배경으로 한 세트장과 닮았다. 낡았지만 정감 있는 모습을 하고 여전히 성업중이다. 방전된 체력을 충전하기 위해 식당을 찾는다. 아무데나 발길 닿는 곳으로 들어가면 된다. 다 가보지는 못했지만 웬만하면 다 맛있을 것이다. 나는 김치찌개를 파는 식당에 들어간다. 제주 흑돼지를 큼직하게 썰어넣은 김치찌개를 푹 퍼올려 보니 돼지고기의 크기도 크기지만 양도 어마어마하다. 그럼에도 김치찌개의 가격은 저렴한 편. 배는 든든하게 채워진다.

옆집 마트에서 맥주와 스낵을 사서 바다가 보이는 해안 도로로 향한다. 해안 도로에 걸터앉아 맥주를 한잔 마시고 있자니 어디선가 고양이 한 마리가 소리 없이 나타난다. 스낵을 조금 쪼개 던져준다. 맥주를 다 마시고도 앉아서 하염없이 바다를 바라본다. 앞으로는 잔잔한 파도가, 뒤로는 낮은 돌담이 나를 둘러싸고 있다. 눈을 감고 기대앉아 있으니 바람이 나를 쓰다듬는다. 엄마의 손길이다. 세상 제일 서러운 사람마냥 우는 나를 안아 등을 살살 쓸어주면서 읊조리던 엄마의 자장가다.

자장자장 우리 아기. 잘도 잔다. 우리 아기.

살살 바닷바람이 불어온다. 자연이 나를 다독이고 있는 느낌이다.

가끔 길에서 혼자 걷는 여행자들을 만난다. 말을 섞거나 눈빛을 마주치지지 않고 그냥 스쳐지나가지만 그들을 지나칠 때는 오묘한 동질감 같은 것이 생성된다. 사람들은 걷고, 자전거를 타고, 차를 타고 서로의 속도로 지나치다가 어느 점에선가 만난다.

성산항으로 가는 마지막 배를 기다리며 서빈백사에서 마지막 휴식을 취한다. 에메랄드빛 바다를 하염없이 바라본다. 거기서 답을 찾는 사람처럼 계속해서 끊임없이 바라본다.

모든 감각을 정화시켜주는 고요함. 그렇다. 내가 원하는 것들이 이런 것이었다. 오후의 태양은 점차 바다로 낙하하고 있었다.

순간 고요를 깨뜨리는 소리가 들린다.

"으앙. 엄마, 엄마!"

대여섯 살 돼 보이는 어린아이가 소리내어 울고 있다. 엄마를 잃어버린 모양이다. 아이의 울음소리에 사람들의 시선이 순식간에 그쪽으로 향한다. 곧이어 몇 미터 떨어진 가게에서 한 사람이 뛰어나온다. 엄마로 보이는 사람이다. 아이는 잠깐 바닷가에서 정신이 팔렸다가 가게로 들어가는 엄마를 놓쳤던가보다. 아이는 엄마를 본 순간 더 크게 울음을 터트린다. 엄마는 다급하게 아이의 몸을 자신의 가슴으로 끌어당겨 안심을 시킨다.

"엄마 잘 보고 다니랬잖아."

그제야 아이는 눈물을 그친다. 엄마가 아이를 안고 일행이 있는 가게로 향한다. 주변이 다시 고요해졌음에도 나는 자꾸 백사장 쪽에 모여 있는 사람들에게 시선을 빼앗긴다. 벤치 근처에는 나 혼자뿐. 반면 백사장에는 가족, 친구, 연인들로 보이는 사람들이 짝을 맞춰 각자의 여행을 즐기고 있다. 알 수 없는 기운이 온몸을 타고 퍼져나간다. 이곳은 내가 원하는 고요한 신전이지만 이곳을 지탱하는 가장 큰 기둥은 외로움이다. 문득 외로워진다.

그들과 나는 십여 미터 안팎의 거리에 있지만 마치 이쪽의 세계와 저쪽의 세계로 나뉘어 있고 그 사이에 건널 수 없는 깊은 강이 흐르는 듯하다. 아무도 그 깊은 강을 건너 나의 세계로 들어오지 않을 것만 같다.

첨벙첨벙. 저멀리 깊은 강을 건너 무언가 온다. 갈색 개 한 마리가 내게 뛰어오고 있다. 한쪽 다리를 다쳤는지 앞발에 붕대를 하고 있었지만 뜀박질이 꽤 박력 있다. 풍성한 갈색 털은 햇살을 받아 금빛으로 반짝인다. 벤치에 혼자 앉아 있는 내가 외로워 보여 다급히 뛰어온 걸까? 이유야 어찌됐든 반가움이 아지랑이처럼 피어오른다. 보드라운 털을 쓰다듬자 개는 배를 보이며 따뜻한 백사장에 누워버린다.

지금 그 개는 나와 함께 햇볕을 쬐고 있다. 개는 바다와 내 얼굴을 번갈아가며 쳐다본다. 한참을 그렇게 있다가 주인이 몇 번 큰 소리로 부르니 몸을 일으킨다. 개는 주인에게 돌아가면서도 몇 번이고 나를 돌아본다. 피식. 웃음이 새어나온다. 한 마리 개에게 짧게 위로받은 기분이 든다. 우도를 생각하면 그 개가 가장 먼저 떠오를 것이다.

배를 타고 제주로 돌아온다. 마음은 풍요로움으로 가득차 있지만 배 속은 텅텅 비어 꼬르륵 소리가 난다. 숙소에서 만난 여행자 몇몇과 저녁식사를 하러 시내로 나선다. 그 속에 제주에서만 한 달 넘게 여행하고 있는 사람이 있다.

"우도에서 일주일 있다 오늘 나왔어요."

"거기 뭐 볼 거 있나요?"

한 사람이 신기한 듯 묻는다. 곧이어 반나절만 투자하면 될 우도인데 일주일씩이나 있다 나온 특별한 이유라도 있느냐는 물음이 이어진다. 사람들은 그의 대답을 기대하는 눈치다. 턱 주변이 정리되지 않은 수염으로 덮여 있고 대책 없이 까맣게 그을린 그는 무덤덤하게 말한다.

"바다만 보고 있어도 하루가 훌쩍 가던데……."

나는 그를 경이롭게 바라본다. 사람들은 그에게서 예컨대 글을 쓰는 사람이라든가, 중대한 결정을 위해 생각할 시간이 필요했다는 말을 기대한 것인지, 이내 흥미를 잃고 각자 제주의 유명한 여행지에 대해 정보를 공유하기 시작한다.

"하루종일 우도에 있다 나오는데도 제주로 돌아오기 아쉽더라고요."

나는 사람들 앞에 잘 나서는 편도 아니고 낯가림도 좀 있는 편이다. 그런 내가 처음 만난 낯선 여행자 앞에서 맞장구를 치고 있다. 내 말에 거친 외모를 가진 그는 가지런한 치아를 드러내며 샐쭉 웃어 보인다. 그리고 옆에 놓인 소주잔을 들어 건배를 청한다.

두 개의 잔이 부딪히는 소리가 산뜻하게 들린다. 동질감은 소주를 단번에 털어 넣게 하는 힘을 갖는다. 그 소주 한잔은 어떤 술보다 달큼할 것이다. 가벼운 말과 잔들이 쉴새없이 오고가지만 여행자들은 내일을 의식하고 서둘러 자리를 털고 일어난다. 그렇게 우연히 만나 한자리에 모인 우리는 다음날 다시 각자의 길로 걸어나간다. 모두 다른 속도로.

시작은
이곳에서

김 미 현
:
하는 일_ 회사원
여행지_ 인천공항

여행을 좋아하는 사람이라면 누구나 공항에 대한 이미지나 환상이 하나씩 있을 것이다. 출발층과 도착층의 느낌이 얼마나 다른지에 따라, 문을 밀고 들어가는 역할이냐 문밖에서 누군가를 기다리며 대기하는 역할이냐에 따라서 공항의 느낌은 만 가지로 자체 분열한다.

알랭 드 보통은 『공항에서 일주일을』이라는 책에서 '공항에서 출발하는 승객의 70퍼센트가 놀러간다'고 했다. 뭐니 뭐니 해도 공항 출입의 백미는 '놀러갈 때'일 것이다. 나 또한 나만의 공항 판타지의 오롯한 실현은 여행자의 정체성으로, 도착층이 아닌 출발층에 당도했을 때만 가능하다.

내게 여행은 6009번 공항버스가 집 앞 정류장에 정차하고 단정하게 차려입은 운전기사가 내 캐리어를 번쩍 들고 버스 옆구리의 짐칸에 싣는 순간, 그 버스와 함께 시동을 건다. 계절과 시간대를 막론하고 공항을 향해 달리는 버스에서 내다보는 창밖의 한강 풍경은 언제나 근사하다. 비행기 이코노미석보다 열 배쯤 안락한 우등고속버스의 좌석에 앉아 반쯤 기대어 누운 자세로 음악을 듣거나 책을 읽거나 그저 잠들거나 하며 한 시간 반 정도 달리면 버스 안 스피커를 통해 단정한 목소리가 흘러나온다.

"저희 버스를 이용해주셔서 감사합니다. 즐거운 여행되시기를 바라며 다시 모실 수 있게 되길 기다리겠습니다."

출국장으로 들어서면 공항을 가득 채운 군중들 속에 나 또한 흡수되어 어느새 녹아버리게 된다. 그런 상상 때문일까. 여유를 두고 넉넉하게 도착했을 때에도 효율적으로 빠릿빠릿하게 움직이고 싶은 충동으로 몸이 바빠진다. 로밍센터와 여행자보험 부스, 환전을 위해 은행까지 순서대로 들르고 난 후 지름길을 이용해서 지하에 위치한 여행용품숍으로 향한다. 그곳에서 미처 준비하지 못한 것 중 경험컨대 해외에는 잘 없는 것—주로 긴 목욕수건이나 짱짱한 탄력을 자랑하는 머리 고무줄 따위—을 조목조목 챙겨 올라온다.

여행가방을 꾸리는 것은 내겐 삼십 년 넘게 살면서도 변함없이 귀찮고 발전이 더딘 일 중 하나이다. 캐리어 앞주머니에 잠시 넣어놓겠다던 휴대폰과 MP3를 그 상태 그대로 도착지까지 실어 보낸 전력까지 있는 나로서는 어딘가에 쭈그려앉아 지난밤 삼십 분 만에 대강 욱여넣고 잠가버린 캐리어와 기내용 가방에 든 것을 재정비하는 시간도 가져야 한다.

키와 몸무게를 계량당한 뒤 별 탈 없이 합격한 수하물임에도 가녀린 여직원이 끙끙대며 짐을 눕혀 목줄을 매어줄 때면 내 잘못도 아닌데 알 수 없는 미안한 마음이 드는 동시에 돌아올 때도 부디 계체량 심사에 무사히 합격해야 할 텐데 싶어서 벌써 심란하다. 그사이 내 짐은 벨트를 타고 나보다 먼저 떠난다.

그러면 한결 홀가분해진 심신으로 서점을 찾는다. 출국하는 공항의 서점에서 책을 사는 행위는 내게는 의미심장한 의식과도 같다. 여행시, 특히 비행기에서 읽을 책들은 너무 가볍지도 무겁지도 두껍지도 얇지도 않아야 한다. 다 읽은 후 현지의 누군가에게 주거나 헌책일지언정 나 아닌 누군가에게도 작은 선물처럼 반갑기를 바라며 내려놓을 수 있는 책이 내겐 필요하다.

여행이 끝날 때까지 미처 다 읽지 못해 그대로 다시 들고 오지도 버리고 오지도 못해서 마음 무겁게 하는 것들이 당첨되기도 하고, 아직은 내게서 떠나보내고 싶진 않아 마지막까지 극심한 선택의 고민을 안기는 녀석도 있다. 대부분의 경우 호흡이 너무 길지 않은 단편들로 엮인 소설집과, 너무 빨리 읽힐 사태를 대비하기 위한 인문서적 한 권 정도가 동행자로 당첨된다.

이제 보안검사와 출국심사대를 거치면 궁극의 면세지역으로 입성할 시간이다. 가끔 지인들의 2세 탄생을 축하하기 위해 산후조리원 같은 장소에 가게 되면, 어떤 곳은 소독실(?) 같은 공간에 방문객을 잠시 머물게 하면서 세례 받는 게 이런 걸까 싶은 '김 쏘임'을 받은 후 그 너머에 있는 산모와 아이에게 접근하게 해주는 경우가 있다. 일종의 멸균의식 같은 것인데, 엉뚱하게도 나는 면세구역으로 넘어가기 위한 일련의 절차에서 그 비슷한 느낌을 받는다. 그저 면세구역일 뿐인데, 면죄지역인가 하는 착각을 주며 더이상 이 나라는 아닌데, 아직 저 나라도 아닌 공간으로 향하는 느낌.

면세구역에서는 여행중이나 여행이 끝난 후 일정 기간을 책임져줄 화장품 종류를 구매하거나 면세품 인도장에서 미리 사두었던 물건을 찾거나 하는 등 기본적인 일정을 차례로 수행한다. 거기까지 마치고 나면 드디어 뭔가 이륙 전의 숙제는 모두 마친 듯 여겨지고 발걸음의 간격이 스스로에게도 느껴질 만큼 여유로워진다.

출발 게이트 앞에서 설레는 마음으로 '비행기는 언제 타려나' 싶어 오매불망 탑승 안내방송만을 기다리던 어린 날. 배낭여행 다닐 때엔 알 턱이 없었던, 공항 구석구석에 숨어 있는 각종 라운지를 비롯한 호사스런 시설들을 탐험할 시간이다. 그중 그날 마음에 드는 한곳으로 들어가 한가한 구석에 앉아 아이패드를 열어놓고, 차갑게 칠링된 화이트 와인 한 잔과 샌드위

치 등을 담아다 차려놓는 허세스러운 이 순간이 출발 전 설렘 지수로는 하이라이트이다. 트위터를 하는 사람이라면 '나 출발 전, 공항임!' 이런 멘션을 날리거나, 페이스북의 '체크인'을 설정할 수도 있고, 주변을 배경으로 메신저의 프로필 사진을 바꿀 수도 있을 것이다. 나름의 여행 루틴이 확실한 나의 경우는 그저 묵묵히 면세품들의 겹겹이 두꺼운 옷을 벗기고, 기내 소지품을 재구성하면서 이 시간만의 나른함을 즐긴다.

이제 남은 일은 비행 스케줄판을 힐끗거리며 책이나 잡지를 뒤적인다거나, 이 여행이 끝난 후엔 나는 또 조금 달라진 사람이 되어 있을 거야, 따위의 전혀 일어날 일 없는 각오 및 다짐도 좀 하고, 가볍고 단정한 수첩을 펼쳐 추후에 들여다보면 질색하며 구겨버릴지언정, 여느 여행객과 같은 마음으로 나 역시 호들갑스럽게 감상적인 일기들도 좀 끄적이게 된다. 그러다보면 와인 기운이 내 몸 구석구석을 타고 돌아 충만해지는 때가 마침내 오고, 그렇다면 보딩타임이다.

임경선 작가가 표현한 대로 '너희들도 돈 많이 벌면 언젠가는 앉을 수 있어'의 꿈을 주는 비즈니스석과, 단단히 커튼으로 휘감아져서 존재도 모르고 지나치기 십상인 '너네 따위는 꿈도 못 꿔'의 퍼스트클래스 세상을 지나, 비행기 꼬리 방향으로 내 한몸 누일 이코노미의 나라로 나는 간다.

'비프 하실래요, 포크 하실래요' 혹은 '라이스와 누들 준비되어 있어요' 식의 매번 거기서 거기인 이분법의 선택지를 고르는 시간과 몇 번의 주전부리 타임을 지난 후 불을 꺼주시면 그들도 쉴 수 있는 시간이다. 시간을 거꾸로 되감아 가기도 하고, 시간을 당겨 미리 날아가기도 하는 건 내가 당도할 대륙의 위치와 비행 시간에 따라 다양할 텐데, 그럼에도 거의 모든 기내서비스의 오묘절묘한 배식, 배급 타이밍과 절차에는 항상 탄복할 만한 무언가가 있다. 21세기 항공사 승무원의 업무 분장 중 80퍼센트쯤에 해당하는 것은 기내 면세품 판매가 아닐까 싶은 시간들까지 마저 이겨내고 나면 어느새 도착할 땅의 낯선 지형이 창밖으로 가까워진다. 현재 비행기의 높이와 속도, 도착지의 날씨 그리고 '안전한 여행되시라'는 국적기 기장님의 중후한 목소리나 외항사일 경우 다양한 억양의 '웰컴 투 블라블라'를 듣게 될 때쯤이면 안전벨트를 더 단단히 조여야 한다.

한껏 구겨져 있느라 고생한 몸을 펴고 부은 손발과 얼굴을 덤으로 얻은 채, 탑승시와 반대 방향으로 걸어가며 만나게 되는 '여기가 난민촌인가 전쟁터인가' 싶은 여객실 내부의 난장판인 모습은 '손님의 등급과 별반 차이가 없구나'라고 확인하게 된다. 그 끝 해방의 문 앞에서 장시간 고된 업무를 치러낸 그녀들의 '안녕히 가세요' 인사까지 받고 나면, 나는 탈출을 꿈꾸고 그녀들은 칼퇴근을 꿈꾸는 그런 서로의 마음들이 만난다.

재미있거나 설레는 경우가 조금도 없는 일이란 살면서 흔치 않은데, 수하물 찾는 시간이 그렇다. 인천에서 몸을 실을 때의 그 매끈한 모습은 오는 길에 무슨 험한 일을 당했길래 그리 엉망이 된 것인지 모르겠다만 다행히 나와 함께 같은 땅에 도착해준 것만으로도 그저 감사한 마음이고, 행여나 타인의 것은 아닌지 재차삼차 확인 후 이제는 마지막 관문인 입국심사장으로 간다. 여행으로 왔든 비즈니스로 왔든 나는 면세구역이나 면죄지역을 지나온 일종의 무균인간이고, 괜히 죄지은 것도 없건만 나를 포함한 우리 모두는 일단 잠재적 위험인물로 상정되어 심사과정을 거쳐야 한다. 순전히 개인적인 경험에 의하면 파리의 샤를드골 공항처럼 '누가 드나들든지 크게 관심 없네요'라며 눈길 한번 제대로 주지 않고 도장을 꾹 눌러주는 곳이 있는가 하면, 매번 은근히 심장을 쫄깃하게 만들어주는 깐깐한 절차의 상징인 런던의 히드로 공항 같은 곳도 있다.

'우리나라에 왜 왔니'라는 질문에 '나는 너희 나라에 돈을 쓰러 왔단다'라고 버럭해주고 싶은 마음을 살살 달래어 눌러주고 내가 지니고 있는 최대한의 선하고 상냥한 가면을 꺼내 쓴 채로, "Just for my holiday, blah blah" 하면서 방긋 웃어주어야 한다.

벌써 기억 깊은 곳 어딘가에 들어앉은 듯한 집 앞에서 6009번 공항버스에 올라탔을 때의 설렘과 공항 라운지에서의 충만한 나른함과 이 여행이 내게 행복해야 하는 몇 가지의 이유 등을 동시다발로 떠올리며 출구를 찾아나선다. 남의 나라 국제공항 도착층에 말 그대로 '도착'하여 회전문을 지나면, 열대도시의 숨이 확 막히는 후끈한 공기나, 서유럽의 그 먼지 낀 듯 습기를 머금은 회색 하늘이나, 지중해 도시들의 먹색을 섞은 원색의 바람이나, 아니면 마천루를 보여주는 도시의 냉기가 나를 가장 먼저 맞아준다.

낯선 땅에서, 당분간은 내 집이 되어줄 숙소로 가기 위해 택시 뒷좌석에 몸을 싣고 문을 닫는 순간,

사실상 이 여행은 이미 끝나기 시작한 것이다.

너무 늦을까
겁이 나서
엄마에게 여행을
가자고 했다

———

김 민 정
:
하는 일_ 자유기고가, 라이프코치
여행지_ 일본 나가사키, 돗토리, 미야자키,
아라시야마

내 옷장엔 아주 오래된 코트가 있다. 큰이모가 엄마의 대학 입학 선물로 큰맘 먹고 사준 오버사이즈 코트인데, 제주 출신 소녀였던 엄마의 서울 캠퍼스 라이프에 스타일 좀 세웠던 옷이다. 나는 가끔 엄마의 코트를 꺼내 입고 나간다. 삼십오 년이 훌쩍 지났건만 큰이모가 사준 그 옷은 최신 트렌드에도 밀리지 않는다. 오히려 세월에 닳아 반들반들해진 모직이 빈티지하면서도 우아하다.

엄마의 코트를 입고 나가면 1979년 여대생의 어느 날로 돌아가는 것 같다. 스무 살의 여리고 어린 엄마의 풋풋함이 느껴진다. 첫딸을 낳고, 둘째 딸을 낳고, 막내아들을 낳으면서 늘어졌을 그녀의 살결이, 젊음이 그려진다. 지금은 흰머리가 희끗희끗 올라앉았지만 찰랑거리는 머릿결을 쓸어넘기던 청순한 시절이 엄마에게도 있었겠지 헤아린다. 그럴 땐 어쩌다 한 번씩 염색약을 사 와 염색해달라는 엄마의 부탁이 내심 귀찮았던 걸 반성한다.

더 잘해야겠다고 다짐하지만 오래가지 못한다. 인생의 절반을 직장에서 관리자로 살아온 엄마는 집에서도 지시가 많았다. 고객이나 팔로어의 마음을 요리하는 데는 천부적이었지만 음식을 요리하는 데는 재주가 없어 보였다. 바쁘지 않을 땐 제법 괜찮은 요리를 선보이기도 했지만 내 기억에 엄마는 주로 바빴다. 교회에서 찬송가를 부를 때면 나는 엄마의 목소리를 단번에 알아차릴 수 있었다. 내가 엄마 딸이어서가 아니라 엄마의 엉망진창인 음정 때문이었다. 화가 나면 엄마는 보통 엄마들보다 두 옥타브쯤 높게 소리를 질렀다. 나는 엄마가 드라마 〈엄마는 뿔났다〉에 나오는 배우 장미희처럼 말했으면 좋겠다고 생각했다.

그러다 엄마에게 미안해졌다. 엄마는 한 번이라도 내게 다른 누군가를 기대한 적이 있었을까. 이럴 땐 '엄마에게 나는 절대적인 쌍년이 될 수밖에 없다'는 어느 작가의 말에 백번 공감한다. 엄마는 나를 무조건적으로 사랑했고 사랑하지만, 나는 엄마의 사랑에 조건을 달아 재단했다. 엄마의 진짜 사랑을 내가 깨달을 즈음엔 엄마가 너무 늙어버린 후일까봐 덜컥 겁이 났다. 엄마가 늙기 전에, 내가 늦기 전에 함께 많은 시간을 보내야겠다고 결심했다.

"엄마, 우리 여행갈까?"

두 달에 한 번꼴로, 모녀의 여행은 그렇게 시작됐다.

우리의 첫 여행지는 일본 속의 유럽 하우스텐보스였다. 그곳에서 가장 인상 깊었던 건, 파크가 아니라 파크가 내려다보이는 호텔이었다. 객실의 커다란 창밖으로 작은 네덜란드가 펼쳐졌다. 돔투른 성당이 늠름하게 서 있었고 풍차가 천천히 돌아갔다. 돔투른과 풍차를 두른 강은 꿈틀거리며 흘렀다. 그림을 그릴 줄 알았다면 내 눈에 비친 광경을 연필로 그대로 스케치했을 것이다. 밤이 되면 하우스텐보스는 어느 도시보다도 반짝였다. 낮과 밤이 다른 남자를 요즘 '낮져밤이, 낮이밤져'라 부른다는데, 하우스텐보스는 단연 '낮이밤이'였다. 하우스텐보스에 간다면 반드시 하루를 묵어야 한다. 실은 호텔에 얽힌 사연이 더 있다. 첫날 체크인을 하고 짐을 푸는데 화장실에서 냄새가 나는 것 같다며 엄마가 미간을 찌푸렸다. 나는 프런트에 전화를 걸어 자초지종을 설명했다. 당황한 기색이 수화기 너머로 들려왔다.

"스미마셍! 스미마셍!"

곧 유니폼을 입은 여직원과 수트를 차려입은 남자직원이 오 분 간격으로 다녀가더니, 얼마 후 작업복을 입은 직원 두 명이 와서는 짐을 싣고 업그레이드 객실로 안내했다. 스미마셍도 잊지 않았고. 우리 모녀는 그후로도 호텔을 나올 때까지 스미마셍을 세 차례나 더 들어야 했다.

일본을 '스미마셍'의 나라로 기억하게 된 데는 돗토리 현의 택시투어도 한몫을 했다. 돗토리 현에서는 천 엔만 내면 세 시간 동안 택시를 타고 주요 관광지를 둘러볼 수 있는 관광 이벤트를 하고 있었는데, 마침 우리가 간 날엔 폭우가 쏟아지고 있어 별다른 방도 없이 곧장 택시에 올랐다. 택시는 '여신이 산다'는 찬사를 받을 정도로 절경이 빼어난 우라도메 해안에 섰다가 돗토리 사구에 다시 섰다. 그때마다 택시기사님은 먼저 내려 트렁크에서 우산을 꺼내고는 뒷좌석 문을 열어 우리를 안내했다. 비를 맞아 하얀 와이셔츠에 얼룩이 짙어질 때마다 엄마와 나는 미안해졌다. 관광객을 위해 동행하라는 규칙이 있었는지도 모르겠지만, 궂은 날씨엔 고맙다기보다 불편했다. 그런데 기사님은 오히려 우리에게 미안해했다.

"돗토리 현의 비경을 제대로 보여드리지 못해 스미마셍."

오가는 선심이 하늘에 닿았던 걸까. 폭포수처럼 퍼붓던 빗줄기가 거짓말처럼 잔잔한 빗방울로 바뀌었다. 엄마와 나, 그리고 기사님은 사구로 향하는 계단을 오르기 시작했다. 마침내 눈앞에 광활한 사구가 펼쳐졌다. 삼만 년간 비와 바람이 빚어낸 동서 16킬로미터, 남북 2킬로미터의 모래언덕. 왼쪽을 봐도, 오른쪽을 봐도 거대한 모래언덕이 첩첩이 포개지고 이어져 아스라이 펼쳐져 있었다. 이럴 땐 자연이 최고의 예술이란 말을 인정할 수밖에 없다. 더욱이 비 내리는 사구에 찾아온 손님은 우리 셋뿐이었다. 물 먹은 모래는 적당히 단단해져 잡티 하나 없는 누런 도화지 위에 세 사람의 발자국이 아로새겨졌다. 은근한 해방감이 들었다. 엄마도 그런 모양이었다. 평소 같으면 카메라 앞에서 어깨에 우산을 기댄 채 살짝 웃어 보이는 게 다였겠지만 엄마는 기꺼이 메리포핀스가 되었다. 금방이라도 바람을 타고 하늘로 날아오를 것 같다며 소리내어 웃었다.

딸이 엄마를 엄마가 아닌 그냥 여자로 보는 순간이 살면서 몇 번이나 될까? 딸이 태어나 죽을 때까지 엄마는 엄마 아닌 순간이 없기 때문에 그러기란 쉽지 않다. 하지만 단둘이 여행을 떠나보면 뜻밖에 쉽다는 걸 깨달았다. 여행지에선 엄마도 나도 그저 여행객일 뿐이니까.

플로란테 미야자키 식물원에 갔을 땐 꽃들에 홀린 엄마를 보았다. 나비 한 마리를 꽃밭에 풀어놓은 것처럼 엄마는 이 꽃 저 꽃을 쫓아다녔다. 서른 해 동안 같이 산 엄마는 꽃보다 책을 좋아하는 사람이어서 어버이날 카네이션이 아니고선 엄마의 기념일마다 책을 선물했다. 꽃은 리스트에도 못 끼었다. 그러니 나비가 된 엄마가 나는 낯설 수밖에.

엄마는 내가 생각했던 것보다 훨씬 흥이 많은 사람이었다. 다만 엄마로 살아내느라 그것을 오랜 시간 접어두어야 했는지도 모른다. 한낮의 식물원은 평화로웠다. 드넓게 펼쳐진 잔디밭 위에서 하얀 옷을 입고 아장아장 걷는 아이를 젊은 엄마는 카메라에 담고 있었고, 저멀리 벤치에선 곱게 차려입은 할머니가 담배 연기를 뽀끔뽀끔 피워내고 있었다. 9월의 태양이지만, 내리쬘 땐 강렬해서 엄마와 나는 그늘에 앉아 그들을 보고 있었다.

"엄마, 우리도 사진 찍자."

먼저 말을 꺼낸 쪽은 나였고, 먼저 일어난 쪽은 엄마였다. 얼마간 사진 찍기 놀이를 하는데 엄마는 목에 두른 스카프를 풀더니 춤을 추기 시작했다. 아가통 레오나르에게 〈스카프를 들고 춤추는 무희〉가 있다면 내겐 '스카프를 들고 춤추는 유희(遊戲)'가 있다. 엄마의 모습에 어쩐지 안심이 됐다.

엄마랑 여행하면서 여행은 어디로 가느냐보다 누구랑 가느냐가 중요하단 말을 여러 번 떠올렸다. 돗토리로 가는 기차 칸에서 마신 칼피스는 그냥 이국의 음료가 아니라 어릴 적 엄마가 외할아버지와 홀짝였던 추억의 음료였고, 미야자키에서 본 꽃은 그냥 철쭉이 아니라 엄마의 고향집 뒷마당에 자랐던 철쭉이었다. 남자친구와 같이 갔다면 뜨거운 시간을 보냈을지는 몰라도 내가 알지 못하는 엄마의 시간들을 만나진 못했을 것이다.

내가 알지 못하는 엄마의 시간이 과거만은 아니었음을 깨달은 건 교토 인근의 아라시야마를 여행할 때였다. 오랜 역사를 간직하고 있는 목조다리 도게츠 교가 보이는 벤치에 엄마와 나란히 앉아 있는데 엄마가 얕은 숨을 뱉어냈다. 여행 전부터 아팠던 허벅다리가 진통제를 먹고 좀 나아지는가 싶더니 다시 욱신거린다고 했다. 나이가 드니 자꾸만 근육이 아프다며 온천물에 들어가면 낫겠지 하면서 일어섰다. 그제야 나는 떠나기 사흘 전, 엄마가 근육통이 있다고 말했던 걸 뒤늦게 생각해냈다. 별거 아니라며 얼김에 슬쩍 넘겼던 나도 기억해냈다. 그러니까 나는 자꾸만 근육이 아픈 엄마의 지금도 알지 못한다. 아마도 내가 딸을 낳고 아들을 낳아서 살결과 젊음이 늘어지고, 흰머리가 희끗희끗 올라앉은 후에야 헤아릴 수 있지 않을까?

료칸에서 히가에리 노천 온천을 하는데 나뭇잎 하나가 물 위에 사뿐히 앉았다.

"엄마, 이것 봐!"

엄마라고 부를 수 있는 존재가 세상에 있다는 사실만으로 마음이 부해졌다. 신이 모든 곳에 있을 수 없어 보낸 사람이 엄마란 말이 난생처음 가슴으로 들어왔다. 만약 이다음에 누군가 내게 돌아가고 싶은 시간이 언제냐고 묻는다면 나는 지금 이 순간을 말할 것 같았다. 그날 밤, 먼저 잠든 엄마의 얼굴을 들여다봤다. 얼굴에 파인 주름 사이로 엄마가 감당해온 세월이 엿보였다. 엄마가 더 늙기 전에, 내가 더 늦기 전에 또 여행을 가야겠다. 돌이키고 싶은 장면들을 켜켜이 모아가야겠다.

주소도
없는데

———

김 민 화
:
하는 일_ 글쓰기, 그림 그리기, 생각하기
여행지_ 독일 쾰른

잘 지내니.

이렇게 시작되는 꽤 긴 답장을 받았다. 정해진 거처 없이 두 달 넘게 프랑스와 독일을 떠돌아다니다보니 답장 생각은 하지도 못했는데 주소 없이도 편지를 주고받을 수 있는 이메일 시대에 살고 있었다, 우리는.

잘 지내니.

그곳의 생활은 어떠냐. 정말 가고 싶은 곳인데 넌 아주 쉽게 잘도 가는구나. 나는 얼마 전까지 해가 뜰 때까지 글을 쓰곤 했는데 삼 개월간 그러고 나니 지금은 글도 안 써진다. 글을 쓴다는 것은 너무 괴롭고, 너무 힘들어서 나를 너무 외롭고 지치게 만든다. 난 무엇을 위해서 글을 쓰는 걸까. 외로움과 친숙해져야 한다고 로버트 맥키 씨가 말한 적이 있다. 니미럴 얼마나 친해져야 그 아저씨가 잘했다고 말해줄까.

무엇이 정답인지 알 수도 없지만, 정답 같은 건 존재하지도 않아. 너도 알 거야. 네가 있는 시간과 장소가 너를 만들어주고, 결국 그것이 정답이라는 생각이 든다.

넌 따뜻하고 사려 깊고, 씩씩하기 때문에 좋은 여행 수기가 나올 수 있다고 생각해. 그것이 누군가에게 읽히고 그 누군가가 어느 날 프랑스를 여행하다가 네가 앉은 옆 테이블에서 커피를 홀짝거리고 있을 수도 있겠지.

우리는 소통을 원하고 그것이 이루어지면, 결국 그것에만 매달린 채 그 시간 안에서 아, 행복하다 말할 수 있겠지.

민화야. 난 더이상 객지 생활이 싫다. 내년에는 서울에 일자리를 구하고 싶지만, 정말이지 객지 생활이 싫다. 일요일 오후, 빨래를 널면서 따뜻한 햇볕 아래에 앉아 담배 한 대를 피우는데 문득 행복하다는 생각이 든다. 그립구나. 문병을 와주었던 네가 생각난다. 남은 여행 잘하길 바란다.

영국 선배가

고개를 들어 창밖을 보니 비가 내리고 있었다. 쾰른에 도착한 지 한 달이 넘어가는 동안 맑은 날보다 비가 오는 날들이 더 많았다. 유럽 특유의 낮고 무거운 구름은 비를 몰고 왔다. 방 안의 공기도 꽤 차가워졌다. 내가 머물던 곳은 쾰른 중심가에서 조금 떨어진 레지던스 24층. 창밖으로 쾰른 시내가 훤히 내려다보였다. 비가 오는 날이면 도시 전체가 거대한 어항 안에 들어 있는 것 같았다. 빗물에 잠긴 도시. 비냄새, 비를 맞으며 묶여 있는 자전거, 앞코가 젖은 운동화, 대낮인데도 어둑어둑한 거리. 그리고 아무 약속도 없이 방 안에 앉아 먼지처럼 부유하는 시간. 시간이 멈춰버린 듯 낯선 도시에서 유일하게 초침만이 쉼 없이 돌아가고 있었다. 가만히 누워 초침이 움직이는 걸 바라보며 물었다. 나는 왜 여기에 온 걸까? 무엇을 얻어 가려는 것일까? 나는 어떻게 살아야 할까? 나는 누구인가? 나는…….

처음으로 현실을 피해 도망친 여행이었다. 내가 속해 있는 세계를 떠나보면 답을 찾을 수 있을 거라고 생각했다. 늘 새로운 세상에서 무엇이든 배웠으니까. 하지만 이번엔 달랐다. 시간은 넘쳐나는데, 남들은 흘러가는 시간처럼 자연스럽게 변화하는데, 나만 정체되어 있는 기분이 날 자꾸만 불안하게 만들었다. 우주에 홀로 남겨진 것 같이. 내 물음들은 너무도 공허하다 못해 사방이 막혀버린 곳에서 답을 찾지 못한 채 둥둥 떠다녔다.

그런 기분을 떨쳐버리려 더 분주히 움직였다. 매주 화요일마다 재즈를 들으러 간판 없는 클럽에 가기도 했고, 일요일에는 집 앞 주차장에서 열리는 벼룩시장에 갔다. 대학 도서관에 가서 공부하는 학생들을 구경하기도 했고, 하루 교통권을 사서 옆 동네를 온종일 쏘다니기도 했다. 우연히 들어간 미술관에서 라이언 맥긴리의 사진집을 아주 싼 가격에 건지기도 했다.

그러나 주로 기억에 남아 있는 것은 가을비와 외로움과 영국 선배의 편지였다. 여행이 주는 설렘보다 외로움의 크기가 커지던 그때, 이국적인 풍경은 아무런 도움이 되지 않았다. 동네 친구들과 소주를 마시면서 찌질하게 취하고 싶은 그런 밤. 그럴 때면 동네를 어슬렁거리면서 엽서를 몇 장 사곤 했다. 그러고는 오래 앉아 있어도 괜찮을 장소를 찾았다. 카페나 바, 강둑, 공원 벤치 어디든 상관없었다. 지금 내 이 기분을 누구한테 말하면 좋을까 조

금 고민하고 편지를 쓰기 시작했다. 받을 사람은 생각보다 쉽게 정해진다. 어떤 날은 하루 걸러 만나는 동네 친구, 어떤 날은 일 년에 한 번 얼굴 보기도 힘든 대학 동기, 또 어떤 날은 계절이 변할 즈음에 한 번씩 만나는 데면데면한 선배……. 이렇게 상대가 정해지면 그 공간과 그 시간 안에는 당신과 나만 있게 된다. 우리가 얼마나 자주 만나고 얼마나 깊은 사이인지는 크게 중요하지 않다. 당신의 안부에 대해서, 나의 근황에 대해서, 우리의 과거에 대해서, 그리고 불투명한 우리의 미래에 대해서 두서없이 써내려가는 거다. 어쨌든 내가 당신을, 당신이 나를 알고 있다는 게 중요하다. 우리가 서로를 알고 있다는 사실이.

어쩌면 편지를 쓰는 행위 자체에 의미가 있었던 것 같다. 편지를 쓰기 전엔 '누군가'에게 쓰는 게 중요했지만 쓰다보면 누군가에게 '이 편지를 쓰는 게' 중요해진다. 지금은 나 혼자 이곳에서 이런 걸 보고 이런 걸 느끼고 있지만 왠지 편지를 쓰고 있을 때엔 당신이 내 옆에 앉아 있는 묘한 기분이 드니까 말이다. 마치 상대도 여기 나와 함께 있는 것 같은 굉장한 상상. 그렇게 편지를 다 쓰고 나면 나는 한참 수다를 떤 것처럼 후련하고 더이상 외롭지 않은 기분이 된다. 그리고 우체국에 가서 우표를 붙이고 한국으로 보낸다. 그 과정 안에서 실제로 나의 고민과 불안이 깨끗이 사라지지는 않지만, 지구를 반 바퀴 돌아 당신에게 전달되기까지 걸리는 시간 동안 조금은 답을 찾아낼 수 있을 거라는 희망의 느낌을 받았다. 그러므로 답장 같은 건 없어도 괜찮았다.

그런데 답장이 왔다.
길고 긴 메일을 단숨에 읽고 또 읽었다. 사실 나는 누구보다도 답장을 기다

리고 있었던 것이다. 받은 적이 없어서 몰랐을 뿐. 편지를 쓰는 행위 자체가 좋다고 생각했는데 누군가, 아니 내 편지를 받은 사람이 응답했다. 나 홀로 떠다니던 우주에서 교신에 성공한 것이다. 그 어떤 여행보다 힘들고 쓸쓸했기 때문에, 거대한 세상에서 내가 미약하게 느껴졌기 때문에, 예기치 못한 선배의 답장은 나에게 큰 파장을 일으켰다. 나는 위로받았고 안도했다. 내가 아직 살아서 당신에게 편지를 쓰고 있다는 신호가, 쑥스러워 말하지 못했던 것들을 담은 용기가 가닿았다. 소통의 기쁨. 내가 여행 내내 끊임없이 엽서를 써서 보내는 진짜 이유는, 나의 마음과 당신 마음을 주고받기 위함이었다.

어쩌면 나는 이국적인 풍경을 보려고 한다기보다는 관계의 소통을 확인하기 위해 여행을 하는 것이 아닐까. 여행이 끝나고 집으로 돌아가서 내가 무얼 보고 느꼈는지, 어떤 경험을 했는지 이야기할 누군가 없다면 이 모든 것들은 아무짝에도 쓸모가 없다. 내가 끝도 없이 이야기를 만들어내는 것은 당신이 끝도 없이 들어주기 때문이니까.

여자는
가만히,
바다처럼
웃었다

———

김 별
:

하는 일_ 쓰는 사람
여행지_ 런던, 프라하, 베니스

#1 홀로 또 같이, 런던

런던에서 2012년의 마지막과 헤어졌다. 그리고 2013년의 첫날을 만났다.

2012년 12월 26일, 첫 여행지는 런던이었다. 공항에 도착해 숙소를 찾아 두리번거렸을 때, 그때의 나는 낯선 땅에 있다는 것을 완전히 실감하지 못했다. 그저 바쁘게 움직이는 사람들 틈에서 커다랗고, 아직은 빳빳한 가방을 짊어진 여행자였다. 한국보다 따뜻해서 두터운 겉옷 또한 짐으로 짊어진 채 숙소에 도착한 저녁이었다. 현관 앞에는 아무도 없었고, 우리는 우리의 숨소리로 가득한 엘리베이터를 타고 방으로 들어갔다.

런던에는 꼬박 열흘을 있었다. 런던의 집을 분명히 기억하고 있다. 내 방 침대 옆에는 창문이 있었고, 시차에 뒤척여 깬 저녁이면 그것을 열었다. 낯선 모양의 건물들, 쉐쉐 조용히 지나가는 자동차 소리. 그리고 우리가 가진 것과 비슷한 푸른 새벽. 아침이면 친구를 툭툭 깨워 '밥 뭐 먹을래?' 속닥이고는 식빵을 구웠다. 그리고 계란 프라이. 때때로 시리얼과 우유. 아니면 과일이나 요거트. 나는 그것들을 어여쁜 그릇에 담아 든든하게 먹고는 오늘 만나게 될 곳들을 상상하는 그 시간을 무척이나 좋아했다. 그저 오늘을 기대하는 것만으로도 두근거릴 수 있던 시간들.

여행중 잠깐씩 머무르던 숙소를 집이라 부를 때. 그 순간 입술 틈으로 들어오는 미묘한 공기를 좋아한다. 그럴 때면 나는 정말로, 이곳에 오래도록 머무는 것을 상상하고야 만다.

좋아하는 그림들이 언제나 걸려 있는 미술관에 갔다. 며칠 동안 그림과 마주하는 시간으로 마음을 썼고, 다리가 아프면 카페에 들어가 커피를 마셨다. 창밖의 사람들을 멍하니 바라보다가 지루해질 때면 그 도시의 사람들에게는 낯설, 모국어의 책을 펼쳤다. 나는 가방 가득 책을 짊어지고 다녔는데, 하나씩 꼼꼼히 읽고는 마침표를 마주한 방 한구석에 두고 오곤 했다. 그저 누군가 그것을 우연히 발견해 외롭지 않기를, 그리고 그어져 있는 밑줄로 이야기하길 바랐다.

하루는 버스를 탔다. 쏟아지는 볕에 기대 졸고 있었고 기다란 도로를 따라, 바다에 닿았다.

높은 곳으로 올라가보기로 했다. 나무로 만들어진 울타리를 끼그덕 열고 들어선 곳은, 상상할 수 없었던 푸름이 펼쳐졌다. 사방을 둘러보아도 막힘이 없는, 그런 푸름이었다. 쉼 없이 부는 바람에 사람들은 옷가지를 붙잡으며 걸었고, 웃었다. 답답함을 지워내며 드넓게 펼쳐진 잔디와 바다는, 멀리 있는 사람들마저 한 폭의 그림으로 그려냈다. 한참을 걷다, 불쑥 네가 생각났다. 너 또한 이곳을 참 좋아했을 거라고 중얼거리며, 언젠가는 함께 이곳에 있을 우리를 상상했다. 그리고 가만히 걸음을 멈춰 잔디를 쓸어보았다.

없지만 있음보다 더 또렷한 것들이 있다. 런던의 집 그리고 바다 옆의 우리. 바람에 날리는 너의 머리칼이나 깊게 웃는 미소 그리고 영원히 잊지 않을 것처럼 이곳을 담는 네 눈. 너는 이곳에 없었지만 우리는 분명 함께였다. 여행이 머금은 불쑥한 그리움, 나는 이것을 참 좋아한다.

#2 흉터, 프라하

프라하. 프라하. 프라하. 이 단어를 발음하는 순간, 당신은 어떤 기분에 휩싸일지도 모른다.

겨울이었다. 그곳을 걷던 때는. 찬바람이 볼을 스쳤고, 우기의 프라하는 계속해서 비가 왔다. 늘 흐렸고, 바닥은 검게 젖어 있었다. 그리고 나는 짐으로 짓이겨진 어깨를 웅크리며 완전히 지쳐 있었다.
낯선 타지에 디딘 첫발. 타지의 공항에 내 이름이 적힌 플래카드는 없고, 커다란 가방과 함께 반가운 사람들을 기다리는 이를 지나쳐 걷는 것이 익숙해졌다. 이 말은 더이상 타지라는 이유만으로 설레던 마음을 잃어버렸다는 뜻이고, 조금은 지쳐 있다는 뜻이었다.

여행이 아무런 상처 없이 온전히 아름답기만 했다는 말은 거짓이다.

성곽 속 도시 프라하. 동화 같은 낭만을 가진 이곳에 머문 관광객들은 꼭 가보아야 하는 곳이 있다. 프라하의 명물 천문시계는 정각이 되면 12사도

가 움직이며, 황금새가 운다고 한다. 그리고 그 시간에 시계탑에 올라가면 사람들이 옹기종기 모여서 시계탑을 올려다보는 것을 볼 수 있다고 한다. 그러나 나는 아무것도 보지 못했다.

오랜 기간의 여행중, 처음 본 도시들의 주요한 곳만 카메라에 도장 찍듯 지나치는 관광에 완전히 지쳐 있던 상태였다. 역사를 음미하기엔 너무 많은 박물관을 거쳤고, 처음에는 발을 떼기 힘들었던 미술관과 성당에도 익숙함과 피로함이 동시에 찾아왔다. 그리고 그대로 앓기 시작했다. 내가 머무는 이 방은 어디인 걸까. 그리고 나는 왜 저 커다란 가방을 이끌고 끊임없이 방황하고 있는 걸까. 그렇다면 나는 지금 정말, 집으로 돌아가고 싶은 걸까.

불면의 시작은 너였다. 새벽과 아침 사이, 익숙한 침대에서 빼꼼히 뜬 두 눈의 시간을 오래도록 가지고 있는 사람을, 나는 아직도 미워하지 못한다. 나는 그렇게, 도망치듯 짐을 쌌다.

그리고 그날도 낯선 방의 침대에서 눈을 뜬 아침이었다. 프라하 광장에서 일일가이드를 신청해놓은 날이었다. 먹구름처럼 무거운 마음을 추스르고 나간 광장에는 많은 사람들이 모여 있었고, 나는 마음을 움츠린 채 가이드의 호명에 따라 역으로 향했다. 낯선 타지에서 모인 비슷한 얼굴들. 이방인들에게 보내는 눈길과 컴컴하게 젖은 하늘. 나는 그 자리에서 견딜 수 없는 기분이었다.

그렇게 다시 커다란 가방 옆으로 돌아갔다. 그리고 침대에 누운 채로 오랜 시간 책을 읽었다.

문득, 커피를 한잔 마셔야겠다는 생각이 들었다. 그리고 무작정 걸었다. 아무렇게나 탄 트램에서는 강이 보인다는 이유로 내렸고, 오래도록 앉아 있었다. 블타바 강 옆에는 굉장히 많은 새들이 있었는데, 서로 다른 종들이 어우러져 있는 모습에 눈길이 갔다. 그리고 그곳에 손을 꼭 잡고 온 아빠와 아들을 보았다. 그들은 천천히 계단을 내려와 강가로 다가오고 있었다. 아빠의 손에는 커다란 모이 봉지가 있었다. 그것은 가지고 있던 과자를 새들에게 준 것이 아니라 새에게 주기 위해 두 사람이 시간 내서 온 것처럼 보였다. 나는 그들이 이곳에 오기 전까지의 대화를 상상하며 작게 웃었다. 아이가 모이 봉지를 열자, 많은 새가 내 쪽으로 모여들었다. 커다란 새가 날갯짓을 할 때마다 아이는 아빠의 손을 붙잡으며 하얗게 웃었다.

나는 아직도 내가 걸었던 프라하의 거리 이름을 알지 못한다. 그러나 그 거리를 이제는 영원히 닿을 수 없는 곳이라 절망하지도 않는다. 다시 사랑하

는 사람과 함께 그 거리들을 걷고 싶다. '내가 오래도록 앉아 있던 자리가
여기야. 그때는 마음이 참 그랬어'라고 작고 조용하게 말하고 싶다.

진득하게 여행을 한다는 것은, 마음 한구석에 우둘투둘한 흉터가 생기
는 것. 그것은 때때로 손가락으로 더듬으면서 씨익 웃을 수 있는 어여쁜
흔적.

#3 영원한 기억, 베니스

멈춰진 기억을 맴도는 것은, 어떤 일일까.
때론 그 순간에 매몰되어, 끝없이 물속으로 떠내려가는 기분일 때가 있다.

세상보다 내 우주가 더 크게 느껴질 때가 있다. 비슷한 감정이 맴돌고, 하루
의 시작과 끝이 더이상 기쁘거나 슬프게 생각되지 않을 때. 그리고 매일 어
느 정도의 슬픔이 없다는 것을 상상할 수도 없을 때. 그래서 아마도 영원히
무언가 포기할 수도 시작할 수도 없을 것 같은, 그럴 때.

나는 여행을 갔다.

118개의 섬들이 작은 다리로 연결되어 있는 베니스. 이곳은 분명 꿈같은 곳
이었다. 베니스에 도착한 것은 늦은 오후였다. 늘 그렇듯 숙소를 옮긴 날이
면 견딜 수 없이 피곤했지만, 무거운 짐을 이끌며 훔쳐본 도시에 홀린 듯 산

책을 나갔다. 대개 많은 유럽 도시들이 그렇듯 이곳 또한 저녁 여덟시면 가게의 문을 닫았고, 거리의 사람들 또한 숨을 죽였다. 새벽 두시의 빈 도로 같은 침묵. 까만 하늘에 별 그리고 고요히 찰랑이는 에메랄드빛 바다, 희뿌연 겨울 입김.

멈춰진 겨울, 버려진 잎들이 시작을 꿈꾸는 그 계절. 그 겨울의 베니스를 나는 걸었다.

처음 걷는 낯선 도시는 길을 잃을 때마다 바다가 있었다. 골목은 시멘트가 아닌 좁은 바다로 막혀 있었고, 그것은 연결되지 않은 섬이었다. 이곳은 마치 헤매기 위해 존재하는 미로 같았다. 길을 잃어도 아무도 화내지 않았고, 막힌 골목은 그저 다른 풍경을 선물한 채 또다른 골목으로 닿게 할 뿐이었다.

잊지 않기 위해 발버둥치는 순간들이 삶에서 몇 번이나 있었던가. 꿈에서 깨어나 내가 이곳에 있었던 것이 모두 거짓이라 믿게 될까 두려워, 사진을 찍었다.

어떠한 말로도 닿을 수 없었던, 베니스에 닿았을 때. 그 상상의 섬에서 정말로 사는 사람과 이야기한 적이 있다. 여자는 내가 머문 숙소를 운영하는 한국인이었는데, 삼십대 초중반의 많지 않은 나이였다. 나는 그녀의 유난히 반짝이는 눈을 한참을 바라보다 막연히 물었다. 당신은 어떻게 이곳에서 이렇게 머무느냐고.

여자는 가만히, 바다처럼 웃었다.

나는 여자가 말해준 곳을 걸었다. 섬과 섬 사이. 베니스에 넓은 공원이 있다는 것을 믿기 어렵겠지만, 나는 이곳에서 분명 푸른 공원을 보았다. 베니스 사람들은 공원에 가기 위해 바다를 왼편에 두고, 섬 가장자리를 걸어간다. 벤치는 녹색 바다를 마주하고, 바다는 또다른 작은 섬들을 바라본다. 바다 옆 공원에는 잔디에서 공놀이를 하고 있는 아이들이 있었다. 그들 뒤에는 아주 가까이 배가 지나가고 있었다. 아무렇지도 않은 평범함에 나는 걸음을 멈췄고, 햇살은 바다를 부신 채 사람들을 또하나의 이미지로 만들었다.

아름다웠다. 베니스의 바다가 섬 한 부분을 스칠 때. 그 순간 속에서 나는, 심장 소리와 갈매기 소리를 함께 들으며 오래도록 서 있었다.

너도 눌러보면
나를 알게
될 거야

: 금발 여인과의
상호 마사지 교감기

———

김 상 욱
:

하는 일_ 대중음악 콘서트 연출 프로듀서
여행지_ 방콕 왓포마사지스쿨

나는 프리랜서 콘서트 연출가다. 콘서트 연출일을 한다는 건, 크리스마스 전주부터 연말까지의 열흘여 동안 죽을 만큼 바쁘다는 뜻이다. 2011년 가을, 회사를 나온 후 프리랜서로 맞는 두번째 연말을 기다리던 가을이었다. 나 역시 '이제 나도 프리랜서로 자리를 좀 잡았으니, 올해 12월은 정말 정신 없겠지? 이 악물고 버텨야지' 하면서 기대 반 걱정 반으로 대기중이었다. 하지만 막상 12월은 다가오는데, 맡은 공연이라고는 크리스마스에 서울에서 단발로 열리는 공연 하나밖에 없었다. 사실 몇 달 전부터 준비하고 있던 공연이라, 막상 12월이 되자 그 공연에 몰입할 필요도 없었다. 마음이 조급해졌다. 주위 사람들이 바빠질 때, 나만 비자발적 실업으로 빠져들고 있었다. 10월, 11월…… '어떤 공연은 누가 연출을 맡았다더라'는 얘기가 들려올 때마다 난 패배감에 위축되어갔다. 공연으로 바빠야 할 12월이 '왜 나를 찾지 않지? 내 연출이 그렇게 별로인가'라는 덧없는 질문과 자책으로 무너져가는 자존심을 감싸느라 바쁜 12월이 되어버렸다.

"오빠. 그러지 말고, 크리스마스 공연 끝나면 어디 바람 좀 쐬고 와요."
보다 못한 여자친구는 내게 여행을 권했다. 결혼을 반년 앞둔 시점이었다. 불안정한 남자친구의 직업 덕에 결혼 승낙을 받는 것도 쉽지 않았는데, 일 없는 연말 때문에 조바심 내는 나를 보기가 안쓰러웠던 건지 옆에서 꿍하고 있는 꼴을 보느니 여행이라도 보내서 마음을 다스리고 오게 하고 싶었던 건지 모르겠지만.

"연말에 나 혼자 있어도 괜찮아, 대신 가서 재미있게 보내다 와요."

이렇게 면죄부까지 쥐여주면서.

12월 28일 오후, 나는 방콕행 비행기를 탔다. 그건 단순한 여행이 아니라 내 생애 첫 '유학'이었다. 그 흔한 어학연수며 교환학생 한 번 안 가본 내가 유학을 떠나다니. 전공은 타이 마사지, 학교는 왓포타이전통의술학교였다. 평소 해외 공연을 다닐 때 여러 나라의 다양한 마사지를 체험해보는 것을 좋아했기에 그중 나에게 제일 잘 맞는 타이 마사지를 진짜로 한번 배워보고 싶은 생각이 들었다. '열심히 배워서 신혼여행가서 마사지해줄게'라는 여자친구와의 약속을 다시 되새겼다.

방콕에 도착해서, '유학생'답게 저렴한 숙소를 찾아가 딜을 시도했다.

"내가 여기서 여섯 밤을 잘 테니, 하룻밤은 공짜로 재워줄 수 있겠니?"

주인장은 늦잠을 즐기다 일어난 멍한 얼굴로 나를 뚫어져라 보다가 마지못해 고개를 끄덕였다. 하룻밤에 만이천 원짜리 싱글룸을 얻다니, 역시 방콕은 사랑하지 않을 수 없다. 비록, 온수는 나오지 않고 약간의 개미와 동거해야 한다고 해도.

대중교통의 하나인 수상보트를 타고 학교로 향했다. 교통체증이 심한 방콕에서 강변에서 강변으로 이동하는 데는 보트만한 것이 없다. 도도하고 더럽게 흐르는 짜오프라야 강을 타고 내려와 학교 등록부터 하려고 갔더니, 증명사진이 필요하단다. 수납하는 태국 이모는 친절하게 근처 사진관을 알려주었고, 사진관 아저씨는 흰 티만 입고 있던 내게 태국 오십대 아저씨들이 입고 다닐 것 같은 양복을 권했으며, 나는 감사히 옷을 걸쳤다. 그렇게 태국 오십대 아저씨처럼 나온 사진으로 등록을 마쳤다. 수강료며 졸업증값이며 증명사진까지 사십만 원 정도가 들었지만, '내일부터 나는 유학생이다!'라는 생각에 뭔가 뿌듯했다. 서울에서의 패배감은 잊고 오랜만에 학생으로 돌아가 새 학기를 기다리는 신입생의 마음을 가지니, 일단 개강파티를 해야겠다는 생각이 들었다. 이국에서 여는 나 혼자만의 개강파티, 싱하와 길거리 꼬치를 사다가 신나게 먹었다.

다음날 아침, 첫 등교다. 우리 반은 이모뻘 되는 두 명의 태국인 선생님이 네 명의 학생을 가르쳤다. 교수 일인당 학생수가 이렇게 적다니, 등록금이 비쌀 만하다. 학생은 나와 독일에서 온 금발 아가씨, 대만에서 온 중년 부부다. 첫 수업을 시작하자마자 선생님은 내게 양말을 벗으라고 했다.

'왜 나만…… 다른 사람들 다 양말 신고 있는데……'

뾰로통한 표정으로 맨발이 된 내게 선생님이 다가왔다. 그리고 내 발에 마커 펜으로 글씨를 쓰기 시작했다. 마사지하는 순서와 위치를 표시하는 것이었다. 아, 이런. 왜 나만 갖고 이래. 순간 서울에서 왕따된 듯한 느낌이 되살아나며 선생님이 미워졌다. 나머지 세 학생이 낄낄대며 내 발을 사진 찍기 시작했다. 더 기분이 나빠졌다. 이어서 선생님은 내 팔뚝을 걷어붙이더니 팔에도 점을 찍고 숫자를 써댔다. 나는 순식간에 시범조교, 아니, 교보재가 되어 가고 있었다. 두려웠다.

'이거 속옷만 빼고 다 벗으라는 건 아니겠지?'

나는 어느새 '왓포스쿨 굴욕 한국인 사진'의 모습을 상상하고 있었다. 다행히 굴욕의 시간은 거기까지였다. 그리고 나머지 세 학생도 똑같이 마커 칠을 당했다. 기분이 좀 좋아졌다.

이윽고 본격적인 수업이 시작됐다. 수업은 거의 엄격한 도제식으로 진행되었다. 음양의 조화를 고려해 남녀 2인 1조가 되어 학생끼리 서로 마사지를 하면, 옆에서 선생님이 코치해주는 방식이다. 선생님은 나와 독일 아가씨 아스트리드를 한 조로 엮었다. 아스트리드는 키가 180센티에, 금방이라도 튀어나올 듯한 큰 눈, 아버지가 유도 선수가 아니었을까 상상되는 떡 벌어진 어깨와 넓은 등, 두툼한 상체, 길고 긴 다리, 그리고 한 대 맞으면 정말 아플 것 같은 거대한 손과, 거대한 육신에 어울리지 않게 새침한 영혼을 가진 친구다. '금발의 백인 여성을 마사지하고, 또 마사지 받다니!' 갑자기 여자친구에게 미안해졌다.

하지만, 곧 그 마음은 사라졌다. 아스트리드를 마사지하는 것도, 거꾸로 그녀에게 마사지 받는 것도 고역이었기 때문이다. 선생님들은 '천천히(Slowly)'를 입에 달고 있다. 대충 누르는 척하면서 넘어가는 걸 용서하지 않고, 체중을 양손 엄지에 실어 정확한 포인트를 천천히 눌렀다가 떼라고 가르친다. 그런데 아스트리드의 장대한 기골은 마사지하는 입장에선 아주 난감하다. 목욕탕 세신사가 성인 손님 중에 육중한 손님에겐 돈을 더 받고 싶은 이유와 같다. 남들은 여섯 번 누르고 넘어가면 되는 등 파트를, 아스트리드는 여덟 번을 눌러야 했다. 길고 무거운 다리를 들고 스트레칭을 할 때에도 나는 무게가 팔십 근이 넘고 길이가 여덟 척이었다는 청룡언월도를 든 어린아이처럼 허우적대야 했다.

한편, 아스트리드에게 마사지를 받는 건 더 큰 고역이었다. 마사지가 처음이라는 아스트리드는 아빠 어깨도 한번 주물러보지 않은 듯한 서툰 몸짓으로 나의 가녀린 팔다리에 그녀의 체중을 온전히 실은 엄지를 꽂아댔다. 게다가 순진한 그녀는 요령도 피우지 않고 선생님이 시키는 대로 아주 천천

히 압을 행했다. 나는 고문을 받는 심정이었다. 정확한 자리를 눌러도 아픈데, 서툰 그녀의 손가락은 엄한 자리를 누르기 십상이었고, 그럴 때면 나는 여기가 왓포스쿨인지 남영동 대공분실인지 헷갈릴 정도였다. 물론, 처음엔 그녀에게 정중하게 "살살 눌러주면 좋겠어, 거기는 포인트가 아니야"라고 몇 번 얘기해봤지만, 그럴 때면 육중한 그녀는 그 새침하고 시크한 표정을 지으며 "암 쏘 쏘리, 케빈"만 연발했다. 결국 그녀의 실력은 나아지지 않았고, 나는 인내의 길을 택하게 되었던 것이다.

나흘간의 수업 내내 파트너는 바뀌지 않았고, 나는 아스트리드에게 마사지를 하느라, 그리고 마사지를 받느라 생긴 근육통을 잊기 위해 약쟁이가 마약을 찾듯 맥주를 사들고 방에 들어갔다. 싱하, 레오, 창 등 로컬 맥주를 닥치는 대로 마시고는 초저녁이면 곯아떨어졌다가 아침에 일어나면 냉수 샤워가 기다리고 있었다.

'이 더운 나라에 온수 없으면 어때, 훈련소 때도 냉수로 샤워했는데!'라며 호기롭게 주인장의 경고를 무시한 죄를 벌하듯, 선선한 아침의 냉수 샤워는 뇌세포까지 얼려죽일 기세로 단박에 잠과 숙취를 깨워냈다.

그렇게 '유학'이 '극기 유학'으로 변질되어가던 닷샛날. 오전 마지막 수업을 마친 후 오후에는 최종 테스트가 있었다. 대만인 부부는 '아직 더 연습하고 싶다'며 자신들은 내일 테스트를 받겠다고 했다. 덕분에 나와 아스트리드의 테스트는 두 선생님을 모두 차지한 이심제로 진행되었다. 테스트는, 교재를 보지 않고 그동안 배운 이백여 가지의 기술을 순서대로 암기하여 행하는 것이었는데, 사실 나흘 반 만에 이백여 기술의 순서를 모두 외운다는 게 쉬운 일은 아니다.

고백하건대, 나는 수업에 충실한 편이 아니었다. 크고 긴 그녀를 마사지하느라 쌓인 육체적 피로, 그녀에게 부정확한 압을 받을 때의 고통에 더불어 '저기 잘못 누르면 진짜 아픈데' 하는 고민을 계속해야 하는 심리적 부담감, 진통제 삼은 숙소에서의 알코올 섭취로 인한 자율학습시간 부족 등이 원인이었다. 반면 아스트리드는 수업에 충실할 수 있었다고 주장하고 싶다. 우월한 신체 조건을 활용해 손쉬운 마사지가 가능했고, 피험자로서는 나의 섬세한 기술을 만끽할 시간적 여유가 있었기 때문이다.

시험은 아스트리드가 먼저였다. 나는 '풀코스 딱 한 번, 두 시간만 고통을 견디면 된다'라는 생각으로 누웠다. 예상대로 아스트리드는 척척 순서를 알아서 진행했다. 나의 고통은 여전했지만, 그건 마라토너의 세컨드윈드 같은 것이었다. 아스트리드의 시험은 성공적으로 끝났고, 이제 내 차례가 시작됐다. 초반부는 순탄하게 흘러갔다. 여전히 그녀의 등짝은 광활했지만, 원래 『수학의 정석』도 집합 명제는 모두가 눈 감고도 푸는 법.

하지만 원래 시험이란 뒷장을 넘길수록 아는 문제와 모르는 문제가 섞이기 시작한다. 중반부를 넘어서면서 잠깐씩 헷갈리기 시작했다. 나는 아스트리드의 발가락을 잡고 '그다음이 뭐였지' 하면서 오 초간 멍하니 좌측 천장을 바라보다가 겨우 다음 순서를 생각해냈다. 곧이어 괜히 다리 꺾기를 오래하며 다음 순서를 기억해내려 애썼다. 그러자 이번엔 다음 기술이 절대 떠오르지 않았다. '왼쪽 종아리였나? 거기 아까 했는데……. 그럼 오른쪽 발등인가?' 큰일이다. 등에 식은땀이 또르르 흘렀다. 들어서 꺾고 있는 아스트리드의 다리가 무거웠기 때문만은 아니었다. 그때, 아스트리드가 오른팔을 뻗어 매트 위에 척 소리가 나도록 놓았다.

'아, 맞다. 다음이 오른팔이었지. 얘가 하필 오른팔을 뻗었네. 다행이다.'
나는 고비를 넘겼다. 하지만 시험이란 시험지의 마지막 장이 펼쳐졌을 때가

하이라이트다. 아는 문제와 모르는 문제의 묘한 배치. 아는 것도 모르는 것 같고, 모르는 건 진짜 모르는 것 같은 혼돈. 그런데 이 마사지 시험은 하나를 못 풀면 그다음 문제를 풀 기회조차 없다. 후반부에서 나는 기억의 폭풍 같은 소멸을 경험하게 됐다.

그런데, 그럴 때마다 새침한 거구 아가씨는 마치 나와 교감하는 듯, 자연스럽게 다음 순서로 몸을 움직였다. 한 번, 두 번, 마음속으로 '아, 이거였지!' 하며 무릎을 탁 치는 순간들이 이어졌다. 그렇다, 이건 분명 우연이 아니었다. 그녀를 마사지하는 내 손이 멈칫거릴 때마다 그녀는 눈으로 보지 않고도 몸으로 느끼고 나를 리드해나갔다. 마치 데뷔전을 치르는 고졸 신인 투수를 리드하는 베테랑 포수의 볼배합처럼, 투수의 자존심을 살리면서도 게임을 잘 풀어나가는 리드였다. 이건 베테랑 해설자만이 찾아낼 수 있는 명장면 같은 것이었다. 그녀의 잔잔한 도움 덕에 나는 시험의 9회 말까지 완투할 수 있었다.

진땀 빼지는 시험을 끝내고, 우리는 처음이자 마지막으로 같이 사진을 찍었다. 자격증을 들고, 1일차 수업을 이제 막 시작한 새내기들을 배경으로. 그리고 석양이 온통 주홍빛으로 물들인 짜오프라야 강의 보트 터미널로 걸어가며 마지막 인사를 나눴다.

"아스트리드, 그동안 고마웠어. 남은 여행 잘 마치고, 독일 돌아가서도 행복하길 바랄게. 그나저나 네가 도와주지 않았다면 난 내일 서울 가는 비행기를 못 탔을지도 몰라, 고마워."

새침한 거구의 독일 아가씨는 대답했다.

"케빈, 너도 서울 가서 행복하고, 결혼 축하해. 여기서 배운 마사지를 신혼여행가서 해준다면 여자친구가 정말 좋아할 거야. 그땐 꼭 순서 다 외워서 멋있게 해줘. 먼저 갈게, 안녕!"

생면부지의 독일 아가씨 덕분에 나는 패배감을 안고 떠난 방콕에서 자신감과 자격증을 얻어 돌아올 수 있었고, 평생의 안줏거리로 쓸 일주일의 추억을 얻었다. 몇 달 후, 신혼여행에서 여자친구, 아니 아내에게 처음으로 풀코스 마사지를 해주고 엄청난 칭찬을 받은 것은 물론, 지금도 아내의 기분이 별로다 싶으면 잽싸게 마사지를 해주곤 한다. '왓포타이전통의술학교 자격증 있는 남자'라고 뻐기면서.

우리 모두가
삶이
되는 곳

김 세 원
:
하는 일_ 대학교 재학중
여행지_ 멕시코 치아파스

솔직하게 고백하고 인정하겠다. 2011년, 교환학생으로 간 멕시코시티 근교에서의 짧았던 사 개월의 생활은 완전한 대실패였다. 몇 년간 배운 스페인어 전공이 무색하게도 일상에서 내가 가장 많이 뱉었던 말은 '잘 모르겠다'는 뜻인 '노 로 엔티엔도(No lo entiendo)'였으며, 유대인과 백인이 대다수였던 학교 친구들은 잔뜩 기대했던 '세련되지는 않았지만 환한 미소로 반겨주는 정감 가는 중남미'의 이미지를 구식이라 비웃었고 종종 냉담하기까지 했다. 나름대로 긍정적인 성격의 소유자라 자부하던 나는 모든 좋지 않은 상황들에 최대한 담담해지려고 애를 썼다. 그러나 난 점점 어떤 관계에 있어서든 어쩔 줄 몰라했고, 한국 사람들과 신나게 몰려다니기는 했지만 이 먼 이국땅에서 나의 존재는 '기껏 외국 와서 한국어만 쓰는, 전형적인 실패한 어학연수생'이라는 자각과 함께 별 의미가 없는 것 같이 느껴졌다. 내가 여기에 와서 존재하는 이유 자체가 '노 로 엔티엔도'였던 것이다.

학기를 꾸역꾸역 마쳤다. 나는 같이 가자는 몇몇 사람들의 권유를 고집스럽게 뿌리치고 짐을 꾸려 멕시코 최남단 치아파스 주로 혼자 여행을 가기로 결심했다. 그렇게 훌쩍 떠나는 나를 보고 사람들은 놀라워했다. 멕시코라는 나라에서 여자 혼자 떠나는 여행이 안전을 보장받지 못하는 탓도 있었지만 치아파스 주의 조그마한 주도인 산 크리스토발 데 라스 카사스는 멕시코시티에서 편도로 열세 시간이나 걸렸다. 그럼에도 불구하고 나는 최대한 빨리, 최대한 멀리 도망치고 싶었다. 머리 아픈 이곳으로부터 외로움과 우울함에 겹겹이 쌓여 있던 나 자신 스스로를 탈출시키기 위해. 동양인을 거의 처음 봤던 동네 사람들의 낯설고 날 선 눈길을 무시하고 내가 먼저 내 밀었어야 했던 손을 부끄러워하지 않기 위해. 관계의 실패가 존재가치를 입증하는 것의 실패라 여겨지는 지겨운 상황에서 탈출하여 완전히 혼자인 상태에서 새롭게 생각해보기 위해.

도망치듯 떠났던 밤버스 안에서 쪼그려 누워 선잠에 자다 깨기를 몇 번. 끝이 안 날 정도로 지겹게 이어지던 도로 끝에 드디어 산 크리스토발 데 라스 카사스가 있었다. 비몽사몽 버스에서 내려 타오르듯 쨍한 햇빛에 눈을 간신히 떴을 때 비춰진 도시의 풍경은 예상치도 못했던 것이었다. 세상과 단절된 채 고요와 정적에 감겨 있을 줄 알았던 멕시코 최남단의 조그마한 도시는, 스페인 식민지 시절의 건축양식이 그대로 담긴 강렬한 오렌지빛 건물들 사이에서 갓 구운 빵냄새를 풍기는 프랑스인 부부가 하는 빵집이 있는 곳, 과테말라로 넘어가기 전 무거운 배낭을 이고지고 온 백패커들의 각종 언어들로 북적북적한 곳, 정성 들여 만든 수공예품을 팔러 맨발로 뛰어 다니는 마을 아이들로 시끄러운 곳이었다. 그야말로 고요히, 홀로, 정신적으로, 명상이라는 단어들과는 몽땅 어울리지 않는 활기찬 곳이었고 나는 곧 이 도시에 발을 들인 순간부터 각종 언어, 문화, 상황들이 어지럽게 쌓여 뒤범벅이 된 새로운 관계들의 복판에 뛰어들었음을 느꼈다.

시티에 있을 때처럼 기분이 나빠지거나 머리가 아파지는 관계들의 만남이 아니었다. 즉흥적으로 짜인 복작복작한 연극무대 같은 이 광경에서, 어딘가에서 굴러들어온 나 같은 이방인도 훌쩍 그 판에 뛰어들 수 있는 여유가 느껴졌다. 전 세계 여행객들이 온 도시에 활기를 불어넣고, 그런 도시가 좋

아 눌러앉은 파란 눈의 수많은 가게 주인들, 길을 잃고 방황하는 까만 머리 동양인과 그걸 가만히 지켜보는 늙은 할머니와 어린아이들……. 치아파스라는 도시에 낯선 우리 모두의 행동은 이곳, 치아파스의 삶이 되었다. 그리고 그것은 몇천 년 간 이어온 산 크리스토발 데 라스 카사스의 역사가 우리에게 보여주는 새로운 '존재의 방식'이었다. 상대방이 존재해야 비로소 나 또한 존재할 수 있는, 우리가 서로 우리를 기댈 수 있게끔 하는 삶의 열기가 가득한 도시.

그런 생각이 산 크리스토발 데 라스 카사스의 거리거리를 걸으며, 그리고 그 거리에 있는 사람들의 주고받는 미소들을 보며 확고해졌다. 간단히 호스텔에서 체크인을 마친 후에, 산 크리스토발 데 라스 카사스 주위에 있는 팔렌케 유적지와 수미데로 협곡을 둘러보는 투어를 신청하기 위해 여행사에 들러 간단한 정보를 적어주니, 다음날 새벽에 내가 묵고 있는 호스텔 앞으로 투어버스가 나를 태우러 도착할 것이라고 일러줬다. 여기에서도 장장 여덟 시간을 버스로 들어가야 나오는, 정글 속에 묻힌 마야 문명의 유적지와 웅장한 협곡을 기대하며 나는 저녁도 먹지 못한 채 깊은 잠에 빠져버렸다.

그 다음날 새벽 일곱시 정각. 파랗게 흩어진 하늘 아래 나는 입김을 불며 호스텔 앞을 왔다갔다 초조하게 걸어다녔다. 최남단에 위치한 도시였지만 역시나 멕시코의 겨울도 겨울이었다. 이미 가버렸나 발을 동동 구르고 있던 내가 바보같이 느껴질 정도로 투어버스는 약속시간에서 삼십 분이 지나 호스텔 앞에 느긋하게 굴러들어왔다. 태평하기로 둘째가라면 서러울 멕시코 사람들이란 걸 잊고 있었던 것이다. 버스에 오른 뒤 얼마 지나지 않아 뱀의 똬리처럼 구불구불한 산길을 타고 오르락내리락하기를(비위가 약

한 사람은 조심해야 할 것!) 몇십 번. 고대 마야 문명의 보고인 팔렌케 유적지에 도착했다. 그곳에 도착한 순간, 나는 할말을 잃었다. 따뜻한 햇살에 우거진 나무들이 비추는 빛은 온통 녹색과 금색으로 반짝이며 조각나 부서졌고, 유적지 안에서는 알 수 없는 동물들 소리가 이따금 기묘하게 울려퍼졌다. 그곳은 태초의 정적을 잘 담고 있는, 가꾸어진 신의 마당 같았다. 그곳의 한가운데 가만히 서보면 정말 나는 아무것도 아니었다. 먹먹함에 그만 눈물이 났다.

훌쩍이며 풍경 사진만 담고 있는 나를 지켜보던 후안이라는 한 할아버지가 다가와서 괜찮으면 유적지를 같이 둘러보고 사진도 서로 찍어주자며 제안하였다. 후안은 멕시코시티 근교의 작은 도시에서 조각을 한다고 했다. 옆에서 팔렌케 유적지의 피라미드와 신전들을 보며 연신 감탄하는 후안이 나는 왠지 모르게 위안이 되었고, 어느새 후안에게 사 개월 동안 있었던 일들에 대해 말하기 시작했다. 신기했다. 어설픈 테니스 초보가 친 볼처럼, 매번 맥락이 끊겨 바닥만 치던 나의 스페인어 대화는 이상하게도 할아버지 앞에서 술술 풀렸다. 내가 어떻게 매번 적응하고 익숙해져야 하는 것들로부터 도망쳤는지에 대해, 그리고 도망치는 순간에도 느꼈던 자괴감, 혼자 예민하고 초조해하며 지고 다녔던 불안이란 짐짝들을 후안 앞에 모조리 쏟아놓았다. 후안은 그 대답으로 느긋하게 팔렌케 이야기를 했다. 팔렌케 유적지도 250년 전에 스페인 선교사들에게 발견되기 전까지 800년 가까이 인간에게 발굴되지 않은 채 있었으며 이곳의 가치를 알아봐준 그 누군가가 있었기에 이곳에 존재하고 있다고 했다. 그리고 나도 마치 팔렌케처럼, 내가 한국에 있든 멕시코에 있든 나의 가치를 알기 전까지는 도망치지 않는 연습을 해야 한다고 이야기했다.

그의 말이 맞았다. 나는 어디에서든 도망치는 사람이었다. 정말 사랑하지 않는 것들로부터는 애초부터 관계를 맺기 싫어 도망쳤고 정말 사랑하는 것들로부터는 그 관계가 때때로는 부담이 되어 이따금씩 도망쳤다. 그러나 한 가지 분명한 점은, 멕시코시티에 있든, 산 크리스토발 데 라스 카사스에 있든, 팔렌케에 있든, 서울에 있든, 나는 관계들 속에서 영원히 살아가야 한다는 것이었다. 나 자신 혼자의 관념 속에서가 아닌 남들과의 관계 속에서 내 존재가 존립한다는 사실은 차마 도망쳐 외면할 수 없는 사실이었다. 그러나 오늘 후안이 내게 문득 다가와 나의 가치를 일깨우는 법을 말해주었듯이, 그 엉켜 있는 관계들을 있는 그대로 인정하고 받아들인다면, 그리고 삶의 이런저런 면모들을 가만히 응시해본다면, 그 자체로 완성되는 인간 삶과 존재의 미학을 알 수도 있을 것이라는 생각이 어렴풋이 들었다. 어떻게 보면 냉담했던 학교 친구들도, 한국어만 쓰던 내 멕시코 생활도, 결국엔 다 지금,

팔렌케 유적지 한가운데에 있는 나를 만들어주었다. 한편으로는 내가 너무 심각하고 진지하게 생각하고 있었던 것들도 어쩌면 저렇게 후안 같은 느긋한 말투에 담담히, 아무렇지도 않게 흘려보낼 수 있을지도 모르겠다는 생각도 언뜻 들었다.

나는 후안에게 따뜻한 인사를 했다. 어느덧 오래된 친구같이 느껴진 후안은 나에게 넌 눈이 참 예쁘다고 말하며 케이팝을 좋아한다는 아들의 이메일 주소를 적어서 나에게 쥐여주었다. 자신은 이메일이 없으니 겸사겸사 연락하면 좋겠다고. 나는 후안에게 알겠다고 이야기를 하며 마지막 인사를 했다. 그리고 언젠가는 나도 다른 사람들에게 오늘의 후안이 되고 싶었다. 먼저 손을 내밀 수 있을 것 같은 느낌이었다. 비록 그걸 괴로웠던 지난 사 개월의 끝에 알게 되어서 안타까웠지만, 후안 말처럼 '항상 인생은 그렇지 않은가?'

다시 산 크리스토발 데 라스 카사스로 돌아왔을 때 소란스럽게 복작이던 도시는 날이 저물어 다른 모습을 띠었다. 다홍빛의 석양과 고요한 침묵이 도시의 거리와 건물들 구석을 비집고 들어가 그날의 끝을 알릴 때 나는 다시 멕시코시티로 돌아갈 때가 되었다는 걸 알았다. 나는 호스텔로 돌아와 짐을 꾸리기 시작했다.

그래도
만나서
다행이다

김 세 진
:
하는 일_ 국제구호개발 활동가
여행지_ 아프리카 르완다

누군가는 태어난다는 건 동시에 죽음을 가져오는 일이기에 어쩌면 슬픈 일일지도 모른다고 했지만, 난 아닌 것 같아. 네가 태어났기에 우리가 만났고, 우리의 만남은 정말이지 즐거웠잖아. 그리고 너의 삶은 참 많은 걸 남겼거든. 모든 삶, 그 속의 모든 만남이 그러하듯이.

너와의 만남처럼 짧지만 따뜻했던 내 삶 속의 또다른 만남 이야기를 해줄게.

르완다의 한 시골학교에 찾아갈 때였어. 운전기사와 한참 동안 실랑이를 벌인 끝에 아주 싼 가격에 차를 빌렸어. 나보다도 훨씬 나이가 많은 것 같은 고물 자동차였는데, 가는 내내 경운기처럼 덜덜거렸어. 달리다가 차가 분해되어버리는 게 아닌가 할 정도로. 게다가 이유는 모르겠지만 운전기사가 절대 창문을 안 닫아주는 거야. 가격을 깎을 대로 깎았으니 어디 한번 당해보라는 거였나. 그땐 건기라서 발걸음만 떼도 흙먼지가 부옇게 일었거든. 창문을 연 채로 그렇게 흙먼지를 뒤집어쓰면서 몇 시간이나 달렸는지 모르겠어. 차에서 내렸을 땐 온몸이 온통 흙빛이 되어 있더라니까.

아무튼 그렇게 도착한 학교. 초입으로 들어서는데 저멀리서 오십 명쯤 아니 백 명쯤 되는 아이들이 줄지어 나를 기다리고 있는 모습이 시야에 들어오기 시작했어. 하나, 둘, 셋, 열, 열여섯, 스물, 마흔, 일흔둘…… 아. 그때 아이들 앞에서 울지 않은 것이 얼마나 다행스러운지.

떨리는 마음으로 고물 자동차에서 내렸어. 흙먼지가 잔뜩 낀 목을 흠흠, 몇 번 가다듬었어. 때가 새카맣게 낀 손톱도 정리하고 신발끈도 고쳐 맸어. 아이들이 서 있는 곳으로 한 걸음 두 걸음 조심스레 다가서며 찬찬히 아이들을 바라봤어.

별보다, 보석보다 더 빛나는 백만 개의 눈망울과 마주한 순간이었어.

나를 둘러싼 아이들 가운데 서서 생각했어. 이 아이들은 어떤 마음으로 나를 기다리고 있었을까. 나처럼 설레는 마음으로 만남을 기다렸을까. 기다리는 시간이 지루했을까, 즐거웠을까. 즐거웠다면 좋겠다. 그리고 이 순간을 잊지 않았으면 좋겠다. 나는 종이에 적어간 르완다어로 안부 인사를 건넸고, 아이들은 입을 모아 대답했어.

"아마꾸루(How are you)?"

"니메자(I'm fine)!"

나도 같이 외치고 싶었어. 너희들을 만나 '니메자!'라고. 까까머리 아이들은 흑인 특유의 끝내주는 웨이브를 타면서 환영의 노래를 불러줬어. 박수를 치면서, 발로 장단을 맞추며. 난생처음 들어본 그 멜로디와 아이들의 몸짓을 아직도 잊을 수가 없어.

"웨루커무 웨루커무 웨루커무 디어 아워 비지터스……."

열렬한 환영 속에 아이들과 인사를 나누었어. 특히 열혈 교장선생님께서 얼마나 반겨주시던지. 먼 곳에서 찾아와주어 감사하다는 말을 입이 닳도록 하셨지. 아이들은 처음에는 낯설어했어. 경계의 눈빛을 보내는 아이들도 있었고. 그러다 이내 친근해졌는지, 다가와서는 먼저 말도 걸고 놀자며 손을 잡아당기기도, 무릎에 슬쩍 앉기도 하더라고.

역시 가장 인기 있는 건 축구공이었어. 그 학교의 남학생들은 비닐봉지 따위를 축구공 크기로 둘둘 말아 끈으로 묶은 공으로 축구를 하고 있었는데, 한국에서 가져간 축구공을 꺼내니까 눈빛이 이글이글 타오르더라니까. 축구공을 뻥 차니까 수십 명의 아이들이 우르르 공을 쫓아가는 모습이 꼭 만화영화 속에 나오는 장면 같아 한참을 웃었어. 피부색이 다른 내 팔이 신기했는지 스윽 다가와서 쓰다듬는 아이들도 있었어. 어떤 아이들은 꼬불꼬불한 자신의 머리카락과 다른 내 머리카락이 이상했나봐. 슬쩍 만지기도 하고 잡아당기기도 하더라고. 그런 아이들이 귀엽기도 하고 우습기도 해서 자, 신나게 만져봐, 하며 오히려 아이들에게 머리를 들이밀었지. 까르르 웃으며 도망가는 아이들이 얼마나 사랑스럽던지.

사실은 나도 그랬어. 처음 만난 아프리카의 아이들이 신기했어. 두상이 어찌나 동그랗고 예쁘던지, 빡빡 깎은 곱슬머리는 얼마나 까끌까끌해 보이던지. 까만 피부는 또 얼마나 반짝반짝 윤이 나던지. 손가락이 얼마나 앙증맞던지. 계속 만져보고 싶었어, 나도. 그래서 내 머리를 한번 내어주고, 아이들의 머리를 한번 만지고. 내 팔을 한번 내어주고, 아이들의 팔을 한번 쓰다듬고. 유난히 빛나는 것 같은 아이들의 눈동자를 뚫어져라 바라보며 웃고, 아이들도 나를 보며 웃고. 내가 손을 내밀고, 아이들이 내 손을 잡아주고. 발을 맞추어 걷고, 함께 달리고. 서로 온 마음을 다해 안아주고.

두어 시간 남짓 아이들과 즐거운 시간을 보내고 교문을 나서는데, 한 아이가 나를 급히 쫓아오더니 수줍게 설익은 열매 하나를 건넸어. 아보카도였나. 숙소에 가자마자 한입 베어 물었는데, 너무 떫고 써서 바로 뱉어버렸어. 그런데도 웃음이 계속 새어나오는 거야. 아이들의 눈망울이, 웃음이 떠올라서. 참 고마워서. 고 귀여운 손으로 열매를 따서 흙먼지를 휘날리며 나를 따라왔겠지. 나에게 그런 마음을 가져다준 사람이 또 있었나. 그날 이후로 내 마음속에 그 열매의 씨앗이 들어앉아 무럭무럭 자라나고 있는 것 같아. 그때를 생각하면 마음이 간질간질한 것이, 무성한 잎사귀들이 흔들흔들하고 있는 기분이라니까.

더 머물고 싶었어. 서로가 익숙해질 때까지. 어쩌면 아이들이 하는 말을 내가 알아들을 수 있게 될 때까지. 천 개의 언덕의 나라 르완다에서 모든 언덕을 구르며 아이들과 천 번쯤 뛰어놀고 싶었어. 하지만 떠나야 했어. 어쨌거나 나는 여행객이었으니.

그래, 너도 여행객이었어. 그렇게 생각하기로 했어. 네가 영영 떠나버린 것이 아니라 긴 여행을 하는 중이라고. 오히려 여기서 보낸 시간이 너에게는 잠깐의 여행이었을지도 몰라. 그래서 너는 떠나야만 했던 거라고. 넌 지금쯤 유럽행 비행기에 올라 있을지도 모르겠다. 아니면 고물 자동차에 몸을 실은 채 누군가를 만나러 가는 중일지도 모르고. 괜찮아. 짧은 여행길에 우리가 만나 마음을 나누었으니 그것만으로 충분히 즐거웠잖아.

너를 잃은 나는 풀풀 흩날리는 흙먼지를 뒤집어쓴 채 고물차를 타고 정신없이 비포장도로를 달리는 중이야. 이 여정이 끝나고 차에서 내리면, 옷매무새를 가다듬을 거야. 먼지를 털어내고 어깨를 펴고 새로운 만남을 준비할 거야. 기다리는 이를 찾아가는 지금의 고단함이 있기에 다가올 만남이 더 기다려진다.

짧은 만남이었지만, 오래도록 기억할 거야.
우리, 만나서 참 다행이다.

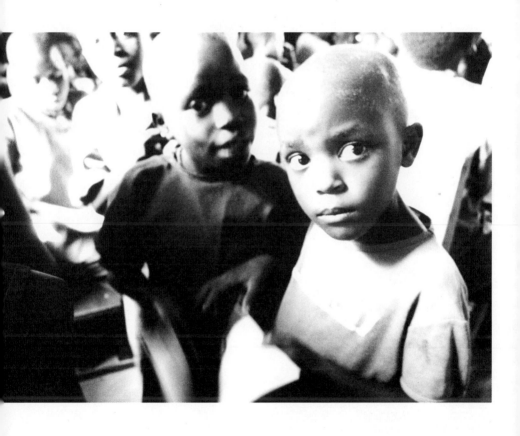

모기는
죄가 없다

김 수 수
:
하는 일_ 문학 편집자
여행지_ 아프리카 잠비아, 탄자니아

●

말라리아는 흔한 병이다. 어떤 연구에 의하면 인류 탄생 이후 지금까지 사망한 인간의 절반이 그 바이러스성 질환으로 사망했을 정도라고 한다. 전쟁보다 많고, 감기보다 많고, 페스트보다 많고, 핵폭발보다도 많다. 말라리아를 옮기는 것은 모기다. 모기는 전 세계 어디에나 있다. 그러니까 내가 말라리아로 죽는다고 해도 전혀 이상할 게 없는 일이었다.

딱 세 방이었다. 모기에 딱 세 방 물렸는데 말라리아에 걸려버렸다. 물론 현대 의학의 눈부신 발전으로 치료약은 이미 발명되어 있었지만 그 끔찍한 바이러스에 감염된 장소가 잠비아에서 탄자니아까지, 아프리카 한복판을 2박 3일간 달리는 기차 안이라는 것이 문제였다. 잠복기를 거친 말라리아 병원균이 활동을 시작해 내 몸이 어딘가 이상하다는 걸 느낀 것은 열차가 출발한 직후였다.

나는 케이프타운에서 알렉산드리아까지 아프리카 대륙을 육로로 종단하는 여행을 하는 중이었다. 스물세 살에 떠난 생애 첫 해외여행인데다가 동행도 없었지만 그럭저럭 무사히 지내고 있다고 생각했는데 한 달 반 만에 덜컥 위기가 닥쳐버린 것이었다. 그리고 그것은 911테러만큼이나 느닷없었고 외환 위기만큼이나 치명적이었다.

말라리아의 증상은 다음과 같다. 적도를 달리고 있는데도 몸이 수영장 탈

수기처럼 떨릴 정도의 오한, 온몸의 관절이란 관절은 죄다 짓이겨지는 듯한 통증, 구토, 탈수, 시야 흐려짐, 욕설 사용 빈도 증가 등이다. 처음부터 내가 말라리아에 걸렸다는 걸 알아차린 것은 아니었다. 감기일 거라고 생각했다. 하지만 곧 그게 아니라는 걸 알게 되었다. 살면서 감기에 수도 없이 걸려봤지만 그렇게 아픈 적은 없었기 때문이다. 나는 4인실로 된 2등 침대칸에 타고 있었는데 내가 통증을 호소하자 같은 칸에 타고 있던 사람들이 혀를 차기 시작했다. 맞은편 자리에 앉아 자신을 윌프레드라고 소개한 뚱뚱한 잠비아인이 내게 말라리아에 걸린 것 같다고 말해주었다. 어떻게 아느냐고 묻자 그의 가족들이 모두 한 번씩은 그 병에 걸려보아서 증상을 잘 알고 있다고 했다. 그가 말한 증상은 내가 겪고 있는 것과 정확히 일치했다.

"그 사람들은 다 살아 있나요?"

"몇 명은요."

나는 사색이 되었고 그는 그런 나의 반응을 재미있어했다. 농담이라고 할 줄 알았는데 끝까지 그 말은 하지 않았다. 내가 있던 칸에서 나를 제외한 세 명은 모두 잠비아인이었다. 그들 모두 자신이 말라리아에 걸린 적이 있거나 가족이 말라리아에 걸린 것을 본 사람들이었다. 그렇기 때문에 내가 얼마나 아픈지 잘 알았다. 윌프레드는 얼른 승무원을 불러 말라리아 약을 가져다달라고 부탁했다. 나는 그들의 친절이 고마워서 눈물이 났다. 물론 이미 아픔으로 눈물범벅인 상태에서 겉으로 표가 나지는 않았을 것이다. 승무원은 몇 시간이 지나도 돌아오지 않았다. 온 마디의 관절이 다 쑤시는 통에 나는 가만히 앉아서 약이 오기만을 기다릴 수가 없었다. 그래서 아픈 몸을 이끌고 통로를 헤매다 그 승무원을 다시 만났고 그는 기관장에게 말을 해두었으며 기차가 국경을 지날 때 약을 구해서 가져다주겠다고 했다.

기차에는 말라리아 약이 없다는 것이었다. 나는 어쩔 수 없이 자리로 돌아와 누웠지만 그로부터 몇 시간이 지나도 승무원은 나타나지 않았다. 누가 그랬던가. 파리의 골목에서는 시간도 길을 잃는다고. 제기랄. 승무원은 여기가 파리인 줄 아는 것이 틀림없다.

다시 만난 승무원은 조금만 더 기다려달라고 했고, 그렇게 또 몇 시간이 지났고, 또 몇 시간이 지났고, 심지어는 하루가 지났다. 약은 오지 않았고, 나는 지옥 같은 밤을 보냈다. 그날 밤 친구가 되고 싶다고 옆 칸에서 나를 찾아온 잠비아 청년에게 이 자리를 빌려 사과하고 싶다. 너무 아파서 제정신이 아니었던 나는 제발 좀 꺼져달라고 욕설을 퍼부어댔던 것이다. 물론 그가 아무 잘못도 하지 않은 것은 아니다. 말라리아에 걸린 사람을 한 시간 넘게 붙잡고 끈질기게 말을 시켜댔으니 말이다. 욕을 한 건 내 의지가 아니었다. 말라리아의 증상 중 하나일 뿐이다.

다음날 아침 나는 간밤에 기차가 국경을 넘었다는 것을 알아냈다. 더이상 견딜 수가 없어서 직접 기관장을 찾아갔다. 내가 갑자기 찾아오자 그는 당황한 기색이었다. 그는 나에게 자초지종을 듣고는 잠시 고민하는 듯하더니 서랍에서 조그만 상자를 하나 꺼냈다. 그걸 먹으면 말라리아가 나을 거라고 했다. 나는 그를 의심의 눈초리로 바라보았다.

"이게 정말 말라리아 약이 맞나요?"

그는 그렇다고 했다. 사실 자신이 병에 걸렸을 때에 대비해 기관실에 비치해두는 것인데 너무 오래 기다리게 할 수는 없으니 특별히 주는 것이라고 했다. 나는 상자에 적힌 문구를 들여다보았지만 정신이 없었기 때문에 글씨가 눈에 잘 들어오지 않았다.

"정말 말라리아 약이 맞는 거죠?"

그가 혹시 내가 걸린 병을 다른 것으로(이를테면 댕기열이나 쯔쯔가무시병 같은) 잘못 알고 있을지도 모를까봐 거듭 확인했다.

"정말 말라리아 약이 맞다는 말이죠?"

기관장은 도대체 아프리카에 와서 무슨 일을 겪었길래 자기에게 이러는 거냐며 분명히 말라리아 약이 맞다고 또박또박 대답해주었다. 나는 그제야 안심하고 허겁지겁 약을 삼켰고, 놀랍게도 한 시간이 채 지나기 전에 통증은 싹 가셨다. 순식간에 열이 내려 몸이 가뿐하고 머리도 상쾌해졌다. 나는 여섯 시간에 두 알씩 치료약을 먹을 때마다 현대 의학에 온갖 찬사를 보내며 기차에서 남은 하루를 보냈다.

마침내 목적지인 다르에스살람에 도착했을 때는 완전히 나아 있었다. 한때 40도에 육박했던 체온도 정상인 36.5도로 내렸다. 윌프레드는 염려하는 얼굴로 말라리아는 위험한 병이니 시내로 들어가면 꼭 병원에 가보라고 말해주었다. 나는 몸이 너무 가벼웠고 기분도 상쾌했기 때문에 그의 말에 크게 귀를 기울이지 않았다. 기관장이 준 약도 아직 좀 남아 있었다.

다르에스살람은 멋진 곳이었다. 이틀 후에 킬리만자로를 등반하기로 되어 있었기 때문에 하루종일 발에 불이 나도록 다르에스살람을 둘러보았다. 병원을 발견한 것은 순전히 우연이었다. 그냥 지나치려고 했으나 곧 외국에서 병원에 가볼 기회가 얼마나 될까 하는 생각이 들었다. 나는 말라리아를 핑계로 진료를 한번 받아봐야겠다고 생각했다. 하나 걱정되는 것은 채혈을 할 때 혹시 바늘을 재활용해서 에이즈가 옮으면 어떡하나 하는 것이었다. 내가 그런 기색을 내비치자 의사는 도대체 무슨 소리를 하는 거냐는 얼굴을 하며 이렇게 말했다.

"맙소사, 여긴 아프리카라고요. 누가 미쳤다고 썼던 바늘을 또 쓰겠어요?"

나는 그의 말을 듣고 그동안 내가 아프리카 사람들을 오해하고 있었던 것을 반성했다. 지금까지 바보스럽게 생각했던 것과는 달리 아프리카도 사람 사는 곳이었고 상식과 질서가 통하는 땅이었던 것이다.

의사는 내 눈앞에서 포장을 뜯은 바늘로 채혈을 했다. 잠시 기다리자 의사가 검사 결과를 알려주었다. 양성이었다. 그 말은 아직 말라리아가 낫지 않았다는 뜻이었다. 약을 먹고 있고 몸도 가뿐한데 무슨 일인지 모르겠다고 했다. 그가 먹고 있는 약을 보여달라고 해서 나는 그렇게 했다.

"이거 해열진통제인데요?"

이건 또 무슨 소리지? 당황한 나는 몇 번이고 거듭 물었다.

"해열진통제라고요?"

그는 고개를 끄덕였다.

"이게 정말 말라리아 약이 아니라 해열진통제라고요?"

"맞아요, 해열진통제. 그것도 아주 강력한 거네요."

오, 하느님. 상식과 질서는 무슨. 하마터면 나는 기관장에게 살해당할 뻔했다.

며칠간 약을 먹으며 호텔에서 요양을 했고, 킬리만자로에 오르기 전에 겨우 병원에서 말라리아가 나았다는 확인을 받았다. 그후 나는 무사히 킬리만자로 정상에 올랐고, 쿠푸 왕의 피라미드 뒤편으로 지는 해를 보았으며, 사하라 사막에서 별빛을 맞으며 잠이 들기도 했다. 내친김에 이스라엘을 거쳐 팔레스타인 지역을 방문해 샤와르마를 사 먹기도 했다.

그뿐이랴. 나는 무사히 귀국해 대학을 졸업한 뒤 취업난을 헤치고 출판사에 입사해 몇 년 동안 책을 만들었으며 그다음에는 못 다한 공부를 하기 위해 대학원에도 진학했다. 하지만 말라리아 약을 먹지 않고 곧바로 킬리만자로에 올랐다면 나는 아마 모기에 희생된 수많은 사람들과 같은 처지가 되었을 것이다. 아니, 모기에게는 죄가 없다. 내가 죽음을 맞았더라면 나를 죽인 것은 모기가 아니라 그 기관장이었을 것이다. 아프리카에서 누군가 당신에게 약을 준다면 복용 전 설명서를 꼼꼼히 읽어볼 것을 권한다.

채워지겠고,
물이 들겠다

———

김지연
:
하는 일_ 대학교 재학중
여행지_ 일본 오사카

너를 잃고 마음이 허했다.

너로 인해 힘든 게 어쩐지 마음에 들지 않아서 다른 일들로 공허함을 채웠다. 바쁘게 지내고 많이 먹었다. 계속해서 살이 쪘지만 괜찮았다. 새로운 일들을 하고, 사람들을 만나고 너의 이야기가 아닌 나의 이야기를 했다.

사람들은 이런 낯선 내 모습에 괜찮냐며 걱정하기 시작했고 이내 모든 것들이 지겨워졌다. 공허함은 여전했다.

잃었던 나를 찾으러 갔다. 하루하루 다른 내가 되기로 했다.

월 요 일

하루종일 공원을 쏘다니며 그저 어깨에 힘을 빼고 새에게 모이를 주었다. 튀긴 닭 껍질을 먹으면서 돌아다니고, 가만히 앉아서 울음이 터질 듯한 표정을 짓고 자판기에서 제일 색깔이 화려한 음료를 뽑아 마셨다. 마시면 마실수록 갈증이 나서 반쯤 남기고 말았다. 터벅터벅 걷다가 숙소 근처에 큰 시장에 갔다. 금방 해가 지는 것이 보였다. 숙소로 돌아와서 신발을 벗고 가만 들여다보니 이곳저곳 물집이 있었다. 물집을 터뜨리면서 울음까지 쏟아냈다. 마음까지 흘려내고 나서 아무렇지도 않게 잠을 잤다.

화요일

길을 잃었지만 지도를 보면서까지 찾아가고 싶은 곳은 아니었다. 다시 돌아
갈까 하다가 역시 길을 몰라 헤매는 그를 보았다. 먼저 말을 걸고, 데려다주
겠다고 했다. 내가 어쩌다 여기까지 오게 되었는지, 무엇을 찾고 있는지 말
해주었다. 모르는 사람이기에 할 수 있었던 이야기들이었다. 더이상 지겹지
않기로 다짐한 것도, 오늘은 밝은 사람이라는 것도 모두 다 털어놓았다. 나
만큼 힘들었을 그의 이야기도 들었다. 서로 '힘들었겠다' '이제는 괜찮아' 하
고 몇 마디 주고받으며 쓴웃음을 지었다.
평소에는 찍지 않았을 사진은 남기고 다시 만날 어떠한 실마리도 남기지
않고 헤어졌다.

수요일

숙소에서 자전거를 빌렸다. 오사카 성 근처를 돌면서 너에 대한 생각을 흘
리기로 했다. 문득 뒤를 돌아보니 네가 가득해서, 아무래도 더이상 생각하
지 않는 편이 낫겠다 싶었다. 흰 빨래를 떠올렸다. 빨래 향기가 났다. 빳빳
하게 마른 빨래를 정리해서 넣고 빨래 향기가 남은 자리에 잠시 누웠다.
마음이 다시 하얘졌다. 돌아보니 너는 없었다. 자전거를 타고 계속해서 달
렸다. 공원에 들러 작은 식당에 들어갔다. 메뉴판에 알 수 없는 음식들보
다 계산대에 진열된 주전부리들에 눈이 갔다. 오늘은 어떤 걱정도 하지 않
기로 했으니 종류별로 사 가지고 자리로 왔다. 우물우물 음식을 먹으며

가만히 있으니 다른 생각이 올라오려 해서, 알록달록한 초콜릿 색깔에 집
중했다.

목요일

아침 일찍 무거운 카메라를 들고 나왔다. 은각사에 도착했지만 들어가고 싶
었던 것은 아니라서 그 앞에서 사진만 찍고 있었다.
"찍어드릴까요?"
그 목소리를 들으려 이곳에 왔나보다 하는 생각이 들 정도로 아주 마음에
드는 목소리였다. 눈도 못 마주치고 한참을 두근거렸다. 아주 멋진 사람임
에 틀림없다. 그렇게 좋은 목소리라면 참 괜찮은 사람일 거야, 하며 그날 내
내 생각했다. 그 하나로 만족스러운 날이었다. 오코노미야키는 먹고 가야
지 싶어서 오는 길에 근처 식당에 들렀다. 누군가와 함께 먹을 생각에 2인
분 넉넉하게 사 왔지만 숙소에는 아무도 없었다. 2인분은 2인분답게. 냉장
고에 넣었다.

금요일

무엇보다 초밥이 먹고 싶었다. 몇 대째 유명한, 소박하면서도 정돈된 곳에서
아침 일찍 첫번째 손님으로 싱싱한 초밥을 먹으면 좋겠다고 생각했다. 관광
지에서 먼 곳이지만 일본인이면 누구나 다 아는 유명한 초밥집을 찾았다.

'첫번째 손님이 되려면 적어도 다섯시에는 출발해야 할 거야.'

일곱시쯤 도착했다. 빛바랜 간판을 어렵지 않게 찾을 수 있었다. 초밥왕의 초밥이라면 긴 원피스 정도는 입어야지 싶어서 고른 발목까지 오는 파란색 체크무늬 원피스를 입고, 지금껏 먹어본 초밥 중에서 가장 맛있는 초밥을 먹었다. 앞으로 살면서 이 정도의 초밥은 다시 먹을 수 없겠지. 밥알이 다 글다글하면서도 쫀쫀한 느낌이라 할까. 여덟 개의 초밥을 54분 동안 천천히 먹었다. 아주 천천히.

금요일 밤. 파란 원피스에 어울리는 곳은 많지 않았다. 어울리는 곳을 찾아 다니다가 저녁 늦게 숙소로 돌아왔다. 냉장고를 보니 어제 넣어 둔 오코노미야키가 그대로다.

"여기서 뵙네요."

그 목소리다. 네가 있는 줄 알았다면 파란 원피스는 입지 않는 건데. 전자레인지에 돌아가는 오코노미야키 냄새가 부엌에 퍼진다. 낯선 느낌이 퍼진다. 민망함에 괜히 음식을 꺼낸다. 12초나 남았는데.

"같이 맥주 마셔요."

오코노미야키와 맥주를 들고 나란히 부엌에서 나왔다. 테이블에 마주앉았다. 처음으로 너를 자세히 보았고, 나는 알았다. 이제는 채워지겠다.

여행에 대해 물었다. 그것에 대한 대답보다 하고 싶은 대답은 이런 거였다. 나는 누구냐면. 나는 어떤 사람이냐면. 내가 좋아하는 노래는. 내가 좋아하는 작가는……

대답이 많아진다. 늦게까지 이야기를 했다. 목소리만큼이나 좋은 사람.

네게는 안정감이 있었고, 편안함이 있었다. 익숙함이 있었고 내가 '사랑내'라 부르는, 사랑을 많이 받아온 느낌이 있었다. 그런 네가 절대로 좋았다.

내일 한국으로 돌아간다고 말했다. 너는 내일모레 간다고 했다. 그렇구나, 하고 전화번호를 주고받았다.

자러 올라가는 계단에 색이 빠진 오리 인형이 있었다. 그걸 빤히 보면서 올라가다보니 어쩐지 물이 빠진 노란색 같은 기분이 들었다. 다시 뒤를 돌아보니 너도 나처럼 그 인형을 보고 있었다. 다시 노랗게 될 수 있을 것 같았다.

신기한 여행이었다. 겨우 일주일이 지났다. 조금도 달라진 것은 없지만 많은 것이 달라졌다. 다음날 네게서 연락이 왔다.

이제는 채워지겠고 물이 들겠다.

그러나 혹시 그렇지 않는다고 해도 괜찮을 것 같다.

연착륙,
모스크바 공항

김 지 현
:

하는 일_ 시작(詩作)
여행지_ 프랑스 몽마르트르,
러시아 모스크바 공항

때로는 죽음보다 기다림이 더 어렵다고 생각했다. 묘지에 앉아 크루아상과 오렌지주스를 먹은 후였다. 오후의 해는 느리게 질 것이고 여름도 곧 끝날 것이다. 마지막날이니만큼 근처의 가장 친숙한, 그러나 가장 잘 모르던 곳을 찾아보고 싶었다. 여행중에 누렸던 일상은 이곳을 둘러싼 돌담을 끼고 내려와 왼쪽 길을 따라 블랑슈 역으로 가거나 오른쪽 육교를 지나 기차역으로 가는 것이었다. 모퉁이 인도식당에 앉아 돌담을 바라보며 향신료 가득한 식사를 하기도 했다. 그 너머에 사람들이 조용히 북적거리는 관광지가 있다는 것은 새삼스러웠다.

정서상 남의 무덤 앞에서 식사를 하는 건 노골적이고 무례한 것 같아 최대한 멀리 떨어져 앉았다. 젊은이가 먹는 모습은 장소를 불문하고 얼마나 건강하고 생명력이 넘칠까. 이곳의 한적한 리듬을 깨고 싶지 않았다. 넓은 공원묘지 안에서 관광객들은 드문드문 보였고 표지판에는 프랑소와 트뤼포와 에밀 졸라가 눈에 띄었다. 평범한 사람들의 장소라고 여겼던 곳이 비범해지는 순간이었다.

묘지는 무섭기보다는 흥미로웠다. 한 인간의 죽음과 관련된 증표를 이렇게 쉽고 아름답게 본다는 것과 본인이나 유족들이 이것을 관람하도록 허락했다는 점이 관대하게 느껴졌다. 묘비들은 시대를 짐작게 하는 건물의 축소판처럼 꾸며졌다. 그러나 실제로는 더 큰 위엄을 갖고 있었다. 텅 빈 폐허도시를 연상케 하는 석조와 지붕 위로 8월의 나무 그늘이 술렁였다. 들어선 묘지의 밀도가 높을수록 자잘해지는 가지와 잎들은 맑고 건조한 소리를 냈다. 빛의 각도에 따라 바뀌는 바람 소리를 들으며 한창의 녹음을 벗어난 이곳의 모습을 상상했다.

한창때의 젊음은 오히려 죽음을 동경하는 것 같다. 타국을 경유하여 돌아가는 긴 시간을 예상하며 차라리 무슨 일이라도 있길 바라는 내가 그랬다. 무덤가이긴 해도 이곳은 돌아가면 맞이할 일상보다 생기 넘치는 곳이었다. 비행기를 타기 전까진 여덟 시간 남았다.

이 년 전 나는 유럽의 마지막 일정으로 몽마르트르를 찾았다. 호텔에서 가까운 곳이었지만 사람들이 우글거리는 계단 앞에서 누군가와 앵글이 겹치는 사진만 찍었을 뿐이다. 돌아가는 날 파리의 강렬한 일부가 너무 아쉬웠고 한번 더 둘러보기로 했다. 아침의 성당은 한적했다. 나는 푸릇한 도시를 내려다봤고 필름카메라로 흐릿함을 살린 풍경을 찍었다. 빛바랜 반바지를 입은 모습이 수줍었지만 내 모습도 누군가에게 부탁했다. 한국인들이었다. 그들은 '좋은 여행 되세요'라며 가볍게 인사했고 그 말에 나는 돌아가지 않을 만한 구실들을 떠올리느라 뒤숭숭해졌다. 그리고 호텔에 돌아가 짐을 정리하고 공항버스를 탈 생각으로 내려가다가 길을 잃었다. 나중에 알고 보니 여기는 길을 잃기 쉬운 동네였다. 도시 전체가 거미줄 같은 방사형으로 뻗어 있었고 몽마르트르는 그 중심에 있는 요새 같았다. 금세 다른 길로 빠져버렸고 호텔로 돌아가는 이정표인 빨간풍차는 나오지 않았다.

내 기억에 앰은 어디선가 튀어나왔다. 건물 틈 어느 길에서. 그때 앰은 출근하던 중이었다. 그를 붙잡고 몇 번을 반복한 끝에 그는 '아, 물랑후즈!' 하고

내 발음을 알아들었다. 걸어서 출근하던 앰은 나를 데려다주겠다고 했다. 우린 둘 다 이런저런 이유로 영어가 서툴렀다. 당시 그 친구의 모습은 느릿하고 짧은 투로 장 피에르 주네의 영화에 나왔던 카페라든가 피갈을 설명하던 억양으로 남아 있다.

이 년 만이었다. 몽마르트르에 뭔가 더 특별한 것이 있을 거라던 느낌은 어느 정도 맞았다. 다시 이곳에 왔고 두번째 여행이 되었다. 몇 개국과 몇 마일을 가봤다는 식의 숫자는 중요하지 않게 되었고 처음만큼 사로잡히지도 않았지만 처음보다 많은 생각을 할 수 있었다. 휘(La rue)라고 발음하며 길을 물을 때마다 길들은 원형으로 퍼져나갔고 발을 잘못 디뎠다간 엉뚱한 구역으로 이어졌다. 길 잃은 내게 사람들은 친절했고, 간혹 불친절한 경우라면 어느 케밥집 아저씨가 '키스 미'라고 말했던 것 정도이다. 어찌나 또박또박하던지 능글맞기라도 했으면 불쾌해하기 좋았을 텐데. 나는 어림도 없다는 듯 웃으며 대꾸했다. 그렇게 얻은 방향은 아마도 맞았던 것 같지만 겨우 한 구간을 벗어나 또다시 길을 잃었다.
우리는 앰의 회사 근처에서 다시 만났다. 앰의 억양은 그대로였고 나는 기차여행으로 지친 상태였다. 최소한의 친절만으로도 일정을 지속하는 계기가 될 것 같았다.
갑작스럽게 결정하고 휴가철 티켓 전쟁을 치르며 온 여행이었다. 막연한 도피도 아니었고 다녀오면 잘되리라는 환상도 없었지만 떠나겠단 결심이 흔들리지 않길 바랐다. 곧바로 메신저를 주고받던 앰에게 연락했고 파리로 떠나겠다는 전 세계 친구들에게 대하듯 그는 환영의 답신을 보냈다. 그곳에서 보자는 인사말은 남부를 도는 동안 구체화됐고 돌아가는 날에 여러 번 시간을 확인했다. 그렇게 약속 장소로 가는 길에 고장난 기차는 한참을 멈춰서더니 인근 대도시로 끌려가다시피 되돌아가고 있었다. 나는 방향감을 잃고 긴장하다 못해 피로해졌다. 객차 안에서 '어딘가는 천사가 있을 것'이라고 쓸 정도였다.

그럼에도 지난 여행과 현재의 여행이 마주하는 순간은 순조로웠다. 이 년 전에 본 친구를 다시 만나는 일은 그 길과 햇빛, 공기를 재현하는 놀이 같았다. 함께 같은 구간을 걸으며 앰은 매일 걷던 출근길과 우리가 처음 마주친 길목을 가르쳐주었다.

밤 비행기를 타고 발칸을 넘는 동안 밤은 짧게 지나갔다. 덕분에 나는 여행의 마지막날을 길게 보내는 것 같았다. 사실 여행의 대부분은 길 위와 중간지점에서 보냈다. 파리 외에는 어느 한 도시에 이틀 이상 머물지 않았고 오래 걸려 목적지에 가더라도 원하던 바를 가장 아름답게 기억하고 돌아섰다.

모스크바 셰레메티예보 국제공항, AM 5:00

해가 뜨려는 것을 보니 동쪽인가보다. 닫힌 틈새로 조금씩 바깥 공기가 통하는 출입구에 자리를 잡았다. 여기서 지체하면 안 될 것 같은데 셔틀로 이동할 때 맞은 새벽 공기가 비행장의 먼지 속에서 유난히 청명했다. 터미널 안은 생각만 해도 끔찍하다. 러시아는 무비자입국을 허용하지 않을 만큼 까다로워서 출입구에 잔류중인 승객을 봐줄 리 없지만 이 정도 여유는 부려볼 수 있을 것 같다(그해 11월 한국과 러시아는 무비자 협정을 체결했다).

공항에서의 대기시간이 여행에서 벗어나는 완충제 역할을 해줄 거라고 생각했다. 서서히 여행을 정리할 수 있다면 더할 나위 없을 거라고 여겼지만 실상은 돌아오는 날에 대한 계획이 없었다. 지금쯤이면 외젠 가에서 자고 있을 시간이다. 밖에선 자동차 소음이 들리겠지만 실내는 어두컴컴하므로 자고 싶을 때까지 잘 수 있다. 그러나 여기서는 검색대를 통과하여 게이트가 어딘지도 모른 채 무작정 기다려야 한다. 한번 들어가면 나올 수 없는 거대한 유리철창에서 열일곱 시간을 말이다.

영수증 정리를 하면 두 시간은 보낼 수 있을 것이다. 무선인터넷을 하면 두 시간쯤 더. 수중엔 루블도 유로도 없어서 면세점과 레스토랑은 제외했다. 그러나 일단 바깥 풍경을 보기 시작하면 열일곱 시간은 잊힐 것이다. 이 정도면 공항 밖으로 나가지는 못해도 러시아에 잠깐 머물렀다고는 할 수 있을 것이다.

모스크바 셰레메티예보 국제공항. AM 6 : 00

이른 아침이라 공항직원을 한 명도 만나지 못했다. 어떤 비행기도 이쪽에 승객을 내려놓지 않았고 직원들조차도 서로 잘 모르는 것 같았다.

어쩌면 나와 같이 무리한 환승시간을 잡은 한국인이 있지 않을까 생각했다. 여행중엔 기대치 않던 곳에서 한국인이 나타났으니까. 그것도 살갑기 좋게, 얘기하기 좋게 여자로 말이다. 그러나 여행중엔 기대하면 안 된다는 것도 깨달았다. 실망할 필요가 없다는 것도.

안개가 심해졌다. 여전히 아무도 다가오지 않았지만 예상 외의 추위로 빨리 들어가기로 했다. 우두커니 하나뿐인 기내용 캐리어가 외로워 보인다. 본래 간소화할 목적이기도 했지만 스무 날 여행치곤 짐이 없는 편이었다. 보딩패스를 받을 때도 직원이 이게 전부냐며 되물을 정도였다. 그러나 여행중, 특히 이동할 때는 미친듯이 무겁고 버거워서 등뒤의 짐이 나날이 커지는 것 같았다.

나와 대기시간이 비슷한, 도쿄로 떠나는 여자와 얘길 나눴다. 분명 타고 온 비행기에서 봤는데 아직까지 있다니. 그제야 더이상 환승시간에 대해 투정 부리지 않기로 했다. 여행중 내가 그렇게도 싫어했던 도시에서 학교를 다닌 그녀는 그곳이 파리보다 좋다고 한다. 그곳 예찬을 듣고 있노라니 나한테만 나쁜 도시였나보다. 덥고 습한 일본으로 가느라 민소매에 얇은 숄만 챙긴 그녀는 승무원에게 담요를 쓰고 돌려줘도 되는지 물어봤다가 거절당했다. 공항을 푹신하게 만들었으면 좋았을걸. 적어도 누울 공간은 마련해줬어야 했다. 강박증에라도 걸린 듯 모든 의자는 두 개의 팔걸이로 나뉘어져 있었다. 돌아올 때도 환승시간이 긴 그녀에게 나는 절대 승무원에게 물어보지 말라고 했다. 그녀도 공감했다. 이미 많은 사람들이 '그 담요'를 깔고 자는 걸 본 것이다.

다행히도 나는 누군가 칸막이를 제거해놓은 의자에서 눈을 붙일 수 있었다. 터미널 전 구역을 통틀어 한두 개 나올까 말까 한 의자였다. 장시간 대기중이던 건장한 남성이 피로에 못 이겨 팔걸이를 빼는 상상을 하며 갈비뼈를 눕힐 수 있었다. 비록 엉뚱한 게이트 앞이었고 내가 탑승 못할까봐 걱정하던 승객이 여러 번 흔들어 깨우기도 했지만 감사할 따름이었다.

게이트가 닫히는 모습을 보며 마냥 뛰고 싶었다. 화장실을 가고 박하사탕을 씹고 남은 물에 커피를 타 마셨다. 미루다가 결국 잊어버리곤 하는 영수증 정리도 마쳤다. 편지를 쓰고 눈이 큰 아기한테 웃어주고 눈앞의 비행장이 장난감 같다고 느껴질 때쯤, 그래도 게이트는 열리지 않았다. 여행은 끝까지 기다림의 연속이었다.

도쿄로 가는 여자는 롤랑 바르트를 아냐며 핸드백에서 책을 꺼냈다. 학부 시절 지겹게 들은 이름이라 알아볼 수 있었다. 나도 뭔가 챙겨왔지만 내보이지 않았다. 포르노와 엽서가 있는 마레 지구의 서점에서 구매한 책이다. 소규모 상점으로도 먹고살 수 있는 도시와 멋진 작품이라며 포장해주던 흑인의 미소가 그립다. 현란한 옷차림으로 당당히 걸어가던 남자와 전용 바 앞에 줄 서 있던 마레의 사내들이 인상적이었다. 알 수 없는 현지인과 낯선 여행객, 이렇게 떠나고 돌아오는 일이 중요한 이유를 알게 되길 바라며 여행을 조금씩 정리했다. 그녀는 나보다 일찍 비행기를 탄다. 두어 시간 후에 동일한 항로를 날고 있을 것이다. 머지않아 한국인들이 몰려왔고 낯선 러시아어를 희석할 만큼 모국어가 채워졌다.

마지막으로 돌아본 공항 전경은 흰 자작나무 사이로 깔린 주황빛 노을이었다.

그래서
당신에게

김 희 섭

:

하는 일_ 대학교 재학중
여행지_ 인도 오로빌

원래 그런 것이니 너무 마음 쓰지 마라

인도 오로빌의 나무 심는 공동체 '사다나 포레스트'에서의 생활 여드레째. 생애 가장 행복했던 한 주였다, 하고 말할 수는 없지만 그런대로 최악도 아니다.

기온은 40도, 습도는 100퍼센트 가까이 되는 끈적끈적한 날씨와 모기떼의 습격이 견디기 힘들 정도였고, 에고(ego)가 매우 강한 사람들과 함께 생활하는 게 썩 쉽지 않았다. 환경친화적이지만 위생친화적이라고는 할 수 없는 비료 화장실과 펌프로 물을 올려 한참을 끙끙거리고 옮겨 샤워와 빨래를 하는 생활은 적지 않게 불편했지만 그런 건 적응의 문제일 뿐이니 일주일이면 됐다. 태어날 때부터 왼손으로 뒤를 닦던 사람이 어느 날 갑자기 휴지가 없어 화장실에 못 가겠다 불평하진 않는다.

동물에서 나오는 모든 것을 철저히 거부하는 비건 식단은 맛이나 영양 측면에서 완벽하다고 할 수는 없었지만 한두 달 즈음 체험의 측면에서 그리 나쁘지만도 않다고 생각했다. 그런 생활을 추구하는 사람들이 생각하는 것이 무엇인지를 알 수 있으며, 그것이 본인의 입과 몸에 나쁘지 않다면 모두를 위해 좋은 일일 것이다.

하루 다섯 시간의 일거리는 주임무인 나무 심기뿐만 아니라 봉사자들로만

이루어진 커뮤니티라는 특성상 가사잡일도 만만치 않게 많았다. 화장실을 비롯한 이런저런 시설의 청소 및 보존이나 요리, 주방 잡일 등 어디에서나 해야 하는 일들을 하며 뜨겁디뜨거운 낮 시간을 보내야 했다. 여섯시에 시작되는 하루일과는 아침식사 전 두 시간 반, 점심식사 전 두 시간 반의 세바(seva, 산스크리트어로 '봉사'라는 뜻)를 하면 끝이 난다.

이런저런 국가의 이런저런 사람들이 모두 모여 있다. 인류라는 것을 제외하고는 임의의 어느 두 사람 사이에서도 어떤 공통점을 찾기 힘든 사람들의 집합이며, 다른 어느 곳과 마찬가지로 괜찮은 사람 조금과 안 괜찮은 사람 조금으로 이루어져 있다. 최소 권장 체류 기간인 한 달을 채우기 위해선 봉사와 수양과 극기가 버무려진 이 생활을 삼 주가량 더 해야 하는데, 가끔은 즐거운 시간이 되겠고 가끔은 그저 시간을 버텨내는 시간이 되기도 하겠다. 당연하기 그지없는 말이지만 이 사실을 인정하고 자꾸 내뱉고 하다보면, 때로는 즐기고 때로는 버티고 때로는 올라가고 때로는 내려오고 하는 데서 오는 에너지 소모가 덜해지리라.

원래 그런 것이니 너무 마음 쓰지 마라. 바람은 원래 부는 거고 나도 원래 존재하는 거니까. 그냥 바람을 타고 이리저리 휘둘리면 되는 것. 그렇게 감각을 활짝 열어두고 한 개 두 개 마음 편히 쉽게, 쉽게 받아들이면 되는 것. 모르는 걸 배우고 아는 것도 또 배우고.

사다나 포레스트의 그런 한 주였다. 많이 배우는 한 주. 내가 물을 먹인 아기 나무도, 물을 준 나 자신도, 야금야금 알게 모르게 자라났을 한 주였다. 그리고 무진장 더웠다. 내일은 더 더워질 것이라는 소식이다.

그리움의 대상이 없다

이곳엔 날것 그대로의 생이 있다. 그러나 생생 우동이나 생생 떡볶이는 없다. 구운 음식도 튀긴 음식도 없다. 육류와 유제품뿐만 아니라 과다 공정을 거친 모든 음식을 거부한다. 그래서 먹을 게 없다. 이곳엔 메이크업을 하는 여자도, 수트업을 하는 남자도 없다. 정글짐이다. 세탁기도 샤워기도 없다. 생각해보니 여긴 아무것도 없다. 있는 게 없다.

전깃불이 없는 이곳에선 해가 지고 나면 엄마 아빠도 못 알아볼 만치 어두운데, 요 며칠 달님이 비상식적으로 밝다. 그래서 초저녁 개와 늑대의 시간이 지나고 나면 눈앞이 캄캄하다가 밤이 깊어지면서 서서히 세상이 밝아진다. 저 노란 달이 검은색 밤을 대낮처럼 환하게 만든다. 전기가 없어도 밤 열시가 대낮처럼 밝을 수 있다니, 이건 뉴스보다 시에 가깝다. 달빛의 간섭

에 멀찌감치 떨어져 초롱초롱거리는 일백여 별들도 뭔가 도우려 하는 듯하지만 그다지 일손이 되는 것 같진 않다.

반면, 달은 밝아도 열을 내진 않는다. 사막과 같은 곳이라 땅이 낮의 태양열을 제대로 저장하지도 못한다. 그래서 '달빛이 차갑다' 했다. 양말을 신었다. 내일 낮이 되면 보나 마나 푹푹 쪄 속잠방이만 입어도 더워서 정원에 물을 주다 호수의 방향을 틀어 등목을 할 계획이다. 태양은 밝기도 엄청 밝은데 뜨겁기도 엄청 뜨겁다. 그러니 태양신을 믿어야지. 푼챠오라 이름 붙여야겠다.

귀뚜라미와 개구리와 강아지와 부엉이와 또 몇 종의 이름 모를 새가 바람의 박자를 좇아 노래를 부르고 나는 나무 아래 해먹에 누운 밤이다. 모기들에게 밥을 주며 검은색 나뭇가지 사이로 노란 달이 슬금슬금 올라오는 모습을 가만히 지켜보고 있는 밤이다. 지구 방방곡곡의 드리머들이 모여 "I'm not the only one"이라 외치며 무슨 일을 꾸미고 있고 나는 가만히 바라보고 있는 곳이다. 왜 이런 세상을 꿈꾸냐며 타협점을 찾는 중이다.

문득 과대 공정과 과잉 포장에 급속 냉동까지 거친 내 삶이 보고 싶은 밤이다. '그러고 보니 내 삶 어디다 뒀지?' 하는 기분에 괜스레 배낭 주머니 주머니를 뒤적거리는 이상한 날이다. 달이 하도 커서 저기에 두었나 싶은 이상한 달이다. 다 흩어져버린 걸 한데 모으려면 고생 좀 하겠다 싶은 이상한 이야기. 달님이 저 땅 끝에서 내 이마까지 올라오는 동안 아무것도 못찾은 허기진 밤. 대상 없는 그리움이다.

연두색 크레파스로 달을 칠하기로 했다. 안녕.

많이 즐겁고 조금은 버거운

달님은 작아지고 별들이 많아졌다. 달님은 밤에 눈을 감고 웃는 입을 하고 꿀잠을 자는데 별들은 밤새 초롱초롱 깨어 있다. 그래서 어젯밤엔 나도 잠을 잘 못 잤지. 하지만 아침에 눈을 뜨니 그런대로 보통은 잔 것 같았다.

몇 개월째 밤이면 밤마다 몸뚱이를 누이는 세계 곳곳에서 유행중인 스프링리스 매트리스들은 허리가 너무 많이 푹 들어간 탓에 내 수명을 야금야금 갉아먹는 듯하다. 침대는 가구가 아니라 과학이라는 걸 세상 사람들은 왜 아직도 모를까. 아침에 허리를 두들기며 눈을 떴을 때 나는 근수를 잠시 그리워했던 것 같다. 근수는 숙면을 취하기 위해 매일 밤 베개 옆에 에이스 과자를 한 봉지 두고 자던 내 오랜 친구다. 아침이면 누군가가 자신을 흔들어 깨우며, "에이스에서 주무셨어요?"라고 물어준다나 뭐라나.

매일 아침 누군가를 또는 무언가를 그리워하며 눈을 뜨는 날들이 늘 엄청 쉬운 건 아니지만 그렇다고 어떻게 벗어날 수 있는 무언가도 아닌 것 같다. 근원적 고독 같은 것이라 해두어야겠다. 가해자는 없고 피해자만 있다. 그래서 '근원적'이라 했다. 나중 어느 날 아침 서울의 내 방 폭신한 침대에서 눈을 떴을 때, 생의 한 시절을 보낸 얼음 사막의 밤들과 그물침대의 잠들을 그리워하지 않을 자신이 없다는 이야기다. 그런 맥락에서 '살아간다' 하는 일은 '살아 있다' 하는 일보다는 조금 난해한 것 같다. 적어도 나에게 살아 있는 일은 많이 즐겁고, 살아가는 일은 조금 버겁다.

우리는 나무를 심는 사람들이다. 그러나 일요일엔 나무를 심지 않는다. 하느님이 세상을 만드시고 일요일엔 쉬셨기 때문에 우리도 나무를 심지 않는다는 논리인 것 같은데. 이런 걸 생각하면 정말, 하느님 최고.

하지만 일요일에도 입에 풀칠은 해야 하기에 아궁이에 불은 지펴야 하고 당근과 토마토는 썰어야 한다. 일요일이라고 사막에 갑자기 비가 쏟아지진 않기에 아기 나무들에 물도 주어야 한다. 일요일이라고 사람들이 똥을 참진 않으므로 비료 화장실의 똥도 부지런히 저어주어야 한다. 이곳에선 똥을 비료로 사용하기에 똥과 오줌을 분리해서 싸는데 거대한 똥통에 똥이 어느 정도 쌓이면 내 키보다 커다란 나무막대로 똥통을 저어 똥산의 해발고도를 낮춰준다. 그래도 여전히 너무 높다 싶으면 똥삽으로 똥을 퍼 비료 대기실로 옮긴다. 이 똥은 육 개월 정도 지나서 나무를 심을 때 비료로 사용하는데 그땐 이 똥을 손으로 마구 만지작거리면서 아무도 더럽다는 생각을 하지 않으니 정말 신기한 게 이런 거다. 똥 작업은 이 바닥에서도 삼디 업종으로 통한다. 지난주에는 내가 똥반장이었고 이번 주의 똥반장은 하이나다. 내가 우아하게 물주전자로 화단에 물을 주고 있으면 하이나가 화장실에서 똥 씹은 표정을 하며 나오는데, 알게 모르게 똥을 조금은 씹었기 때문일 거란 생각이다.

하이나는 나보다 세 살이 많은 베를린 사람으로 올해부터 베를린의 한 고등학교에서 영어와 역사를 가르치게 되는 선생님인데, 학기가 시작되기 전 시간과 돈에 여유가 있어 인도를 여행하다가 운명처럼 재앙처럼 나를 만났다. 하이나가 독일로 돌아가기 전까지 내일부터 이 주간 인도 대륙의 남쪽 끝에 있는 마을로 내려가 북쪽을 향해 야금야금 올라오는 여행을 하기로 했다. 좋은 여행이 될 것이다.

하이나와 고물 자전거 두 대를 질질 끌고 읍내로 나갔다. 이런 오래된 자전거의 바퀴가 아직도 굴러가는 걸 보면 동그라미 바퀴가 인류의 가장 위대한 발명 중 하나라는 것도 무리는 아닌 듯싶다.

명상을 시작했다. 얼마 전 오로빌의 마티르만디르라는 이름의 해괴한 구조물 안에서 처음으로 명상에 공식적으로 성공했는데, 명상에 성공과 실패가 있다는 게 이상하다고 할 수도 있으나 난생처음으로 내부 세계의 무언가를 구경했다는 면에서 주목할 만한 경험이었다. 알고 보니 명상은 코끼리처럼 크고 무거운 이빨을 만나는 일이었다. 사실 이 이빨은 전에도 두 번쯤 만난 적이 있었다. 한번은 한국에서 불면증에 시달릴 때 깊은 밤의 어느 시점에서였던 것 같고 또 한번은 언제였는지 어디서였는지 모르겠다. 코끼리처럼 크고 무거운 이빨이 하나 갑자기 머릿속 어딘가에 등장해 서서히 움직이며 내 몸의 어떤 부분을 꾹 누르는……. 마티르만디르 명상에서는 그 이빨이 나타나서 내 몸속에 상당히 오래 머물렀는데, 그것이 나를 누르는 기분이 정말 맑고 상쾌해서 나는 계속해서 눈을 감고 있었다.

짜이와 사모사로 똥 씹은 입을 헹구고 탈리를 한 접시 먹고 동네의 하누만 신을 모시는 사원에 갔다. 우리는 하누만 신을 모르지만 사원 뒤편의 대리석 그늘이 좋아 그곳에서 종종 시간을 보내곤 한다. 운이 좋게도 가방에 릴케의 『말테의 수기』가 들어 있어서 몇 장 읽었다. 굉장한 구절을 발견했는데 벌써 까먹었다.

시는 감정의 소산이 아니고 경험의 결과물이다. (사실 감정은 일찍부터 가질 수 있다.) 그러나 경험하는 것만으로도 충분하지 않다. 잊을 줄도 알아야 한다. 그리고 그것이 다시 올라오기를 기다려야 한다. 그것이 나중에, 아주 나중에 몇 줄의 시가 될 수 있을지도 모르는 거다. 뭐 이런 맥락의 구절이었던 것 같다.

옆을 보니 하이나가 이미 명상에 들어가 있다. 명상을 하는 사람 옆에서 집중이 잘된다는 사실을 발견했기 때문에 나도 가부좌를 틀고 눈을 감았다. 오늘은 계속 치즈떡볶이 생각이 날 뿐 코끼리처럼 크고 무거운 이빨이 나타나지 않아서 아쉬웠지만 언젠간 다시 나타날 거라 생각한다. 어서 나났으면 좋겠다. 그게 뭔지는 모르겠지만, 혹시라도 그게 무엇이라면 내가 멀리멀리 돌아다니며 찾아다니던 그것과 곧 대화하게 될 수 있을지도 모르겠다는 생각이 들었다. 이곳저곳을 헤매며 그것을 찾는 동안 내 안에선 코끼리처럼 크고 무거운 하얀 이빨이 자라고 있었다. 다시 만나면 코끼리처럼 크고 무거운 하얀 이빨에게 그럴싸한 이름을 붙여줘야겠다. '코끼리처럼 크고 무거운 하얀 이빨'은 너무 길다.

저기 가장 불안하게 반짝이는 별에게, 그래서 당신에게.
그리고 나에게 부치는 편지. 무사히 가닿길.

마드리드의
장례식

___

박 원 근

:

하는 일_ 회사원
여행지_ 스페인 마드리드

당신과의 관계가 오늘 여기에서 끝납니다. 이 광장은 오늘따라 유난히 화창합니다. 내 카메라 파인더에 비친 하늘은 내 눈에 비친 하늘보다 더 파랗습니다. 당신을 한 차례 떠나보냈던 날 새벽을 덮었던 하늘이 여기에 다시 한번 여행을 온 것 같아요.

당신과 내가 처음 만난 순간은 파편 같았죠. 하지만 그 파편들은 이어져 있었어요. 짧은 대화의 연속이었지만 당신과 내가 좋아한 것은 같은 것이 많았죠. 넥스트, 다카하시 루미코, 드라마 〈소울메이트〉. 그리고 당신이 늘 꿈꿨던 한국의 모습들.

동갑이었고 나보다 생일이 빨랐던 당신은 나를 오빠라고 불렀어요. 나는 오빠라는 호칭을 그렇게 좋아하지 않았어요. 누군가의 오빠였던 적이 별로 없었기 때문이기도 했지만, 당연히 내가 존중받아야 될 것 같은 간지러운 느낌이 늘 싫었죠. 하지만 당신이 나를 장난처럼 오빠라는 약간은 어눌함이 묻어 있는 한국말로 불렀을 때, 잠들어 있는 침대에서 누군가 깃털을 들고 와 나를 살포시 간질이는 것 같은 느낌이었죠. 당신의 오빠가 되어도 괜찮을 것 같았습니다.

5월의 어느 밤이었어요. 카메라로 당신의 얼굴을 보며 나는 장난스럽게 당신을 좋아한다고 이야기했습니다. 당신의 얼굴은 처음에는 놀란 듯이 있다가 갑자기 심각해졌죠. 나는 쓴웃음을 지었어요. 내가 당신에 대해 가진 호감만큼 당신이 내게서 호감을 느낀 건 아닌 것 같아서였죠. 하지만 당신은 갑자기 날개가 펼쳐지듯 활짝 웃었습니다. 그리고 '나도 당신이 좋아요'라는 고백이 밤하늘을 넘어 다가왔어요.

당신과 수많은 형태의 사랑 이야기를 나누었지만, 태양이 도달하는 시간에 대한 이야기를 한 것이 기억에 남아요. 나의 시간은 당신에 비하여 여덟 시간 빨랐습니다. 그렇게 과거에서 도착한 태양에 나는 내가 가진 그리움을 실어 당신에게 보내고, 당신은 다시 그 태양에 당신의 그리움을 실어 보내는 일상의 반복이라고요.

당신은 전화의 또다른 사용법을 알려줬습니다. 신호음이 한 번 울리면 '사랑해', 두 번 울리면 '당신이 보고 싶어', 세 번 이상 울려서 괜찮으면 전화를 받기. 우리의 신호음이 세 번 이상 울리는 경우는 거의 없었지요.

그런 10월의 어느 날이었습니다. 밤새도록 음악과 술에 취해 있다 새벽 추위에 몸을 일으켜, 나는 첫차를 타고 있었습니다. 그리고 당신에게서 전화가 왔지요. 신호음이 길었습니다. 나는 꿈을 꾸듯 전화를 받았습니다. 삼 주 만의 연락이었어요. 당신은 가라앉았지만 또렷한 목소리로 결혼을 하게 되었다고 이야기했지요. 상대는 이전에 이야기를 들은 적이 있었던 전 남자친구였습니다. 당신은 언젠가 단 한 번 당신의 과거를 이야기한 적이 있었죠. 그 과거의 주인공이었고, 당신은 최근 들어 그 사람이 당신에게 청혼했지만 거절했다고 했습니다. 하지만 그의 아버지가 죽기 전에 당신에게 한 부탁을 당신은 거절하지 못했다고 했어요.

나는 여전히 꿈에서 깨어나지 않은 것 같았어요. 당신이 차라리 여러 다리를 걸치는 사람이었다고 고백했다면 오히려 당신에게 상쾌하게 욕을 하고

끝낼 수 있었겠죠. 하지만 당시의 내 정신은 상황을 이해하기에 너무 벅찼습니다. 마음은 새로운 폭풍을 받아들이지 못했지만 머리는 조금 더 침착했어요. 나는 지금의 내가 당신에게 무엇을 할 수 있는지 생각했습니다. 난 당신의 곁에 존재하지 않았습니다. 그것만으로도 대답은 명확했어요. 나는 당신이 행복하기를 바란다고 말했죠. 그것이 내가 꿈과 현실의 중턱에서 할 수 있는 최선의 말이었어요. 당신은 결국 울음을 터뜨렸어요. 당신의 울음 때문에 나는 하늘을 바라봤습니다. 빛이 하늘을 조금씩 투명하게 만들고 있었어요. 나는 하늘의 변화에 집중했어요. 당신의 흐느낌은 어느 순간 끊어졌고, 나는 그와 상관없이 계속 하늘을 바라보고 있었어요. 짙푸른 하늘이 점점 투명해지며 별들을 지우고, 하늘 한구석에 자리한 달을 하얗게 지워가고 있었습니다. 그리고 하얗게 지워진 하늘에서 새파란 입자들이 흩어져갔지요.

당신의 결혼식이 끝나고, 나는 더이상 당신을 찾지 않았어요. 당신의 새해 인사도 외면했죠. 우리가 대화를 나누었던 공간에서도 당신의 흔적을 지웠죠. 가끔씩 카페에서는 당신이 좋아한 넥스트와 넬, 그리고 라쎄 린드의 음악이 흘러나왔고 당신을 떠올리는 순간이 있었지만, 나에게 필요한 것은 시간이라고만 생각했습니다. 그리고 조금씩 당신이 없는 시간에 익숙해져갔어요.

그런 익숙함에 균열이 생긴 것은 당신이 내게 보낸 문자 때문이었죠. 당신은 나를 만나고 싶다고 말했어요. 당신을 만나야 할지 망설였어요. 이제 전혀 다른 세계에 살고 있는 당신을 마주했을 때 내가 대체 무슨 이야기를 해야 할지 혼란스러웠죠. 그렇지만 나는 당신을 만나러 갔어요. 어떤 모습으로 나타나도 이제는 당신의 부재에 익숙해졌다고 믿었기 때문이었죠.

내 눈에 실제로 나타난 당신은 일 년 반 전 카메라에 비친 당신과는 달라져 있었어요. 약간 후덕했던 몸매는 이전보다 말라 있었고, 눈가에 주름이 가득했어요. 그렇지만 눈빛은 이전에 나를 바라보던 당신의 모습 그대로였죠. 그리고 당신은 약간 어색한 표정으로 일 년 반 전과 전혀 달라지지 않은 말투로 '안녕하세요, 오빠' 하고 말했어요. 나는 당신을 껴안을 수밖에 없었어요. 옆에서 당신의 친구가 날 놀란 듯이 바라봤지만 그런 시선 같은 건 아무래도 좋았습니다.

당신과 나는 수원성을 걸었죠. 우리가 내렸던 남문 근처에서 당신과 나는 쓸쓸하게 빛나던 서장대를 바라보고 그 아래 조용하고 낮게 깔린 안개 같은 성곽을 거닐었어요. 그 거리에서 당신은 당신의 삶을 나에게 이야기했습니다. 당신의 남편은 결혼 후 삼 개월 만에 사고를 당해 팔 개월 가까이 병원에 누워 있었다고 했지요. 그리고 그것 때문에 아무것도 신경쓸 수 없었다고 했어요. 나는 당신의 이야기를 들으며 맞이했던 새벽에 대해 이야기를 했지요. 당신은 그 이야기를 들으며 눈가를 훔쳤어요. 당신은 나를 버렸기에 자신이 벌을 받은 것이라 말했죠. 하지만 나는 그저 모든 것이 제자리를 찾은 것이라고 말했어요. 그 모든 것이 원래 있었던 자리로 돌아갔을 뿐이라는 것을.

그렇게 걷다가 당신의 손을 잡고 안았습니다. 당신의 살결은 아까의 눈물이 남은 것 같았지만 따뜻했어요. 그리고 그 광경 아래서 나는 당신에게 별을 보여주고 싶어 당신을 내 무릎 위에 누였지요. 하지만 당신의 눈에 비친 것은 별이 아닌, 당신을 욕망하던 나였습니다.

당신과 비현실적인 연애와 이별을 겪고서 당신을 이렇게 눈앞에서 만났습니다. 그리고 그 눈에 비친 당신의 모습은 삼 년 전 우리가 서로가 그리워하던 그 모습이었죠. 그 모습을 보는 것이 두려워 눈을 감고 당신의 입술에 입을 맞췄어요. 그리고 우리는 서로의 몸을 더듬었죠. 정말 서로가 눈앞에 있는 것을 확인하듯이. 찰나의 순간이 지나고 당신은 나를 밀쳤습니다. 이건 너무 위험하다고 당신은 내 귀에 대고 속삭였죠. 우리의 짧은 표현은 거기에서 끝이었어요. 약간의 어색함을 안고, 하지만 그 어색함을 억지로 구겨가며 나는 당신의 손을 잡았습니다. 그 손길에서 아까와 같은 자연스러움과 삼 년간의 흔적은 변해 있었지요.

그 이후 매일은 아니었지만 우리는 조금씩 이야기를 나누었어요. 하지만 당신의 답변에서는 이전과는 다른 불편함이 느껴졌죠. 서로가 가진 비밀을 들킨 듯이요. 하지만 서로의 비밀을 공유했기에 생기는 친근함이 아닌, 은밀한 불편함이 늘 존재했죠. 그 불편함이 느껴져 당신과의 연락을 끊었지만, 당신이 나에게 다시 연락을 했죠. 끈이 끊어진 연이 대기권에서 표류하는 것 같은 나날들이 계속됐어요.

당신은 나에게 친구로 지내자고 이야기했죠. 우리는 이젠 그 이상도 이하도 아니라고요. 나의 머리는 그 상황을 알고 있었지만, 나의 마음은 그 상황을 이해하지 못하였죠. 당신을 갈구하던 나를 당신의 눈을 통하여 바라보고, 당신과 짙은 키스를 나눈 순간 이후로 나는 당신과 친구로는 지낼 수 없다는 것을 깨달았기 때문이었어요. 나의 마음은 당신의 편안한 말에 머물러 있기를 거부했어요. 당신을 보낸 날과 같았던 짙푸른 새벽과 투명한 새벽을 거치며 당신을 원하는 마음이 강해질수록 이제는 당신을 정말 마음속으로 묻어야 한다는 것을 알아갔죠. 평행선을 긋던 나의 머리도 마음도 서서히 방향을 틀어 교차점을 향하여 달려갔죠.

당신을 만나 우리의 관계를 마음속에 묻기 위해 나는 이 광장에 서 있어요. 스페인이 시작된 광장 말이에요.

광장에서 당신을 기다리는 동안 옆에 있던 할머니 한 분이 내 글씨가 중국어인지 묻습니다. 나는 한국어라고 말합니다. 그녀는 내 글씨가 예쁘다고 했어요. 글씨가 예쁘다는 칭찬은 난생처음 들었어요. 휘갈기듯 일말의 성의도 느껴지지 않는 글씨체였는데요. 할머니는 그렇게 말하고 웃음을 지었어요. 삼 년 전 당신과 내가 무언가를 시작했을 때 보았던 웃음과 닮은 웃음이었어요.

금발의 할머니는 터키에서 왔다고 하며 내게 주름진 손을 내밀었죠. 손바닥은 그 주름 속에 숨겨진 온기들이 한곳에 모인 듯이 따뜻했어요. 그 온기 때문에 할머니에게 무언가를 해주고 싶었어요. 할머니에게 한국말로 무언가를 써줄까 물었죠. 할머니는 자기 이름을 써달라고 했어요.

누르샤르 일레리. 모든 이름들이 그렇듯 울림을 지닌 이름이었죠. 할머니에게 이름을 적은 종이를 건네주었더니 할머니는 호두 한 알을 까서 내 입에 넣어주었어요. 고소함과 쌉쓸함이 입안에 퍼졌죠.

장례식이 시작되었어요.

그냥 가서
살다
와보려 한다

박정규
:
하는 일_ 게임 기획자
여행지_ 미국 뉴욕

1.

미국산 조크를 꽤 좋아하는 편이다. 드라마나 영화로 보는 미국 농담은 보통 인종 드립이나 게이 조크, 섹드립인데, "백인이 흑인을 니거(nigga)라고 부를 수 있는 경우가 있나요?"라는 질문에 흑인 애새끼가 갑자기 튀어나와 그의 대갈통을 벽돌로 후려까고 개처럼 밟은 다음에 "네 머리통에 오줌 싸고 돈 뺏어서 나르면 해도 돼" 같은 거. 얼마나 하면 안 되는지를 이처럼 역설을 이용한 농담을 할 줄 아는 나라는 분명 매력이 있다. 유머 감각이란, 사람됨의 근본이다.

지금도 물론 현재진행형이지만, 어쨌거나 다양성으로 상상도 못할 갈등과 피를 본 나라이며 미국 사람들은 날 때부터 근본적으로 인종과 문화, 생각이 다른 사람들과 지내는데, 나는 그게 지금의 지구 최강 미국을 만들었다고 생각한다. 요새도 가끔 대한민국 반만 년 단일민족 어쩌구 하는 사람들 보이는데 이 좁은 땅덩어리에서 순수혈통 자랑해 뭐 하나, 사이어인도 아니고.

그런데 영화에서 미국이 공격을 받으면 꼭 뉴욕이 박살나더란 말이다. 외계인, 킹콩, 디셉티콘, 각종 악당, 하다못해 혹성도 꼭 뉴욕에 떨어지고 〈나 홀로 집에〉와 〈다이하드〉를 보던 어린 시절부터 알카에다가 월드트레이드센터를 공격할 때까지.

어벤저스와 옵티머스 프라임이 지켜주는 동네라니. 하여간 뭔가 엄청 중요하니 그렇게 안 됐겠나. 미국 하면 뉴욕이었고, 세계라는 단어는 곧 뉴욕을 뜻했다. 좋건 싫건, 보고 듣고 자란 게 그랬다.

그래서 뉴욕엘 좀 다녀올까 했다. 한 열흘 정도. 회사에서 잘린 건 아니니 내 연차 쓰고. 1만1천 킬로미터나 떨어진 곳에 가는 주제에 옆 동네 비디오 가게 가는 것만큼이나 계획은 없다.

그냥 가서 살다 와보려 한다. 그곳 사람들은 뭘 먹고, 뭘 보고, 무슨 공기를 마시고 사는지, 하다못해 사람 사는 데 다 똑같구나 정도 느끼고 오면 괜찮지 않을까 싶었다. 토익이든 토플이든 흔한 영어 공부 한번 제대로 한 적 없지만 뜻이 통하는 데까지 모르는 사람들에게 말을 걸어보려 한다. 주로 힙합과 영화로 회화를 배워서 영어로 입을 열면 통 우아한 표현은 안 나오는 게 걱정이긴 했지만. 우리나라에서 생면부지 외국인이 "염병할 화장실은 어딨는 거야, 이 자식아?"라고 길을 물으면 좀 이상하지 않겠나.

뉴욕에 간다니까 회사 사람들은 하나같이 엉덩이를 조심하고, 총 맞지 말라 덕담을 했는데, 그동안 게이의 사랑을 받거나 강도가 눈여기는 관상은 아니었는지 반성해보게 되었다. 자유의 여신상 앞에서 브이자 하고 찍은 사진 따윈 안 올리겠지만 여행하는 간간이 견문록은 쓸 예정이다.

이제 세 시간 뒤면 출발.

아 참, 그리고 나 비행기 처음 탄다.

2.

열네 시간 비행했으나 열두 시간 자고 두 시간은 〈맥심〉을 보며 왔다. 기내
식은 두 그릇씩 먹고 위스키도 세 잔을 마신 덕택에 죽음과 같은 수면, 상
공 3만 피트의 화장실을 골고루 체험할 수 있었다. 폭풍같이 먹고 자고 싸
는 짐승을 보는 듯한 눈빛의 스튜어디스가 인상적이었으며, 급격한 기압차
때문에 얼굴과 발이 좀 부었지만 이 정도면 무난한 첫 비행.

체류하기로 한 친구네 집이 알고 보니 타임스퀘어 바로 옆에 위치한 황금
입지였던 덕택에, 택시도 전철도 타지 않고 뉴욕 도심을 바로 걸을 수 있었
다. 하루 만에 뉴욕의 분위기란 '니가 뭘 하든 신경 안 써'란 걸 알았고 시
험 삼아 57번가에서 〈강남스타일〉을 춤추며 걸어봤더니 한 흑인이 치열 고
른 백색 미소를 지으며 정확한 한국어로 '안녕하세요'라고 인사를 건넸다.
헐.

워낙에 여러 인종들이 섞여 있는 곳이다보니, 의외로 '나는 누구인가'의 정
체성을 더욱 생각하게 된다. 대한민국이라는 국적을 한 번도 특별히 생각해
본 적 없었지만 '대한민국 국민인 이 여권 소지인이 아무 지장 없이 통행할
수 있도록 하여주시고 필요한 모든 편의 및 보호를 베풀어주실 것을 관계
자 여러분께 요청합니다'라고 적힌 외교부 장관의 직인이, 새삼 내가 주권국
의 국민이며 이 만 리 타국에서조차 국가의 보호를 받고 있다는 자각이 들
게 했다.

극도의 다양성은 극도의 정체성 수립을 촉구하는 역설을 갖고 있었다. 그
토록 다양한 인종이 패거리 지어 겪는 갈등의 단면을 이해할 수 있을 것 같
은 첫날.

3.

뉴욕의 모든 건물 내에선 망할 금연이다. 덕분에 정오쯤 일어나면 무릎 늘어난 추리닝에 떡진 머리를 하고 맨해튼 한복판에서 아침 담배를 피워야 했다. 몹시 거지스러웠는지 지나가던 흑인 노숙자가 담배를 요구했다.

그냥 달라고 했으면 모르겠는데, 담뱃값으로 랩을 해주며 "Give me some that shit bro(그 망할 것 좀 달라구 형제여)"라고 하는 수작엔 버틸 수 없었다. 흑인이 랩을 하며 'Bro'라고 불러주면 담배 같은 건 몇 개라도 줘야 하는 법이다.

이 금연정책의 살벌함은 어떤 건물에도 유효하며, 그게 술집이든 클럽이든 예외는 없다. 단, 밖에서는 담배를 피우며 걸어도 누구도 뭐라 하지 않는다. 국내의 금연 열풍이 묘하게 파시즘적인 면을 띠고 있다는 걸 생각하면 대조적인 면이겠다. 심지어 쓰레기통에 버리면 불나니까 꽁초는 길바닥에 그냥 버리란다. 하지만 바닥에 버릴 때마다 시청 단속반이 보고 있지 않은가 둘러보는, 몸에 아로새겨진 대한민국의 흔적을 시시각각 자각해야만 했다.

4.

유행의 최전선이라는 이미지와는 달리 굉장히 클래식한 도시다. 백 년 넘은 건물이 대부분이고, 오래된 가게일수록 자신들의 전통과 세월을 자랑스러워했다. 멋있긴 하되 경망스럽지 않은, 흉내내기보단 자신의 지조를 갖고 있는. 트렌드의 선두라는 뉴욕의 얼굴은 알고 보니, 매우 세련되고 고풍스런 노신사와 같았다.

어찌 보면 아이러니한 일이다. 한국의 첨단 콤플렉스란 조금이라도 노쇠한 걸 참지 못한다. 짓고 나서 이십 년만 되어도 재개발되어야 한다고 지역 주민회가 결성된다거나 근현대사가 서린 동대문운동장을 부수고 웬 난데없는 디자인 센터를 짓는다고 했을 때나. 그놈의 디자인과 개발이 뭐길래 이리도 오래된 것, 역사가 서린 것을 참아내지 못하는 걸까 싶었는데. 그 첨단의 선두에 있다는 도시는 이리도 오래된 것들을 충실히 끌어안고 있었다.

그게 나는, 왠지 모르게 서글펐다.

5

아침 일찍 일어나 센트럴파크를 산책하고 잡지에 소개된 레스토랑에서 가벼운 식사를 한 다음, 파크 에버뉴를 걸으며 명품 쇼핑을 한 후엔 어퍼이스트에서 업타운피플과 담소를 나누고 월스트리트 저널을 읽으며 카페에서 석양을 맞이했으며, 벤틀리 리무진을 대동한 채 파티에 참석해 맨해튼 재즈를 들으며 뉴욕의 밤을 만끽한다…… 같은 그딴 거 하나도 안 하고 있다. 해가 중천에 떠야 일어나 후드 뒤집어쓴 채 브런치 아니고 아점을 먹은 후, 오후나 돼야 나가서 그냥 슬슬 돌아다니고 있다. 공공도서관 가서 책 읽다가, 토이저러스 가서 아이언맨 헬멧이나 라이트 세이버를 살까 말까 고민하거나. 한국에 있었으면 휴일에 할 법한 일을 여전히 하며 지낸다.

그게 바로 휴가다.

길을 걷고 있으면 노숙자, 공짜로 CD 뿌리는 래퍼 지망생, 기념품점 삐끼에서부터 여행자 사기꾼 등등 여러 사람들이 말을 거는데, 이 양반들이 하나같이 나를 '베이비'라고 부르는 거다. 처음 보는 사람에게 베이비라니? 이건 무슨 종류의 베이비인가 의아했으나, 시가 사러 들어갔다 가게 주인이 나를 18세 이하로 여기는 걸 보고 깨달았다.

진짜 베이비(baby, 꼬맹이)라는 뜻이었다.

6

그래도 이역만리를 날아왔는데 뭘 해야 할지 생각해봤다. 뉴욕이라면 그런 게 여러 가지 있겠지만, 나는 미술관을 택했으며, 구겐하임 미술관, 뉴욕

현대미술관, 메트로폴리탄 미술관을 차례로 다녀왔다. 그러고 나니 후회한 게 딱 하나 있는데, 집에 사놓은 곰브리치의 『서양 미술사』를 다 읽지 못하고 여기에 온 것이다.

이름 대면 알 만한 작품부터, 처음 봤는데도 끝내주는 작품까지. 작가들은 대체로 세상에 관심이 아주 많거나 아예 없었으며, 무엇을 아주 좋아하거나 아예 혐오하거나 또는 무엇을 찬양하거나 극도로 반대하고 있었고, 거기엔 시대와 사회, 자아에 대한 치열한 고민이 담겨 있었다.

느낄 수 있는 건 딱 거기까지.

처음 본 작품들이 약 60퍼센트였고, 나는 그 의미를 적어도 90퍼센트 이상은 모르고 나왔을 것이다. 게다가 작품 설명과 오디오 멘트는 전부 영어라 한 작품 볼 때마다 듣기평가요 수능 영어니 마음 급해져 환장할 지경. 안 그래도 미친듯이 넓은데 미술관은 다섯시면 닫는다. 무식한 탓으로 경험하고도 알지 못한다면 이 얼마나 안타까운 일인가.

하지만 이런 거 말고 좀 재밌는 이야기.

뉴욕현대미술관에서 구석에 앉아 잠깐 쉬고 있을 때였다. 노트를 꺼내 이것저것 쓰고, 방금 봤던 작품을 스마트폰으로 검색해보고 있는데 옆자리에 어떤 여자가 앉아서 나와 비슷한 일을 하고 있었다. 그런데 여행자인 것 같은 남자가 다가오더니 여자한테 수작을 거는데 대뜸,

"안녕, 아름다운 당신도 이 갤러리의 소장품인가요?"

이놈 봐라 싶어서 계속 들어봤더니, 당신의 눈이 이곳의 가장 멋진 예술품이라느니, 나는 여기서 당신을 보고 가장 깊은 감명을 받았다느니, 차마 입에 담기도 어려울 미친 소릴 계속 하는데 심지어 그게 매우 자연스레 먹힌다!

초면인 두 사람이 이후, 같이 자리를 떴음이 이를 증명했다.
양키들의 작업 세계란.

7.

마주친 많은 사람들과 이야기를 했다. 특유의 넉살과 미국 문화 특성상, 모르는 사람과 말하기가 어렵지 않았는데 영어로 말을 할 수 있다는 것과 그곳에 사는 사람과 대화를 한다는건,
전혀 다른 문제였다.

기본적으로 대화엔 공감이라는 것이 있어야 한다. 이 사람이 어떤 사람이고, 무엇을 좋아하고, 무엇에 관심이 있는지. 나의 무엇을 듣고 싶어할 것이며, 지금 내가 하는 말을 어떻게 생각할지.
이런 직관적인 통찰을 하는 데는 어떤 '문화적인 맥락'에 관한 이해가 있어야 한다. 한국에서 한국말을 쓰는 우리는, 배워서 아는 게 아니라 같은 나라에서 같은 시대를 사는 사람끼리 통하는 '코드에 관한 정보'가 있지 않나. 문화권이 달라지니 나는 전혀 감조차 잡을 수 없었다. 그러니 아주 형식적인 담소 이후에는 더 깊은 대화로 진전되기 쉽지가 않았던 것. 이건 배우거나 가르친다고 되는 게 아니다. 오로지 세월을 지불해야 한다. 사람이 눈앞에 있는데 제대로 된 소통을 할 수가 없다니.
나는 약간 절망적인 기분을 느꼈다.

다시 한국으로 돌아와 아무런 일도 없던 것처럼 출근을 했다. 일주일 동안 왔던 300통에 가까운 사내 메일을 확인하고 앞으로의 일정과 지난 업무를 둘러보고 나니 오전이 훌쩍 지나갔다.

뉴욕에서 보낸 열흘간은 관광이라기보다 생활체험에 가까웠다. 그래서 관광하기 무엇이 좋았냐고 물어보면 사실 할말이 별로 없다. 그냥 거기 사는 사람처럼 지내다 왔기 때문에. 그리고 늘 그렇듯 내 자리로 돌아와 이전과 같이 그렇게 다시 살아갈 것이다.

그런데 겨우 일주일 만에 돌아온 서울은 왠지 이전 같지 않았다.

그때 들었던 새로운 느낌은 뭐였을까?

사람들은 여행을 할 때 알게 모르게 안테나를 세운다. 그곳에 존재하는 시간과 하루하루가 귀중하며 거리의 풍경, 마시는 공기, 햇살에 비치는 나뭇잎 하나조차도. 낯선 곳의 새로움이 모든 것을 특별하게 만들며 사물에 관한 인식을 새롭게 하고 감각을 예민하게 한다.

사람들은 뉴욕을 꿈의 도시라고 한다. 뉴욕 땅을 밟아보는 사람을 뺀 만큼의 사람들이. 뉴욕 땅을 밟아본 대부분의 사람들이 그렇게 이야기한다. 세계 제1의 도시이자 문화와 예술, 경제, 지구의 중심. 실제로 다녀온 바 그 명성도 환상만은 아니었다.

하지만 뉴욕에 사는 사람은 그것만으로 마냥 꿈같고 행복한 삶을 살까? 그렇진 않을 거라고 생각한다. 내가 일상을 보내는 이 공간도 누군가에게는 여행지이고, 내가 여행을 간 곳도 누군가에겐 일상의 공간일 테니까.

본질은 공간이 아니라 나 자신.

아마 서울에 여행 온 사람은, 우리보다 훨씬 즐겁게 서울을 즐길 것이다. 내가 살고 있는 이 공간도 사실 그런 것들로 가득차 있는데. 사람들은 자주, 그곳에 속해 있다는 이유로 주변의 멋진 것들에 무심해지는 게 아닐까.

공항에 도착하고 다시 떠났던 곳에 도착하는 사람들은 낯선 곳의 즐거움과 익숙한 공간의 특별함을 느낀다. 아마도 인천공항을 밟던 순간에 내가 느낀 잠시간의 달뜬 마음은 그것이었다고 생각한다.

알고 보면, 매일의 일상은 여행이고 여행이 곧 일상이었다.

그리고 이 커다란 세상.

산에 올라 작아진 도시를 바라보는 것과 비교할 수 없이 넓었던 세상.

JFK 공항을 이륙하며 바쁜 삶을 사는 뉴욕을 내려다보았고, 바다에 비치는 석양을 상공 1만 미터에서 바라보았으며, 인천까지 오는 동안 통과한 상공에서 북극의 빙하를 보았다.

내가 못 본 세상이 이만큼이나 넓었다니?

앞으로 별일이 없다면 나는 산 날보다 살 날이 더 많을 테고, 이런 즐거움은 지구의 크기만큼이나 많이 남아 있을 것이다. 집 찬장에 남겨놓은 맛있는 과자를 떠올릴 때처럼 즐거운 기분이 든다.

그리고 내 자리로 돌아와 일상을 보내고 있는 지금.

삶은 조금 더 즐거운 것이 되었다.

'사람'이
'사랑'으로
둥글어졌다

———

박 현 순
:
하는 일_ 대학교 재학중
여행지_ 영국, 프랑스, 7번국도

마흔여덟 시간의 크리스마스

2010년 12월 25일. 메리크리스마스를 외치고 축복받은 거리거리마다 캐럴이 울려퍼질 때. 나는 인천국제공항에 있었다. 네덜란드를 경유해 영국으로 가는 비행기를 기다리는 중이었다. 다만, 유럽은 난생처음이었다.

첫 경험은 언제나 오래도록 기억되는 법이다. 첫 키스, 첫사랑처럼 로맨틱한 경험뿐만이 아니라, 처음 두발자전거를 탄다든가 술에 만취해 처음으로 필름이 끊긴다든가 하는 것들까지. 그 모든 것을 우리는 첫 경험이라는, 곱 씹어보면 어쩐지 웃음이 나고 아련해지는 한 단어로 간직하게 된다. 그래서 처음 하는 모든 것들은 설렘을 가지고 있다. 그러나 이상하게도 인천국제공항에 앉아 있는 나는 전혀 설레지 않았다. 마치 처음이 아닌 사람처럼. 몇 번이나 유럽에 갔었던 사람처럼 초연했다.

지금 생각해도 그 이유를 알 수가 없다. 몇 가지 추측은 할 수 있다. 한국에 혼자 남아 있는 여자친구가 마음에 걸렸을 수도 있다. 크리스마스는 보통 연인이 함께하는 날이었고, 심지어 24일은 여자친구의 생일이었다. 그렇게 나는 여자친구와 떨어져 쓸쓸한 크리스마스를 보내는 중인데, 같은 여행사를 이용해 떠나는 커플은 사이좋게 어깨동무를 하고 있어서 그랬을지도 모른다. 아니면 다음해 6월에 입대하라는 영장이 눈앞에 아른거려서 그랬을 수도 있고, 방금 전에 먹은 국수가 맛이 없어서일지도 모르고, 아니면 그냥 피곤했을지도 모르는, 이래도 되고 저래도 되는, 알다가도 모를 일이었다.

비행기에 올라서도 마찬가지였다. 가져온 책을 펼쳤지만 헛수고였다. 반도 채 읽지 않고 덮어버렸다. 이미 여러 번 읽은 것처럼 느껴졌다. 전혀 새롭지가 않았다. 기내식 파스타도 이륙 전에 먹었던 국수처럼 익숙했다. 창밖으로 보이는 구름도 어쩐지 한국에서 흘러온 것 같았다. 한국에서 한 번쯤 본 적 있는 구름처럼 보였다. 설렘은 없었다. 그래서 잠만 잤다. 가끔 눈을 뜨면 비행 항로가 나와 있는 지도를 쳐다봤다. 눈을 뜨고 뜰 때마다 비행기는 러시아, 러시아, 러시아 상공을 지나고 있었다. 단 한 번도 러시아 땅을 본 적 없는 주제에, 벌써부터 나는 러시아가 지겨워지고 있었다.

바로 이렇게 모든 것이 지루하고 새롭지 않을 때. 쳇바퀴 속 생쥐가 된 듯한 기분이 들 때. 사람들은 여행을 떠난다. 난 쳇바퀴나 돌리는 생쥐가 아니야! 하며 세상에 외치는 것 같다. 여행을 마치고 다시 일상이라는 쳇바퀴로 들어가면서 말한다. 봤지? 언제든 떠날 수 있는 사람이야, 나는. 그렇게 다시 쳇바퀴를 돌리는 자기 자신을 위로한다. 우리가 여행을 떠나는 이유는 여기에 있다. 그러나 이미 여행을 떠나서 비행기에 올랐음에도 불구하고, 계속 쳇바퀴를 돌리고 있는 내가 문제였다. 창밖을 봐도 계속 같은 풍경을 마주하는 기분이었다. 해가 지고 다시 뜬 다음날까지도 비행기는 러시아를 지나고 있었다.

마침내 기나긴 러시아를 지나 네덜란드에 비행기가 무사히 착륙했다. 비행에 지친 승객들은 누가 먼저랄 것 없이 자리에서 일어났다. 보다 더 지쳐 있던 나는 거의 모든 승객들이 내리고 나서야 자리에서 일어났다. 승무원들

이 출구에서 승객들을 배웅하고 있었다. "굿바이" 하고 지나가는데 "메리크리스마스" 하는 아주 부드러운 승무원의 목소리가 내 걸음을 멈추게 했다. 분명히 하루가 지났다. 휴대폰을 꺼내서 날짜를 확인했다. 당연히 26일을 나타내고 있었다. 그런데 왜 크리스마스 인사를 하지?

아, 날짜변경선! 시간 선을 지나면서 나는 다시 한 번 크리스마스를 맞이할 수 있었다. 난생처음으로 크리스마스를 같은 해에 두 번이나 맞이하는 순간이었다. 이 모든 생각이 머릿속에서 정리되었을 때, 나는 환하게 웃고 있었다. 승무원에게 "메리크리스마스, 투!"라고 말하며 비행기를 빠져나왔다. 다시 태어난 기분이었다. 정말 근사한 크리스마스 선물이었다. 두근거리는 심장박동에 온몸이 진동하고 있었다. 설레고 있었다. 비로소 나의 여행이 시작되는 순간이었다.

해리 포터는 9와 3/4 승강장을 통해서 호그와트가 있는 마법의 세계로 들어갔다. 해리 포터를 새로운 세계로 인도하는 그 승강장이 있는 킹스크로스 역 옆에는 여행자들을 새로운 세계로 인도하는 세인트판크라스 역이 있다. 세인트판크라스 역에는 유로스타가 있다. 유로스타는 도버해협, 영국과 프랑스 사이의 바다를 뚫고 만든 터널을 지나는 국제 열차다. 대부분의 여행자들이 이 유로스타를 통해서 영국에서 프랑스로 이동한다. 나 역시 마찬가지였다.

영국은 굉장히 절제되어 있었다. 무어라 표현할 수는 없지만, 사람마다 보이지 않는 자신만의 공간 속에 있는 것처럼 보였다. 그렇게 붐비는 인파 속에서도 서로 자신만의 공간에 있어서 부딪히지 않는 듯했다. 영국에 있는 모두가 그랬다. 나도 그렇게 되었다. 그래서 나에게 영국의 이미지는 '영'이라는 발음처럼 부드럽고 둥근 것들을 '국'과 같이 각진 모양으로 자른 것처럼 그려졌다. 역이나 터미널에는 항상 이별이 함께한다. 세인트판크라스 역에서 나는 많은 이들이 이별하는 것을 보았다. 연인이거나 가족, 친구나 동료들이 헤어지는 모습을 보았다. 그들조차도 굉장히 절제되어 있었다. 악수 이상의 스킨십이나 인사는 없었다. 포옹하는 연인들이 어색해 보일 정도였다. 날카롭게 잘려나간 감정의 모서리에 서로 찔리지 않도록 조심하는 것처럼 보였다.

기대감에 부풀어서 유로스타에 몸을 실었다. 해저터널이라니. 나는 커다란 유리창 너머로 보일 아름다운 바다를 상상하며 상기되어 있었다. 그리고 출발 십 분 만에 나는 바다에 던져진 돌멩이처럼 가라앉아버렸다. 창 너

머로 보이는 것은 아무것도 없었다. 어둠뿐이었다. 거기에 비친 내 얼굴에는 실망만 가득했다. 아니, 국가와 국가를 연결하는 터널이, 그것도 바닷속에 있는데, 아무것도 보이지 않다니! 배신감마저 들었다. 마음이 삭막해졌다. 이렇듯 우리가 아름다울지 모른다고 생각했던 모든 것들이 한꺼번에 아무것도 아닐 수 있다는 생각에 도달했을 때, 나는 여자친구를 떠올렸다. 너와 나를 이어주고 있는 사랑이라는 것도, 어쩌면 어둠으로 가득해서 아무것도 아닐 것만 같았다. 그래서 기나긴 어둠을 지나면서 나는 너와의 이별을 조심스럽게 생각해보았다. '사랑'을 잘라내 '사람'으로 만들었다. 절제된 마음에 어둠이 내려오고 있었다.

프랑스에 도착했을 때는, 이미 넌 그저 한 사람이 되어 있었다. 너무도 잘 깎은 조각처럼 의심할 여지가 없는, 사랑이 아니라 그냥 사람이었다. 그래서 나는 실제로 사랑을 잃은 사람처럼 힘없이 열차에서 내렸다. 커다란 캐리어를 간신히 끌고 가는 내 옆으로 한 여자가 지나갔다. 청바지에 가죽재킷을 걸친 그녀는 투명하게 하얀 피부와 노을의 붉은빛을 품은 금발이었다. 굽이 있는 부츠를 신고도, 내 것만큼 커다란 캐리어를 끌면서도 그녀는 꽤 빠른 속도로 달리고 있었다. 그녀의 앞을 막는 건 아무것도 없었다. 영원히 그렇게 달릴 것만 같았다. 아니면 달리다가 죽을 것처럼 보였다. 개찰구 끝에서 한 남자가 그녀 앞을 가로막았을 때는 그 남자에게 고마운 마음마저 들었다. 그러나 그녀는 속도를 줄이지 않았다. 오히려 더욱 빠른 속도로 달리기 시작했다. 캐리어를 던져버리고 그녀는 더더욱 가속했다. 그대로 그녀는 남자의 품속으로 뛰어들었다. 남자는 그녀를 멋지게 안아올렸다. 그녀는 사정없이 남자의 뺨에 입을 맞추기 시작했다. 프랑스식 인사였다. 얼마나 많이 입을 맞추는지, 나는 남자의 뺨이 닳아 없어질 거라고 생각했다. 다행스럽게도 남자의 뺨은 멀쩡했고, 대신 내 뺨이 달아올랐다. 나는 무슨 황홀경에 빠진 것처럼 그 자리에 서서 두 사람을 바라보고 있었다. 두 사람은 한참을 그렇게 붙어 있었다. 날카로운 감정의 모서리는 두 사람에게 아무런 방해도 되지 않았다. 하도 비비는 탓에 모서리마저 둥글게 변하는 것 같았다. '사람'이 '사랑'으로, 'ㅁ'이 'ㅇ'으로 변하는 모습이었다. 그 순간을 지켜보느라 나는 일행들을 잃어버리는 불행을 겪어야 했지만, 전혀 신경쓰지 않았다.

그사이 나는 또다시, 그리고 더욱더 너를 사랑하게 되었다. 너를 안고 싶어졌다. 만지고 뺨을 비비고 싶어졌다. 사랑은 다른 사람에 대한 나의 마음을 절제하지 않았을 때 탄생하는 것을, 나는 그때 깨달았다. 정말 사랑할 수밖에 없는 순간이었다.

다시 태어난다면

"다시 태어난다면 뭐가 되고 싶어?"

"글쎄, 굳이 고르면 까마귀로 태어나고 싶어."

"왜 까마귀야?"

"적당하잖아. 숫자도 7까지 셀 줄 알아. 굳이 모든 숫자를 다 알아야 할 필요는 없잖아? 수학은 딱 질색이야. 물건이나 간단한 기계가 어떻게 작동되는지도 알아. 무리지어 다니기도, 때로는 홀로 다니기도 해. 어디에나 있고, 무엇이든 먹을 수 있어. 무엇보다 하늘을 날 수 있잖아."

"다시 인간으로 태어나고 싶지는 않아?"

"싫어. 누구랑 비교당하는 게 싫어. 그러면서 누군가와 나를 비교하고 있는 나도 싫어. 얼굴 생김새부터 키나 머리카락의 유무까지 비교하잖아. 눈에 보이지 않는 학력이나 연봉까지도 비교 대상이 되지. 그렇게 비교하고, 비교당하면서 사는 데 나는 이미 지쳤어. 그래서 다음 생에는 까마귀로 태어날 거야."

"아닐 수도 있어."

"뭐가?"

"까마귀 말이야. 까마귀들도 자기들끼리 서로 비교하면서 살고 있는지도 모르잖아."

"까마귀가 비교할 게 뭐 있다고 비교를 해."

"우리나라에서 까마귀는 흉조잖아. 그런데 영국에서는 아니야. 영국에서 까마귀는 길조거든. 심지어 영국의 운명을 손에 쥐고 있지."

"까마귀가?"

"그래. 오래전부터 내려오는 전설인데, 런던탑 안에 까마귀가 단 한 마리도 남아 있지 않으면 왕국이 멸망한다는 거야. 그래서 런던탑에는 까마귀를 기르는 조련사들도 있지. 그러니까 네가 까마귀라면 어떻겠어. 흉조라고 손가락질 받고 바닥에 버려진 음식을 주워먹어야 하는 곳에 있겠어, 아니면 한 나라의 운명을 쥐고 있는 중대한 역할을 맡아 인간의 보살핌을 받는 곳에 있겠어? 그뿐만이 아니야. 까마귀들도 생긴 걸 비교할 수도 있지. 깃털의 개수나 윤기를 비교할지도 몰라. 혹은 숫자를 8까지 셀 줄 아는 까마귀가 있을 수도 있어. 사냥이나 비행을 유독 잘하는 까마귀와 비교될 수도 있지."

"거봐, 인간은 이렇다니까. 너는 지금 까마귀마저도 비교의 대상으로 보고 있잖아. 그렇게 깃털 하나 같은 사소한 걸 비교하면서 살 거 같아?"

"글쎄, 인간들끼리 비교하는 것도 그렇게 거창한 건 아니잖아."

"그래, 그렇지만 인간은 스스로 날 수 없잖아."

친구는 커피를 한 모금 마시고 말을 받았다.

"까마귀 역시 이렇게 맛있는 커피를 마실 수는 없지."

그렇게 말하고 친구는 계속 커피를 마시기 시작했다. 나도 커피를 마시면서 까마귀나 인간이나 크게 다를 게 없다는 생각을 했다. 커피는 맛있었다. 그래서 잔을 내려놓을 때에는 인간도 그리 나쁘지 않다는 결론을 내렸다. 커피를 마시고 있는 친구에게 말했다.

"정말, 그래."

우리는 계속 커피를 마셨다.

공수교대

아마도 이십대는 방황하기 위한 시기인 것 같다. 갈피를 잡지 못하고 무엇을 해야 하는지도 제대로 알지 못한다. 그럼에도 불구하고 아무것도 하지 않고 시간을 흘려보내기는 너무 두렵다. 결국 무엇이든 해야 하기 때문에 이십대는 방황한다. 내가 7번국도를 따라서 무작정 걷기로 한 것도 그 때문이리라. 무엇이든 해야 할 것 같은 시기였다.

동해를 지나 삼척으로 들어섰을 때, 나는 노란 담벼락 앞에 멈췄다. 별처럼 반짝이는 노란 담벼락에는 낙서와 함께 글귀가 적혀 있었다.

> 인생은 역전의 드라마다. 야구의 재미가 9회 말 역전에 있듯이 인생의 재
> 미도 언제나 가능한 역전의 역동성에 있다.

나는 한참 동안 글귀를 곱씹었다. 사진을 찍을 생각은 하지도 못하다가, 정신을 차리고 사진을 찍기 시작했을 때는 사정없이 셔터를 눌러대고 있었다. 별다른 구도를 잡지도 못할 피사체를 몇십 장이나 찍었다. 그리고 카메라 속에, 동시에 내 가슴속에 들어온 글귀를 다시 곱씹었다. 인생은 역전의 드라마다.

팔십까지 인생을 살고, 그 인생을 하루라고 가정한다면 이십대는 아침 일곱시 정도에 불과하다. 생각해보자. 아침 일곱시에 우리는 무엇을 하고 있는가. 누군가는 아침을 먹고 있을 거고, 누군가는 출근을 했을 수도 있지만, 나는 보통 침대 위에서 눈을 뜬다. 아무것도 하지 않는다. 간밤에 꾸었던 꿈을 생각하거나, 더 자고 싶은 마음에 이불을 머리까지 끌어올린다. 그러나 일어나야 하는 걸 이미 알고 있다.

야구로 치면 막 1회 초가 끝난 셈이다. 어떻게 지나간 줄도 모르게 지나간 시간. 아무것도 한 게 없는 것 같은 1회 초. 그동안 우리는 많이도 얻어맞았다. 아직 내 공을 쳐내는 상대를 파악하지 못해서. 긴장해서 그렇다. 그러나 결국 1회 초는 끝났다. 공격은 이제 시작이다. 처음 하는 공격이라 서투를 수 있다. 그래도 좋다. 2회에도 우리에게 공격은 돌아온다. 9회 말까지 공격할 기회가 있다. 그러니까 두려워하지 마라.

자, 이제 공격할 시간이다.

선, 점선,
아주 단순한
점

—

백 율 하

:

하는 일_ 낮 취업준비, 밤 글쓰기
여행지_ 전주 한옥마을, 서울 구로 야시장

●

D-15 달 프로젝트

여행을 가야겠다고 생각하는 건 태어난 이유를 생각하는 것과 같았다. 스물다섯이나 먹도록 부모님의 극진한 보호 덕분에 외박은 이미 먼 나라 저세상 이야기였으니까. 그럼에도 불구하고 여행을 감행한 적이 몇 번 있다.

섣불리 떠나기가 애매한 취업준비생으로서 이 시기에, 여행은 꿀이고 꿈이다. 그러니 잠시 덮어두는 게 맞다, 라고 타이르는 중이다. 지금으로서 내게 최고의 시나리오는 출근과 퇴근을 반복하는 일자리를 갖는 거니까. 다만 뜻하지 않게 한 문장이 내게 꽂혔다. 달 출판사 여행에세이 공모전. 떠나고 싶은 시기에 이만한 핑계가 또 있을까. '달 프로젝트'라 이름을 붙였다. 어찌 되었든 마감까지 보름을 깎아먹는 중이었다.

아무것도 준비되지 않았고 어디를 가고 싶은지도 몰랐다. 이유는 정말 단순하게 떠나고 싶다, 그게 다였다. 가끔 무섭게 느껴지는 단어, '그냥'이었다. 그냥의 시간이 빠르게 잠식되어갈 때, 정말 그냥 떠오른 게 있었다.

필름카메라.

겨울, 대학 동기들 몇 명을 합정에서 만난 적이 있다. 졸업 후 일 년이 가장 애매하다는 말을 실감한 시기였다. 모두가 지난밤 뭔가를 쓰고자 했던 마음과는 다르게 현실에 부딪히고 있는 중이었다. 누가 던진 약속인지는 몰라도 시기를 절묘하게 물어 너도나도 모일 수 있었다. 그렇게 모두 모였을 때, 나는 우리가 으스러지지는 않았다고 생각했다. 살짝 금이 간 정도? 그래도 멀쩡하게 그 균열에 대해 말할 수 있으니까. 양호한 편이다.

여자 넷이 장소를 세 번 바꿔가며 글 쓰지 않는 밤을 보냈다. 그중 민이라는 동기 동생이 한 명 있다. 항상 등뒤엔 배낭을 메고 두 손으론 필름카메라를 안고 다녔다. 지금 생각해보면 언제부터 그걸 안고 다녔는지는 잘 모르겠다. 어느 순간부터 찌익 돌려서 촥 찍었으니까. 그 소리가 부딪히는 곳은 의외인 곳이 많았다. 주로 벽, 포크, 바닥, 촛대, 타일, 벽돌, 담장 같은 것 앞에서 민이는 왼쪽 눈을 감았다.

"언제 샀니?"

아마 내가 먼저 물어봤을 것이다.

"음." (민이가 자주 하는 표정과 의성어)

분명 뭐라고 대답해줬는데, 지금 생각해보니 기억이 나질 않는다. 몇 주가 지나서 민이가 그때 찍은 사진들을 내게 보내왔었다. 그땐 이렇게 나왔구나, 보기만 했었다. 그런데 지금 와서 다시 생각해보니 무언가 크게 일렁였다. 필름카메라. 그냥 떠오른 게 아니었다.

D-12 아날로그가 뭔지

필름카메라에 꽂힌 바로 다음날부터 인터넷 중고장터 검색을 들었다 엎었다. 한 판매자의 글이 유독 눈에 들어왔다.

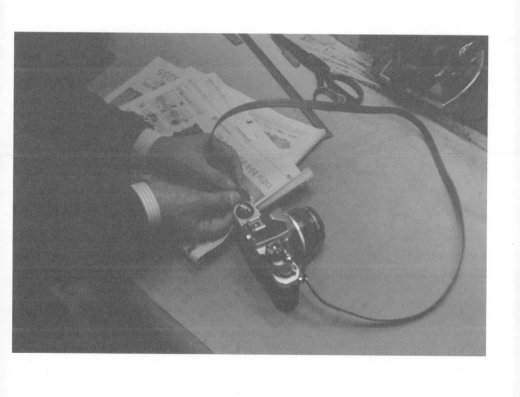

이 카메라는 저의 우울했던 청춘을 달래주었던 녀석이에요.

우울이라는 단어를 함께 공유한 무언가가 있다는 그 판매자가 부러웠다. 나는 당장 게시글에 적힌 번호로 연락했고, 직거래 약속을 잡았다.

합정 지하 작업실에서 좀더 글을 쓰다가 약속 장소로 가면 되겠다고 생각했다. 여덟시 반쯤 작업실을 빠져나와 지하철역으로 향하는 내내 휴대폰은 먹통이었다. 좀 전까지 지하에 있어서 그런가 싶었지만, 종각역에 가까워지자 그제야 생각은 불안으로 바뀌었다. 특별한 방법이 떠오르지 않았다. 정말 계속, 전화만 걸었다. 허공에 걸터앉아 있는 거나 다름이 없었다. 종각역 근처를 서성거리며 어떻게든 걸리기만을 반복했다. 나는 아마 혹시나 어? 어! 하고 만나지진 않을까 하는 기대도 걸었던 거 같다. 정확히 열아홉번째 신호 다음에 처음 듣는 목소리가 들려왔다

"출구로 나와서 뒤돌았을 때 보이는 카페예요. 전 2층이에요."

서른하나인 그녀는 시를 쓴다고 했고, 스물다섯인 나는 소설을 쓴다고 했을 때, 우리는 서로 웃었다. 카메라는 생각보다 묵직했고, 그녀는 손이 작았다. 가느다란 엄지와 검지로 렌즈를 이리저리 돌려가며 찍는 모습이 경쾌해 보였다. 필름을 넣는 방법부터 간단한 사용법을 알려주었지만, 사실 뭐가 뭔지 잘 몰랐다. 단지 카메라를 쥐었을 때, 그 느낌이 내가 상상했던 것과 너무 닮아 있어서 놀랐다. 나는 그녀의 시를 한 번도 본 적이 없지만, 그녀가 보여준 몇 장의 사진들로 감히 짐작해볼 수 있었다. 나중에 글로 만나요, 라는 인사로 그녀의 카메라가 온전히 내게 왔을 때 나는 어떤 글을 쓰고 싶은가, 라고 생각해보기 시작했다.

집으로 돌아가는 지하철에서 꽤 든든한 녀석을 두 손에 안고 있던 중, 뒤에

서 이야기하는 연인 덕분에 휴대폰이 조용했던 이유를 알 수 있었다. 한 통신사의 통신장애 탓이었다. 코트 주머니에 휴대폰을 도로 넣었다. 어쩌면 나는 완전한 아날로그를 꿈꿨을지도 모르겠다. 어디로 가든 괜찮다는 생각이 들었다. 사진을 찍기 위해 떠나본 여행은 한 번도 없었다. 다만 내 우울을 대신 이야기해줄 가장 자연스러운 무언가를 찾고 있었던 게 분명하다.

D-5 바 랄 망, 기 다 릴 망, 망 할 망

우울한 청춘을 대신 해줬다는 말은, 우울할 새가 없었다는 말과 같았다. 정말 그럴 시간이 없었다. 가장 크게 달라진 점 두 가지는, 안구활동량과 유산소운동량의 대폭 증가였다. 자주 걸었고, 자주 쳐다봤다. 여행은 이미 시작된 거나 다름이 없었다. 목적지가 합정 작업실이라면, 집에서 두 시간 정도 일찍 출발했다. 당산—합정—상수—홍대—합정을 걸어가며 보이는 대로 찍었다. 나의 첫 현상은, 스무 컷 중 단 열 개의 컷만 살아 있었다. 그날, 그녀가 직접 꽂아준 필름만 살릴 수 있었다. 초점도 안 맞고 무엇을 향해 찡그렸는지조차 기억이 가물거리는 순간이었다.

나의 여행지는 전주였다. 주변인들의 극찬에 순전히 팔랑거리는 귀로 선택한 장소였고, 꼭 한번 가보고 싶었다. 봄날이고 3월이니까. 전주는 내가 아껴두던 국내 여행지 중 하나였다. 취업준비생의 하루는 깎기 편한 사과였던만큼, 목요일 아침부터 떠날 수 있었다. 함께해준 나의 조교도 그날 가능했다고 말했다. 조교의 고향은 김제였다. 대학 때 여기로 올라왔으니, 모든 유년 시절을 거기서 보냈을 터였다. 서울 토박이였던 나에겐 더없이 좋은 동행자였다. 세 시간 조금 안 되어 도착한 전주에 대해 조교는 아무 말이 없었다. 가만히 내가 찍고 싶은 순간에 함께 멈추어주었다. 지구 자전 속도로 걷다가 조용히 얘기를 시작했다. 자신이 살아온 시간과 지금의 시간이 너무 다르다고. 그 느낌을 막상 느껴보니 감당이 안 된다고. 가만히 주변을 쳐다보는 조교의 눈에는 애정이 담겨 있지 않았다.

오래도록 변하지 않을 것만 같은 이야기는 누구나 갖고 있기 마련이다. 사실 한옥마을이라고 해서 갔지만, 실제 거기서 거주하는 주민을 만나지는 못했다. 다시 생각해보니 통영 동피랑 마을에서도, 부산 감천 마을에서도. 나는 관광객이었지만 진짜 이야기를 가질 수 없는 객의 느낌이 들었다. 나는 더 자주 카메라로 곳곳을 찍었다. 그래도 내게 따뜻했던 어느 봄날의 전주가 언제고 그리울 테니까. 내 과거가, 내 기억이 자꾸 변해간다는 걸 마냥 지켜보고 있을 수가 없었다. 마치 내 버릇을 잊어버리는 연인에게 화가 나는 감정과 같았다. 나는 더 자주 멈춰서 기록을 이어갔다. 나의 우울을 함께하는 이 녀석은 그 시간을 자기만의 방식으로 기록해갔다.

전주 한옥마을과 남부시장을 돌고 돌아 여덟 시간이 지났고, 단편 여행은 그렇게 막을 내렸다. 사용한 필름은 다섯 통이었다. 시간이 짧다는 것을 알았기에 나는 더 기록에 열을 올렸을지도 모르겠다. 단지, 그 다음날 다섯 개 모두 무촬영으로 나온 결과가 암담할 뿐이었다.

무엇이 문제였을까. 합정 작업실에서 현상관으로부터 '무촬영' 연락을 받고 나는 바로 카메라 점검 센터로 갔다. 대체 왜. 점검을 해주시는 사장님께선 카메라에 이상은 없다고 말했다. 부끄럽게도 내게 필름 넣는 방법을 다시 설명해주었다.

여태까지 내가 넣던 방법과는 다른 방법이었다. 직거래 날, 어쩌면 나는 무언가에 들떠 가장 중요한 부분을 놓치고 있었는지도 모르겠다. 이 묵직한 녀석이 내 손에 닿았을 때의 촉감. 그것을 잊지 못해서 그런 건가. 결국 나는 아무것도 모르는 무지한 주인이었다. 전주 한옥마을에서 빽빽하게 찍은 180장의 필름이 모두 없어졌다니. 이불 속에서 발길질을 하면 그나마 속이 편했을 수도 있었겠지만, 조교에게 이 말을 하기까지가 가장 힘들었다.

180장의 기록이 180가지 우울의 조각으로 변하는 것은, 한순간이었다.

"꽃 사줄까?"

그날 조교의 말은, 간지러웠다. 전혀 그런 말을 해본 적 없는 조교라 자신도 말해놓고 부끄러워하는 모습을 지켜보자니 내가 더 간질간질했다고 말해야 할까. 남부시장에 돌아다니다 그 골목에서 꽃들을 찍던 내게 해준 그 말이, 아직도 잊히지가 않는다. 드라이플라워는 손가락으로 쓸어내리듯 만지면 햇살이 바스락거리는 것만 같은 소리를 냈다. 천천히 책장을 넘기는 소리 같기도 했고, 검지로 속눈썹을 쓰다듬었을 때 그 부드러운 감촉 같기도 했다. 그 간지러운 소리가 좋아서 조교에게 계속 그 꽃을 들고 있으라고 말했다. 꽃을 든 남자를 찍는 건 설레었다. 단순한 여자라서 단순하게 행복하다고 말할 수 있었다.

필름을 제대로 넣는 방법을 배웠지만, 시간은 벌써 수면 위로 떠오르고 있었다.

전주 한옥마을에서의 모든 사진이 내 손에 들어오지 않자 나는 다음날이라도 다시 전주에 가야겠다고 생각했었다. 아침이 되자 비가 내렸다. 여행을 떠나기 전 날씨의 변화는 열정은 열정일 뿐이라고 중얼거리게 만들었다. 며칠 내내 따뜻하다 못해 더운 봄날은 사라졌고, 하루종일 비가 내렸다. 필름카메라로 사진 찍기엔 뷰파인더의 세상이 너무 어두웠다. 카메라

는 민감했다. 빛을 가지고 놀 수 없을 땐 가만히 아무것도 담지 않고 고집스럽게 눈을 감아버렸다. 뷰파인더 안으로 '–'라는 표시가 뜨면 나는 카메라를 내려놓을 수밖에 없었다. 그때, 내게 연락이 온 건 수였다.

수와 수의 남자친구는 구로 야시장에서 샹그리아를 팔기로 했다고 말했다. 재래시장 활성화 프로그램 중 하나로 각 시청에서 공들이는 사업이며, 요새 유행하는 플리마켓 형태 중 하나라고, 수는 간단히 설명했다. 조경학과 캠퍼스커플이 이건 무슨 소린가 싶었지만, 구경 오라고 경쾌하게 말하는 그 뜻밖의 초대장이 사실, 정말 반가웠다. 그렇다. 내겐 사진과 함께 여행도 사라진 것 같았고 집에 있어봤자 우울했을 터이다. 우울을 대신해주는 이 녀석과 함께 필름을 제대로 넣고 다시 떠나기로 했다.
물론 조교도 전주 여행의 후폭풍을 감당하고 있던 중에 또 이 여행을 동행해주었다. 뒤쪽 허벅지부터 발목까지 땡겨, 라고 투정을 부리긴 했지만 오히려 그게 미안했고, 아직 나는 간지러운 상태였다.
와인 잔 속에 슬라이스 한 오렌지와 블루베리가 차분하게 가라앉아 있는 샹그리아는 묘하게도 추적하게 내리는 봄비와 어울렸다. 늦은 여섯시면 문을 닫는 재래시장 안에 청춘들에게 낯익은 멜로디가 울렸다. 봄비로 젖은 아스팔트 위로 운동화 신은 청춘들이 자주 경쾌하게 걸음을 움직였다. 홀짝홀짝. 샹그리아를 원샷해버린 조교와 나는 가만히 음악을 들었다. 수와 수의 남자친구는 자주 어깨를 들썩이며 많지도 적지도 않은 손님들을 맞이했다. 고요하지도 벅차지도 않게 흐르는 밤이었다. 나는 가끔씩 카메라를 들고 사람들을 찍었다. 내일이면 모두 으스러지지 않을 것처럼 단단한, 늦은 밤이었다. 대화가 뒤엉키며 내는 소리는 야시장을 밝히기에 충분했다.

정확하지 않은 음파들이 쉼표를 무시한 채 이어가는 대화가 계속 연결되었다. 봄비는 내리지 않았고, 임시로 만든 천막은 더이상 필요 없었다. 물먹은 불빛을 지나 모두가 노래를 따라 부르거나 어깨를 흔들었다. 나는 그 시간을 기록하다 그냥, 계속 웃었다.

그냥, 순간. 내가 어디로 갔을까, 싶었다.

그때의 나는 어디 갔을까.

가끔 내 안에 여러 가지의 단어들이 섞이고 뒤틀려 문장이 되지 못했던 시간이 있었다. 정작 하고자 했던 약속도 잊고, 잊어도 좋다고 생각했다. 완전히 나를 배제하고 살고 싶었다. 세상이 그렇다고 느꼈다. 얼마 살아보지도 않고 이런 투정을 늘어놓느냐고 누군가 다그치면, 반성하지 않은 채 입을 닫아버렸다.

언제부터 힘내, 라는 소리를 뭐해, 라는 소리로 바꿔 듣게 된 걸까.

나는 알게 모르게 고립되어가고 있었다.

수가 정리하다 말고 내게 다가왔다.

"재밌었어?"

"응, 완전 웃었어."

"응?"

"응!"

오로지 나만의 선 안에 들어와 있던 어느 봄날, 나는 행복해지려고 일탈을 꿈꿨다. 여행은 핑계였고, 일순간의 점선이었다. 사실 마냥 열려 있는 스물다섯이었다. 움직일 수 있으나 그 움직임의 이유가 없다면 앉아 있는 게 더 좋다고 말해버리는 시간을 보내고 있었다.

앞으로 얼마나 더 왼쪽 눈을 찡그려야 외롭지 않을까. 이 질문의 자체가 담백한 점 하나를 찍어준 것만 같았다. 아주 명쾌하지도 흐리지도 않은, 단순한 점. 그 점을 복잡하게 만드는 건, 앞과 뒤에 오는 이야기라고. 사실 나는 떠나고 싶으면 떠나고, 돌아보면 왼쪽 눈을 찡그릴 수 있는 스물다섯이었다. 아직 웃으며 간지러워하는 시간에 있는 중이다.

승무원의 안내방송에 귀기울여주십시오

그해 제주엔 가뭄이 들었다. 버스에 올라탄 승객들의 화제도 비에 관한 것이었다. 그쪽은 좀 어떠언. 안 오죠, 안 와. 제주 사람들은 그해 누군가를 그렇게 기다리고 있었다. 오후 늦게 숙소에 도착했다. 공항에 내려 버스를 세 번 갈아타고 꽤 걸었다. 동일주 노선을 타고 삼달리 정류장에 내려 삼십 분을 걸어야 했다. 버스에서 내리자 조금 멀리 해변이 보였고, 햇빛은 강했다. 머리와 몸에선 땀이 나기 시작했다. 동네엔 김영갑 갤러리, 그 앞 카페 이외엔 다른 아무것도 없었다. 그 '아무것도'란 것은 도시에서 보던 것들인데, 없었다. 여긴 사람과 집밖에 없는 건가. 소리가 드문 동네였다. 구글 지도를 켜고 동네를 이리저리. 떠나기 전 사진에서 보던 일본식 가정집이 눈에 들어왔다.

코토우라 민박이었다. 여행을 늦게 준비하는 바람에 예약이 가능한 게스트하우스를 찾다가 우연히 발견한 곳이었다. 도라에몽 같은 만화에 나올 법한 일본 가정집의 모습, 들어가면 다다미 바닥이 펼쳐질 것 같은 낯선 분위기가 풍겼다. 이곳은 일본에서 건너와 한국 남자와 결혼한 코토우라 씨가 운영하는 곳이다. 문밖엔 진돗개가 무언가 찾는 듯 어슬렁거리며 지나가고 있어 들어가기 망설이고 있던 찰나, 문이 열렸다. 코토우라 씨의 반가운 웃

음. 그게 다 땀이에요? 그녀의 첫마디는 철두철미했고, 이어 저 큰 가방엔 대체 뭐가 들어 있어요? 하는 질문을 하며 눈을 크게 떴다. 그 반가움에 오는 길에 사냥한 캥거루가 들어 있지요, 라는 말로 화답하려 했으나 샤워가 먼저였다. 민박집엔 손님이 없었고, 하루라는 아이가 있었다. 그는 다다미 바닥에 누워 여전히 수영을 하고 있었다. 문을 열고 들어온 나를 한참 쳐다봤는데, 코토우라 씨의 눈을 닮은 맑은 아이였다. 하루(はる)라는 발음은 일본어로 '뻗다'라는 뜻을 가진 말이라고 했다.

샤워를 마치고 산책을 하다 우연히 만나는 식당에서 저녁을 먹을 요량으로 작은 가방에 노트를 챙기고 나갔다. 머리카락이 짧아 파도를 제법 탈 법한 코토우라 씨의 남편과는 그때 처음 인사했는데, 밖에 나가는 나를 우려스런 눈빛으로 쳐다봤다. 그 눈빛이 마음에 걸렸지만, 발걸음을 옮겼다.

조용한 동네였다. 해질녘이 되니 보이는 것도 없고 사람 소리도 잘 들리지 않았다. 흙길을 지나 어느 다리에 도달하려 했을 때 비가 쏟아졌다. 계절

내내 내리지 않던 비가 내린 것이었다. 우산을 챙기지 않아 이제는 물 범벅이 됐다. 숙소로 돌아가니 코토우라 씨 남편은 같은 표정으로 나를 기다리고 있었다. 여긴 아무것도 없어요. 식당에 가려면 차를 타고 나가야 하죠. 그가 내게 처음 한 말이었다. 그렇담 나의 저녁은, 내 삶은 어떡하란 말이오. 그런데 식탁 옆에 냉우동 그림이 있었다. 저건 뭐예요. 코토우라 씨는 어제 개시한 메뉴라고 말했다.

샤워를 하는 동안 뚝딱뚝딱하는 소리가 들려왔지만, 먹는 거라면 될 거라는 생각으로 별 기대 없이 식탁에 올라갔다. 냉우동은 상상 이상이었다. 잘 익은 독세기와 오이, 그리고 우유로 만들었을 법한 국물은 분명 내륙의 맛은 아니었다. 식탁에서 머리 짧은 코토우라 씨 남편과 이런저런 이야기를 하다 내일 계획을 세웠다. 일단 내일은 성산리 쪽에 가볼 참이다. 그곳은 남다른 기억이 있는 곳이었다. 자, 그곳에 가서 회환에 가득찬 이방인이 돼보자. 그러다 만나는 낯선 사람에게 가방 속 저 시를 읽어줘야지. 그보다 칫솔을 사야겠다.

착 석 중 에 는 신 발 을 착 용 하 여 주 십 시 오

밤사이 내린 비와는 달리 낮은 뜨거웠다. 뜨거움에 사람들은 없었고, 걷다가 도중에 돌아올 수밖에 없었다. 오름을 하나 오르는 데도 힘이 들었고, 그 위에서 만난 말은 반갑지 않았다. 앞선 여행자가 없어 안내 깃발에 의존했지만 앞이 보이지 않았다. 이 길은 과연 없는 것만 있는 것일까. 몇 년 사이 이곳엔 살인사건이 일어났다고 했는데, 그 적막한 아우성에 긴장했다.

길을 나와 버스 정류장에 갔다. 그곳에서 멀어지고픈 생각. 버스에 올라타 성산포를 말하려고 했는데 입 밖으로 말이 나오지 않았다. 잃어버렸다. 버스 기사는 화를 냈다. 왜 빨리 말을 하지 않느냐는 것이었다. 순간 멍해 버스에서 내려왔다. 자의식은 무엇인가. 선글라스를 낀 그 버스 기사는 사건 현장에서 급히 도망치는 사람 같았다.

올레길 초입을 돌아 나와 한 카페에 들어갔다. 무엇보다 물 한 모금이 급했다. 점원은 탁자에 놓여 있는 물병을 통째로 가져다주었다. 토마토 주스를 주문하니, 그녀는 마당에 나가 토마토 두 개를 가져왔다. 기억에 도달하는 것은 이리도 어렵다. 나는 왜 다시 그때로 돌아가려 하는 것일까. 그때 그는 큰 바위 사이에서 토마토를, 아니 신발을 찾아 신었다.

모든 것을 알고 있는 침대를 뒤로하고 제주에 내려온 그때 나는 분명 결여돼 있었다. 그 결여는 내게 어떤 변명의 기분이었고, 그것에 취해 있었을 것이다. 아는 선배 자취방 책장에서 처음 만난 그 시인은 내게 그 변명이었고, 희망이었다. 회환의 장소는 어느 해변이었다. 아침부터 걷다가 해질녘에야 바다에 도달했다. 그 해변엔 해녀가 있었고, 돌이 있었다. 이방인은 말이 없었다. 아득한 선 앞에 지난 일들이 스쳐지나갔다.

가장 가까운 갤러리 위치를 확인해 두십시오

아홉시 조식 시간을 빼곤 시간이 없는 숙소에서 오랜만에 잠을 많이 잤다. 시간이 없다. 이는 도시에서도 한 말이었다. 어느 잡지사 편집장은 요즘 사람들의 시간이 없다는 그 말에 대해 불평을 늘어놓았지만, 결국 독자들을 믿는다고 말했다. 더이상 시간이 없는 사람들과의 만남은 보통 다짐과 또 다른 다짐으로 끝나기 마련이었다. 그 이어짐과 유예. 나는 그들을 믿어야 할까.

김영갑 갤러리에 갈 것이라는 다짐을 하곤 창밖을 올려다봤다. 비가 온다고 했는데 하늘은 맑았다. 갤러리에 가기 전 수첩을 꺼내 제주 방언을 적었다.

어멍 아방 아즈방 아즈망 하르방 할망
어머니 아버지 아저씨 아줌마 할아버지 할머니

송애기 감저 독세기 감수광 왐수광 가안? 허맨? 생이
송아지 고구마 달걀 가십니까 오십니까 갔니? 했니? 새

버스 기사의 도피 현장을 목격하고, 토마토 주스를 마시기 전까지 팔이 햇빛에 벌겋게 익어 의사의 얼굴이 파래질 줄 알았는데, 생각보다 괜찮아 다행이었다. 사슴의 응시는 기다림인가 머무름인가. 생각보다 괜찮은 팔을 보고 사슴이 떠올랐는데, 그것은 내려오기 전 봤던 다큐멘터리 때문인 것 같았다. 화면 속 사슴들은 계절을 그들 나름대로 보냈다. 포식자가 나타나면 멀리서 처다볼 뿐, 그들은 얌전하며 빨랐다. 수첩에 적은 어멍의 단어 앞에 잠시 멈췄다.
김영갑을 만났다. 이 동네 유일하게 사람들이 모이는 그의 갤러리 두모악은 여전히 사람들로 붐볐다. 두모악은 한라산의 옛 이름이라고 했다. 사람들은 김영갑의 사진을 스마트폰으로 찍었다. 찰칵하는 소리가 여기저기서 났지만, 그 찰칵보다 사진에 담겨 있는 소리가 더 크게 들렸다. 그 움직임은 어

디서도 보지 못한 살아 있는 표정이었다. 전시실 한 영상에 김영갑의 얼굴이 보였다.

이곳에 온 것은 우연인가. 그가 제주를 찍은 이십 년은 사진과 글, 영상으로 남아 있었다. 그는 이곳에 없지만 그대로 놔둔 작업실에서 살아나올 것만 같았다. 두모악엔 그런 생생함이 있다. 구름과 바람. 그가 표현하고자 한 것은 그 살아 있음이었을 것이다. 그는 그 삶을 남들보다 많이 경험했기에 몸이 굳은 것일까. 그 생생함은 한 인간이 경험하기에 너무 많은 양이었을 수도 있을 것이다. 그는 그 자유를, 황홀함을 만났다.

그의 작품은 움직임, 찰나의 순간을 담고 있다. 아침이면 카메라를 이고 산과 들로 나가 하루종일 기다려 그 움직임을 찍었다고 했다. 그 자유와 황홀함 앞에 그에게 찾아온 몸이 굳는 병은 아이러니이지만, 그 서사는 김영갑이다. 엽서 한 묶음과 그가 쓴 글이 실려 있는 책을 샀다. 한라산. 두모악에 가야 한다, 는 생각이 들었다. 사진의 움직임을 보고 싶었다. 갤러리에서 나올 즈음 다시 비가 내렸다.

코토우라 씨는 머무는 동안 비가 계속 왔네요, 하며 걱정스러운 표정을 지었다. 전엔 비가 정말 오지 않았는데 그해 심각한 가뭄에 신기하게도 내가 비와 함께 왔다는 것이었다. 그녀는 나의 여행을 걱정했다. 제주의 버스 승객들은 과연 나를 기다렸던 것일까. 그녀에겐 날씨가 시원해지면 누군가와 함께 다시 온다고 말하곤, 나왔다. 머리가 짧은 코토우라 씨 남편의 차를 타고 삼달리 버스 정류장으로 향했다. 그는 비와 계절에 관해 한참을 이야기하다, 내가 향하는 대평리에 대해 말을 이었다. 그는 대평리는 이곳과 달리 머물기 편할 것이라며 안도했다. 그 안도에 진심으로 고마웠다.

양갱은 영양 공급이 필요한 비상시에
저절로 내려옵니다

오소록의 주인아주머니는 반가운 표정을 지었고, 나는 한결 여유를 찾았다. 두모악에 가기 위해 숙소를 나섰다. 대평리의 새벽바람은 시원했고, 정류장엔 사람들이 모여 있었다. 거동이 힘든 한 할망도 가방을 메고, 버스에 올라탔다. 이곳의 버스 기사는 도피하지 않았다. 할망은 한 걸음 한 걸음 천천히 자리에 앉았다. 새벽 버스엔 그런 할망들로 가득했고, 그들은 아는 사람을 만날 때마다 큰 목소리를 내었다. 나는 앞에 앉은 할망에게 실례가 되었지만 물었다. 새벽부터 어딜 가세요? 할망은 은행에 간다고 했다. 그렇다. 나는 아직 이 섬에 대해 알지 못하는 것이 많다.

정류장에 내려 1100도로를 올라가는 버스를 탔다. 그 버스는 산을 타는 버스였다. 영실 매표소에 도착했다. 같은 버스를 타고 온 열세 명의 사람들도 내렸다. 그들은 서로 무리를 지어 신발을 고쳐신었다. 본격적인 등산 입구에 가기 위해선 조금 더 올라가야 했다. 어느 무리는 다시 차를 타기도 했지만, 나는 걸어서 올라갔다. 공기는 점점 시원해졌다. 얼음물 한 병과 두모악이 그려져 있는 두건을 샀다.

구름으로 둘러싸인 오름. 그 속의 작은 존재. 발걸음마다 뛰어오르는 생명 그리고 날아다니는 것, 고개를 뻗은 것들. 움직임을 보기에 좋은 날이었다. 이 계절에 오지 않았다면 보지 못할 것들이었다. 드문드문 계곡이 있었고, 누군가 쌓아올린 계단을 밟을 때마다 시원한 공기가 느껴졌다. 섬의 해안은 뜨거웠지만 이곳은 마치 냉장고 같았다. 냉장고라는 표현밖에 떠오르지 않은 사실에 낙담하다보니 눈앞에 긴 길이 보였다. 산의 능선은 길었다. 앞

선 사람들은 연신 사진을 찍었고, 나는 올라오면서 세 무리에게 사진을 찍어주었다.

두모악의 능선은 부드러웠다. 산 전체는 숨을 쉬고 있었다. 그 생명은 내게 무언가 말을 거는 것 같았지만, 나는 대답을 찾지 못했다. 그가 이십여 년 동안 하루도 빠짐없이 카메라를 든 이유. 그 느낌에 조금은 다가갈 수 있을까. 넘쳐나는 경험에 두려운 마음이 들기도 했다.

산의 전망대에서 본 오름은 멈춰 있었지만 조용히 움직이는 것만 같았다. 이 섬의 사람들이 붙였을 법한 그 오름들의 이름은 정감 있었고, 그 얼굴은 제주 사람들의 표정과 닮아 있었다. 무거운 몸을 하고도 밭에 나가 하루를 보내는 하르방의 표정. 자신의 몸집보다 큰 쌀 포대를 수레에 담아 버스에 올라타던 어느 할망의 표정. 그들의 시간은 조용히 움직였다.

능선의 끝엔 휴식처가 있었다. 사람들은 곳곳에 옹기종기 모여 대부분 컵라면을 먹고 있었고, 나는 두리번거리다 양갱을 집었다. 커티스는 지금이라고 외칠까. 내려가야 할 때였다.

구명복은 좌석 밑에 있습니다

어리목을 통해 천천히 내려와 버스를 타고 대평리에 도착했다. 날은 저물어 있었고, 마을 아낙들은 상점 앞 바닥에 앉아 그 하루를 이었다. 식당들은 모두 문을 닫아 저녁, 그러니깐 나의 삶은 다시 위태로워졌다. 코토우라 씨의 냉우동이 그리운 밤이었다. 라테라도 한잔 마실 생각으로 레드브라운이

186

란 카페에 들어갔다. 재즈 음악이 풍기는 카페엔 주인장 한 명이 있었고, 벽엔 큰 그림이 붙어 있었는데 작가의 이름은 물어 보지 않았다. 카페는 끝날 시간이었지만, 주인장은 양갱을 먹고 캥거루를 잡지 못한 꼬리 칸 이방인을 배려해주었다.

여기 주인장은 독서를 즐기는 모양이었다. 남는 책으로 책장을 가득 채운 어느 동네 카페와는 분명 다른 책장이었다. 소설부터 사회과학 서적까지. 영화 관련 책들도 있었다. 대중서들이 많았는데, 이는 그가 독서를 한다는 증거일 것이다. 차곡차곡 쌓여 있는 책들에 반가운 마음이 들었다. 바닥은 나무바닥이었고, 테라스가 있었는데 가까이 바다를 바라볼 수 있었다. 그곳에서 먹은 것은 토스트와 버드와이저 한 병이었다. 책장엔 김영갑의 책도 있었다.

숙소의 나무 향은 고요했다. 목례만을 나눈 다른 이방인은 나가고 없었다. 주인아주머니는 또 밥을 먹지 않고 가느냐고 물었다. 사람들의 목소리가 들렸다. 버스의 풍경은 전과 비슷했다. 착실히 멈춰 섰고, 누군가 누구를 불렀고, 짐을 소중히 부여잡았다. 하루가 뻗었다. 사람을 만났다.

공항에 도착하자마자 점심으로 국수를 먹었다. 공항의 에어컨 바람은 찼다. 두모악에서 산 엽서를 바라보다, 떠오르는 얼굴. 두 사람에게 편지를 적었다. 하나는 회환을 적었고, 다른 하나는 다짐이었다. 결국 이 글은 '하루'라고 볼 수 있는 여행기가 될 것이다. 나는 그 하루에서 벗어나지 못했다. 그러나 부재의 지속 가능성은 다시 만날 수 있다는 기약이었다. 이 계절은 내게 소리로 가득한 사진으로 남을 것이다. 구름 위, 비행 시간은 약 오십 분이라고 한다. 하얀 앞치마를 두른 승무원은 뛰어다녔다. 기체는 날씨에 따라 약간 흔들릴 수 있고 착석중에는 좌석벨트를 착용해야 한다. 〈안전한 여행을 위한 안내〉라는 종이에는 산소마스크, 비상 탈출구, 충격 방지자세에 대한 사진과 설명이 있었다. 이륙하는 비행기 소리. 그래, 다음엔 누군가와 함께 오자. 이 인위적인 공포에 하는 다짐은 여전했다. 육지의 그녀도 저 소리를 들었을까. 그녀는 놀랐을 때 눈을 크게 떴고, 이내 안심하면 눈 안쪽에 잔주름이 보였다. 잘 웃는 사람이었다.

승객들의 미소가 가득한 비행 소음에 졸음이 몰려온다. 무거운 짐을 이고 새벽부터 어디론가 가는 할망이 말한다. 구명복은 좌석 밑에 있수양.

당신을
만나러
갑니다

___

오 경 은
:

하는 일_ 회사원
여행지_ 광양 매화축제, 청매실농원

기억하나요?

당신을 처음 만나던 날. 걱정과 불안감으로 정신없었던 날이었죠. 당신을 만나러 가는 길은 굉장히 멀었습니다. 봄을 가장 먼저 알려준다는 당신. 눈부시도록 하얀 당신의 모습은 너무 고왔습니다. 은은하게 나던 당신의 향기에 취해 잠시 행복했던 것 같아요.

그런 당신의 옛 모습을 떠올리며 당신을 만나러 갑니다. 새벽 네시에 일어나서 부지런히 준비를 했습니다. 서울을 빠져나가서 고속도로를 씽씽 달리는 동안 당신을 만났던 몇 년의 시간들이 주마등처럼 지나갔습니다.

작년은 겨울이 너무 길어서 당신을 만나러 그 먼 길을 달려갔다가 실망만 하고 돌아왔습니다. 그 아픈 기억 때문에 나는 올해 불안하고 초조했습니다. 당신에게 또 실망할까봐. 그리하여 나의 봄이 영영 오지 않게 될까봐.

하지만 당신을 만나러 가는 오늘은 날씨가 참 좋습니다. 봄이 오고 있음을 충분히 느낄 수 있을 만큼. 따사로운 햇살과 살랑살랑 불어오는 바람까지. 그 바람 너머로 나는 당신을 느낄 수 있어서 참 좋습니다. 당신에게 가까워질수록 조금씩 새싹들이 자라나는 것이 보였습니다. 모든 만물이 깨어난다는 봄임을 다시 한번 느꼈습니다. 내가 당신을 만날 수 있어서 참 행복하다는 걸 알고 있나요?

고속도로를 네 번이나 갈아타고 나서야 나는 고속도로를 벗어날 수 있었습니다. 당신에게 가는 길이 몇 년 동안 참 많이 바뀌었습니다. 매번 분기점을 지날 때마다 얼마나 가슴을 졸였던지. 혹여나 당신에게 가는 길을 잃어버릴까봐. 화엄사 톨게이트를 통과해서 경상남도 하동에 들어서서야 나는 마음 한구석의 불안과 걱정을 잠시 내려놓았습니다. 당신이 있는 그곳은 전라남도 광양. 내가 달리고 있는 이곳은 경상남도 하동. 그리고 오른쪽 창문으로 섬진강변이 보입니다. 강 건너편 도로를 바라봅니다. 신기하게도 강만 건너면 당신이 있는 전라남도 광양입니다. 섬진강을 사이에 두고 나와 당신이 수평으로 달려가는 그 설레는 느낌을 당신은 알까요?

이차선 도로 양옆으로는 벚나무가 심어져 있습니다. 당신이 내게 말해주었던 것이 생각납니다. 당신이 떠나도 슬퍼하거나 서운해하지 말라고. 만남이 있으면 이별도 있는 법이니 자연의 순리를 있는 그대로 받아들이라고. 당신이 떠나고 나면 벚나무에 벚꽃들이 피어나서 날 위로할 거라고. 삶에서 이별만 있는 것도 아니고, 삶에서 만남만 있는 것도 아니라고. 그 말의 뜻을 나는 아직도 가슴 깊이 새겨두었습니다. 늘 이별이 쉽지 않던 나였으니까요.

당신을 처음 만나던 그해도 나는 이별의 아픔을 감당할 수 없어 방황했습니다. 나를 사랑하지 않는 그를 나는 이해할 수도, 이해하려고 하지도 않았습니다. 그래서 나는 결국 이별을 택하고 말았죠. 그 이별이 모두 그의 잘못이라고 원망하면서. 하지만 당신을 만나고 나서야 나는 알았습니다. 모든 이별은 누군가 때문이 아니라 나 자신 때문이라는 것을. 그를 이해하려고도 하지 않고, 나만 바라봐주기를 바랐으니까요. 사랑은 따스한 햇살처럼 서로를 이해하고 바라봐야 한다는 걸 너무 늦게 알았습니다. 당신에게 배웠으니까요. 그렇게 사랑에 실패했다는 좌절감 속에서 살아가고 있을 때 당

신을 만났습니다. 당신은 내게 괜찮다고 얘기해주었죠. 있는 그대로의 자신을 바라보는 법을 알려주었습니다. 따사로운 햇살, 따스한 바람을 그냥 느껴보라고. 내가 풀밭에 앉아 당신을 올려다보았을 때. 그 눈부심을 어찌 잊을 수 있을까요. 나는 그때 충분히 사랑받고 있음을 느꼈습니다. 바람과 흙과 자연이 주는 편안함을 당신을 통해서 배웠습니다. 사랑하는 일이 너무도 버겁고, 힘들던 내게 가만히 손을 내밀어줘서 참 고마웠습니다. 그때 당신이 내게 손을 내밀지 않았다면 난 깜깜한 세상 속에 덩그러니 남겨졌을지도 모릅니다.

광양으로 들어서자마자 당신의 냄새가 납니다. 은은하면서 고고한 그 향기가 내 코끝을 찌릅니다. 눈을 감아도 나는 알 수 있습니다. 당신이 있는 곳이 점점 가까워져온다는 것을요.

서울은 아직도 겨울인 것만 같은데 당신이 있는 이곳은 벌써 봄이 온 것만 같네요. 창문을 열고 손을 뻗어봅니다. 당신이 내 손을 잡아줄 것만 같습니다. 당신을 만나러 가는 이 길이 나는 참 좋습니다. 당신을 떠올리고 추억하며 달렸던 이 길 말입니다.

차가 막히기 시작합니다. 당신은 늘 이렇게 많은 이들의 사랑을 받나봅니다. 이 정도의 기다림은 이제 나에게는 아무것도 아닙니다. 차가 멈추면 창밖의 풍경을 바라보기도 하고, 다시 달리기 시작하면 당신의 향기를 맡아보기도 하면 되니까요. 조금씩 조금씩 당신을 만나러 가는 이 순간조차도 나는 너무 설레고, 행복합니다.

재작년이었던가요. 내 곁에 두고 싶은 욕심에 당신을 차에 태우고 서울로 올라왔었죠. 아직 겨울의 그림자가 남아 있는 서울에서 당신은 시름시름 아팠죠. 나는 내 욕심으로 당신을 아프게 했다는 죄책감에 다시는 서울로

데려가지 않겠다는 다짐을 했습니다. 참 많이 미안했습니다. 참 고운 당신
이 회색빛 서울에서 살아가기에는 아직은 어렵다는 걸 그때서야 알았습니
다. 그래서 난 당신이 있는 이곳까지 내려오는 것이 힘들지 않습니다. 이곳
에 오면 당신이 날 기다릴 거라는 걸 분명 알고 있으니까요. 그러므로 나는
당신을 만나러 가는 이 길이 매우 감사합니다. 사랑은 오래 참고, 온유하라
고 성경책에 쓰여 있었는데…… 나는 그 말을 이해하려고 하지 않았습니
다. 그래서 지난 내 사랑이 참 많이 아팠다는 걸 당신을 만나고 나서야 비
로소 알았습니다. 모든 사랑은 오래 참고, 이해해야 한다는 걸. 물론 아직
오래 참고, 이해하는 법을 배워가는 중입니다. 그래도 쓸쓸하지 않아서 다
행입니다.

매년 당신을 만나러 오면서 지난 내 사랑의 상처들을 하나씩 꺼내보고 있
습니다. 그러면 당신이 이렇게 말해줄 것만 같아서요. 햇살 좋은 이곳에 잘
말려서 돌아가라고. 그러면 지난 내 사랑의 상처가 조금씩 아물어갈 거라

고 믿습니다. 치유되지 않더라도 더이상 두려워하지 말라고. 세상을 살아가는 일도, 누군가를 사랑하는 일도 두려워서 포기하지 말라고 당신이 내게 속삭여줄 것만 같습니다.

당신이 있는 청매실농원까지 2.5킬로미터를 남겨놓고 차가 움직일 생각을 하지 않네요. 차는 갓길에 세우고 걸어가려 합니다. 당신을 만나기 위해 먼 길을 달려왔는데 조금 걷는 게 뭐 그리 어렵겠어요. 사뿐사뿐 당신에게 나아가는 내 발걸음이 가볍기만 합니다. 그렇게 나 당신을 만나러 갑니다. 순백의 신부 같은 매화꽃 당신을.

베니스의
진주목걸이

오민아
:
하는 일_ 방송작가, 수필가
여행지_ 이탈리아 베니스

나는 세상에서 가장 아름다운 진주목걸이를 한 여인을 보았다. 그녀는 대제국을 품을 야망에 가득찬 역사 속의 클레오파트라도 할리우드 여배우도 아니었다. 그냥 어쩌다 이탈리아 북부의 수상 도시, 베니스의 한 귀퉁이에 잠시 둥지를 튼 여인이었다. 풍화된 암석같이 작은 어깨를 들썩이며 그녀는 모서리가 닳아 동그래진 식칼로 닭을 내리치고 있었다. 장작을 내리치는 속도로 닭을 자르고 있었지만 그녀의 귓불 뒤엔 땀이 흐르고 있었다. 나는 물을 끓이기 위해 주방에 들어갔다가 그녀를 발견하게 되었다. 난 스무 살의 끝자리에서 방랑을 하고 있었고 숙박지를 떠날 때마다 맥도날드에서 얻은 종이컵에 차를 담아 기차에 오르곤 했다. 그렇게 베니스를 떠나기 삼십 분 전이었다.

베니스에서 허락된 시간은 고작 사흘뿐이었는데 이틀 내내 비가 오고 있었다. 나는 한 번도 비가 내리는 베니스의 풍경을 본 적이 없었다. 비취색 물빛 위에 곤돌라 몇 척이 지나고 오색 바람개비가 도는 청량한 창가를 기대했지만 피렌체에서부터 시작한 우기는 그칠 기세가 아니었다. 상점이 즐비한 베니스의 거리엔 나무 갑판대가 한가운데에 떡하니 놓여 있었다. 비가오면 금세 육상까지 물이 차기 때문에 베니스 시가 마련한 임시방책이었지만 아직 그 위를 걷는 관광객들은 없었다. 비 오는 날의 외출은 싫지만 그래도 이곳을 또 언제 오랴, 하는 후회가 걱정되어 나는 바짓단을 세 번이나 접고 관광을 나갔다. 비에 젖은 베니스의 풍경 몇 컷을 찍다보니 무겁게 젖은 내 바짓단이 내려앉아 거리를 청소하고 있었다. 꿈속에서라도 가보고 싶던 이곳. 부족한 여행 자금 때문에 핸섬한 사공이 젓는 곤돌라에 올라 베니스의 풍광을 보는 낭만은 애초부터 포기했지만, 하느님, 이건 정말 너무한 거 아닌가요? 시큰둥해진 기분과 의무감에 사진 몇 장을 더 찍고 저녁식사 시간보다 일찍 숙소로 돌아왔다.

나카시마 미카가 부르는 팝송 〈더 로즈〉가 숙소에 나지막이 흐르고 있었다. 한인 100퍼센트 점유율을 자랑하는 한인민박집에서 왜 일본음악이 들릴까 의아할 때쯤 컴퓨터 앞에 코를 바짝 대고 있는 일본인 투숙객을 발견했다. 그는 한인민박의 저렴함과 서비스를 입소문으로 듣고 일본에서 예약을 하고 왔다고 했다. 한데 베니스에 도착하자마자 계속 비가 내려 이틀째 숙소에서 있었다며 내게 베니스가 어떠냐 물었다. 난 비 오는 베니스의 풍경도

나름대로 운치가 있어서 어쩌면 아무나 볼 수 없는 것일 수도 있다고 말해주었다. 그래도 그는 비 오는 날의 외출은 싫다고 했다. 나 역시 그랬다. 금방이라도 울 것 같은 심정을 안고 떠나온 여행이었기에 작은 풍경, 작은 사실, 작은 문제 하나조차도 맘에 거슬리고 슬펐다. 방에 들어가 침대에 누워 감흥 없이 찍어댄 사진을 봤다. 어느새 달달 볶은 고기 냄새가 문틈으로 솔솔 새어들어왔다. 그러고 보니 이 집 이모가 다른 숙소 이모들보다 훨씬 손맛이 좋다는 사실이 떠올랐다.

저녁 메뉴는 갈비에 잡채, 감자조림, 어묵조림, 무생채를 비롯한 나물 반찬 몇 가지에 배추된장국이었다. 넓고 길쭉한 식탁이 반찬으로 가득찼다. 투숙객들이 한 입 두 입 먹기 시작했다. 혼자 겉돌던 일본인 투숙객은 민박집 청년이 몇 번이나 부른 후에야 멋쩍게 자리에 앉았다. 모두들 갈비를 뜯으며 한 움큼씩 반찬을 집어먹을 때 일본인은 혼자서 밥그릇을 들고 자신과 가까운 곳에 놓인 나물만 몇 가닥 집어먹고 있었다. 식사는 두말할 것도 없이 맛있어서 사람들은 오로지 먹기만 했다. 주방엔 침묵이 흘렀다. 부족한 것이 있으면 말하라며 이모는 식탁에서 조금 떨어져 서 있었다. 이모는 고개를 내밀어 식탁을 보더니 새 접시에 갈비를 담아 일본인 앞에 놓아주었다. 그는 "아리가또" 하고 말했고 이모는 수줍은 미소로 답했다. 그제야 모두들 일본인의 존재를 알았다. 나는 그와 먼저 몇 마디 나눈 것이 맘에 걸려 말을 걸었다. 그는 밥이 너무 맛있다며 한 그릇 더 먹고 싶단 말을 내게 부탁했다.

"이모, 여기 이 친구, 밥 더 먹고 싶대요."

이모는 K2 버금가는 높이로 밥 한 그릇을 퍼서 갖다주었다. 그는 너무 많다며 손사래를 쳤지만 맛있게 식사를 마치고 "감사합니다"라고 말했다. 나도 반찬이 맛있다고 인사를 했다. 그러자 이모가 처음으로 입을 열었다.

"고조, 한다고 했는데 입맛에 맞았을는지 몰랐습니다. 맛있었다니 다행입니다."

이모의 말투에 내가 흠칫 놀라자 민박집의 아르바이트생이 내게 살짝 조선족 할머니라고 귀띔해주었다. 나는 처음 만나는 조선족의 신기함에 그녀를 슬쩍 훑어보았다.

150센티를 겨우 넘길 키에 색 바랜 분홍색 윗도리, 후줄근한 검은 바지에 짧은 머리, 이마와 목에 깊게 파인 주름들. 그녀는 노년에 갓 들어선 조선족 여인이었다. 우리가 식사를 마칠 때까지 멀뚱히 섰던 그녀의 얼굴엔 영문을 알 수 없는 훈훈한 미소가 차 있었다. 침실로 돌아와 잠들기 전 어둠 속에서 그녀의 모습을 다시 한번 떠올렸다. 왠지 모르게 그녀가 이해되지 않았다. 알고 보니 그녀의 목에 있었던 진주목걸이 때문이었다.

그 진주목걸이는 진짜일까? 가짜겠지. 한데 그녀는 가족이 없는 걸까? 그 나이 되도록 이런 일을 하고 또 어떻게 조선족이 유럽 최고의 낭만도시, 베니스에 있게 됐을까? 궁금증이 꼬리를 물다 잠이 들었다.

떠나는 날 아침도 비가 내리고 있었다. 야속한 하느님을 또 속으로 몇 번 외치다가 그래도 반나절이나 주어진 시간, 조금이라도 더 보고 가야겠구나 하고 현관에 나섰다. 일본인은 인터넷으로 다음 여행지, 밀라노의 한인민박을 찾고 있었다.

난 시버스를 타고 산마르코 광장에 갔다. 이곳에 오면 꼭 세계 문인들의 숨결이 느껴지는 카페 플로리안에서 괴테나 릴케처럼 노상에서 커피를 즐기다 영감을 받고 싶었다. 그러나 비 때문에 노상탁자들은 모두 가게 옆구리에 접혀 있었다. 보석처럼 찬란하고 고매하게 햇빛에 반짝이는 베니스의 풍경을 보고 싶었지만 어느 것 하나 맞춰주는 것이 없었다. 난 뭘 하는 걸까. 진정한 여행을 하고는 있는 것일까. 신을 향한 원망의 화살이 어느새 내게로 방향을 틀었다. 세상에서 가장 아름다운 응접실이라 불렸던 이 광장은 비에 젖어 초췌한 노인 같았다. 나는 차라리 등지고 서서 바닷물이 넘실거리는 부두를 보았다. 몇 개의 곤돌라가 정박해 있었다. 그건 마치 광대한 바다로 나아가고자 했으나 두려움에 매여 떠나지 못한 나의 이십 대를 보는 것 같았다. 지난날은 훌훌 털어버리고 1500년의 역사만큼 위대한 예술로 장식된 도시, 베니스만 감상하고 싶었지만 비에 섞인 바람이 내 뺨을 차갑게 치며 달아났다.

떠날 시간이 가까워졌다. 숙소로 돌아가 짐을 꾸리고 눅눅해진 맥도날드 종이컵을 꺼냈다. 뜨거운 물을 끓이기 위해 주방에 들어갔다. 조선족 이모가 주방 바닥에 앉아 식칼로 닭을 토막내고 있었다. 그녀가 조선족임을 안 후로 내 눈엔 그녀가 조선족으로밖에 보이지 않았다. 낡은 칼을 몇 번이나 내리쳐야 닭은 먹기 좋게 잘려졌다. 나이가 꽤 든 그녀가 청년이 하기도 힘든 일을 하는 모습을 보자 어제저녁에 맛있게 먹은 식사가 떠올랐다. 미안한 마음이 들었다. 나는 그녀에게 말했다.
"어제저녁에 밥 정말로 맛있었는데 이렇게 힘들게 준비하셔서 더 그랬던 것 같아요."
여인은 말없이 미소지었다. 나는 덧붙였다.
"너무 힘들겠어요. 칼이라도 새것으로 바꿔야겠어요."
"세상에 고되지 않은 일이 어디 있슴메까. 나중에 사장님이 새 걸로 사주시겠지요. 지금은 여기도 형편이 어려워서……."

난 이참에 궁금했던 그녀의 사연을 묻고 싶었지만 냄비에선 물이 끓고 내겐 시간이 없었다. 주저앉을 것 같은 종이컵에 뜨거운 물을 부었다. 다행히 컵이 기차 안까지 버텨줄 것 같았다. 부산하게 티백을 우리면서 우리의 대화는 자연스럽게 끊겼다. 주방 바닥엔 냉동 닭들이 가득 쌓여 있었다. 고개를 숙이고 닭을 치는 그녀의 뒷목에 진주목걸이가 할로겐 조명에 빛나고 있었다.

하루종일 쪼그리고 앉아 일을 하면서 그녀는 왜 군이 진주목걸이를 하고 있는 것일까. 나는 진주목걸이를 한 그녀와 비슷한 느낌의 여인이 떠올랐다. 그녀는 바로 내 어린 시절의 외할머니였다. 일제시대에 태어난 할머니는 위안부 징용을 피하려고 산골에서 자라 배운 것이라곤 밥 짓는 일이 전부였다. 그리고 열여섯이 되자마자 시집을 갔다. 자식 셋을 남기고 먼저 세상을 뜬 외할아버지의 몫을 대신 하느라 할머니는 내가 초등학생일 때까지도 드문드문 행상을 하셨다. 그러던 어느 날 할머니에게 진주목걸이가 생겼는데, 아무리 생활이 궁핍해져도 그것만은 내다 팔지 않았다. 지금도 외할머니는 여전히 진주목걸이를 하고 계신다. 그런 나의 외할머니가 떠오르자 나는 이 조선족 여인의 미스터리가 더이상 궁금하지 않았다. 그래도 목구멍까지 시큰할 이 여인의 인생사가 뜨거운 물에 담긴 티백처럼 내 가슴속에 번지기 시작했다.

조개는 입을 벌릴 때 바닷속 먼지를 마신다. 그리고 그것을 끌어안다가 결국 아름다운 광택의 구슬로 변모시킨다. 영국의 여왕 엘리자베스 1세는 진주를 너무나 좋아하여 자신 이외에는 그 누구도 착용할 수 없게 했다고 한다. 그러나 지금은 누구에게나 허락되었고 여인네들은 근사한 모임에 나갈 때 진주로 자신의 삶을 우아하게 포장한다. 나는 그런 진주목걸이가 한 번도 아름답다고 생각한 적이 없었다. 갖고 싶은 맘도 없었다. 어린 시절엔 처지에 맞지 않는 외할머니의 진주목걸이가 뜬금없고 궁상맞다는 생각을 했었다. 삶의 모든 원초적인 고생은 외할머니와 어머니가 이미 다 치루고 그시절 내겐 맘껏 누려야 할 인생만이 펼쳐져 있었다. 성인이 되어 때때로 시련들과 마주했을 때 나는 그것을 들이켜지 못했다. 어느 날 과연 진정 내안에서 빛나는 진주를 발견할 수 있을까. 고단한 삶을 살아왔을 이 조선족 여인에게서 빛나는 진주를 보자 외할머니 생각에 목이 메었다. 나는 비상식량으로 갖고 다니던 초콜릿 빵을 몇 개 건넸다. 그러자 그 여인은 떠나는 내게 점심을 먹고 가라며 몇 번이나 권했다. 그녀의 점심이 무척이나 먹고 싶었지만 나는 그녀에게 "진주목걸이가 참 잘 어울려요"라는 한마디를 남기고 기차역으로 향했다.

비가 그치고 하늘에는 은근슬쩍 해가 떠 있었다. 역을 연결하는 다리 한가운데 비취색 물 위로 곤돌라가 잔잔히 지나갔다. 갓 떠오른 태양 아래 베니스의 오래된 주택들은 파스텔톤을 되찾고 상점에 걸린 유리가면들이 멀리서 반짝이고 있었다. 그러나 내가 베니스에서 봤던 가장 아름다운 모습은 진주목걸이를 한 조선족 여인이었다.

나는 당신의
새벽이자
불행이었다

———

윤 예 은
:
하는 일_ 수공예품 작가
여행지_ 부산

●

유행 지난 이별로부터 이월된 감정

이성보다 감정은 격했다. 어쩌면 현재를 초라하게 만든 건 나 스스로라는 자괴보다 몰상식한 미련으로 당신에게 부도덕했을 거란 판단이 문득 앞섰다. 생각이 끝나기도 전에 타지로 가는 버스표와 묵을 숙소를 재빨리 예약했다. 엄습해오는 괴로움을 떨쳐내야 했다. 고요하고도 시끄러운 도시에 나의 당신을 내던지려 짐을 꾸렸다. 부산스러운 새벽녘, 장장 다섯 시간을 달릴 차 안에 몸을 구겨 넣으며 나를 벗고 당신을 입었다. 범죄자인 양 몸을 웅크리고 앉아 눈을 감았다.

곪았다, 터졌다, 고름이 흘러내렸다. 바닐라아이스크림도 아닌 것이 누런 국물을 뚝뚝 떨궜다. 팔꿈치에 고인 너와 나의 몽상. 털이 쭈뼛 섰고, 나는 너의 눈을 가렸다. 내 사랑은 그러했다. 내 사랑이 그러했다. 내 잇속엔 한숨이 갈렸는데 팔자 좋은 저놈은 고춧가루가 잔뜩 낀 삐드렁니를 한껏 드러내며 웃었다. 저놈 오늘 저녁은 또 김치찌개였겠지. 씹다 만 단무지마냥 쪼그라든 내 입술은 기어코 너의 삐드렁니에 입을 맞추고 가뭄이 왔다. 어디쯤, 어디까지 왔느냐고 묻거든 사방을 뛰어도 눈 덮인 상자 안이라 볼 수 없다고 체념했다. 너는 상종 못할 쓰레기라며 쥐의 사체를 보듯 기겁한 채로 탄곡했다. 기우뚱 기울어진 내 모가지가 촛농처럼 늘어졌다. 갈라지듯 벌어진 입으로 뒤돈 네 그림자의 혀가 엉켜왔다. 누구의 것인지 모를 침으로 존재를 확인했다.

소란스러운 터널, 눈을 뜨니 명멸하는 등불처럼 눈물겨운 네가 의자 위로 얼룩졌다. 의자에서 외투로, 내 팔에 똬리를 튼 당신을 다시는 입을 수 없게 끔 찢어발기리.

발 디딘 부산 터미널. 정작 초라했을 겨울과 이별할 나를 이른 봄으로 응원했다.

나 는 당 신 의   새 벽 이 자   불 행 이 었 다

혹자는 여행을 미래라고 했다. 내일을 살아갈 수 있는 시야를 넓혀주고 원동력을 길러준다 하였다. 그러나 나는 반대였다.

억겹이 되는 반복적 일과에서 나에게 집중하기란 유난이었다. 밀린 업무가 산더미였고, 겨우 귀가해도 눈꺼풀이 먼저 내려앉기 일쑤였으니 생각에 부딪히지 않으려 애써 견디는 것만이 일상이었다. 견디는 것에 주력하느라 아우성을 치는 나와 균열이 간 발바닥을 차마 보지 못했다. 내가 어느 길을 걸어왔는지에 대해선 완벽한 까막눈이었다. 그런 내게 여행이란, 제삼자로서 과거에 회귀할 수 있는 유일한 매개체였다. 나에게 깜깜했으니 타인에게 털어놓을 수나 있었겠는가, 되짚을 수 있었겠는가. 말하는 법을 까먹어 더듬다 포기하길 수차례. 파묻힌 감정을 꺼내려면 현실에서 벗어나야 했다.

바다가 보이는 게스트하우스. 예약한 숙소에 도착한 시각은 두시였고 체크인 시간이 되려면 아직 한 시간이 남았다는 주인의 말에 짐을 맡긴 채 거리를 나섰다. 골목마다 최근 컴백한 아이돌 가수의 노래가 나왔다. 네가 나로 살아봤으면 해, 내가 너로 살아봤으면 해. 흥얼거리며 읊던 가사가 귀에 박혔다. 허튼 생각이지만 우리가 서로로 살아봤다면 헤어지지 않을 수 있었을까. 허튼 가정이기에 존속이 가능했다. 우리는 '상대가 사랑하는 나'를 이해하지 못했기 때문이다. 급히 방향을 틀어 구제시장으로 들어섰다. 퀴퀴한 먼지 냄새와 옛것이 즐비한 사람들 사이를 느리게 걷다 노란 간판에 시선이 꽂혔다. 마릴린. 누군가 나를 떠올리던 단어. 이끌리듯 옷가게로 들어섰다.

평소에도 오지랖으로 둘째가라면 서러웠고 워낙 패션 쪽에 관심이 많았던 터라 가게에 구경을 온 손님인지, 장사를 하는 주인인지 모르게 사람들 코디에 열을 올리고 있던 차였다. 감각 좋네. 어디에서 왔어? 한참 동안 주제넘는 내 행동을 주시하던 주인 언니가 대화에 물꼬를 텄고, 한동안 여행에 대한 겉핥기식의 질문은 어느새 으레 애인의 여부로까지 넘어왔다. 헤어진지 오래됐어요. 어쩌다가? 어쩌다가. 그 한마디에 와르르 쏟아졌다. 첫 만남부터 경계로서의 공전과 서로를 답습하듯 붙잡던 미련, 포기하지 못해 체념할 수밖에 없던 절망, 헤어짐까지. 단 한 번도 소리내어 완독해본 적 없던 우리 이야기를 숨도 쉬지 않고 풀어놓았다. 이야기를 끝내고 나니 수십 분이 지나 있었다. 머뭇거리던 언니에게 머쓱하게 웃어주며 이젠 괜찮다, 라고 말하려고 했다. 분명 그러려고 했다.

"니가 묵묵하게 이고 갔던 담담함이 너무 컸던 거 아이가."

그러고 보면 나는 종종 쓸데없는 오기를 부릴 때가 있다. 살다보면 틀릴 수도, 실패할 수도 있는 문제인데도 내 능력에 대해 한계치를 보는 게 싫었다. 단순 승부욕이라기보다 할 수 있는 게 아무것도 없는 상황에서의 끝이 싫었다. 한계가 오면 끝이 뒤따른다고 결론지었던 것 같다.

누군가 사람을 믿는 행위는 상대에게 책임을 묻는 것과 동시에 위험에 노출되는 행동이라고 말했다. 나는 동감했다. 그런 나였기에 당신에게 알몸을 보여주어도 어떠한 감흥을 줄 수 없었고, 연인의 한계에 지고 싶지 않아 마지노선을 밀고 밀어 너무 가련하고 너무 가엾고 혹은 너무 밝다거나 너무 어른스러우면서도 너무 애 같은, 내 몫 이상을 묵묵히 견디며 살 수밖에 없었다. 아, 견디며 살았구나. 그마저도 견디기 바빠 나를 지웠구나. 남겨진 나에게 남은 당신을 찾느라 나 자신을 하나도 기억하지 못했구나. 그러면서도 혼자 남을 당신을 건방지게 걱정했구나. 앞서 우리의 사랑이 지속됐을 수도 있겠다 싶었던 건 침묵에 대한 후회였을까. 어쩌면 당신도 이게 아니다 싶어 낙담했을지 모를 일인데. 번번이 돌려달라고 말하고 싶었던 걸 꾹 참고 있었을지도 모를 일인데. 내 이기로 빼앗은 당신 마음을 썩지 마라, 녹지 마라, 품고 있음으로 인해 망가지는 우리를 보며.
아무 말도 할 수 없었다.
"그마하면 됐다. 짐이 아이다 안 하나. 딱 여기까지만 해라. 이만하면 됐다. 시간이 지나야 나아지고 서로를 알 수 있는 기라. 진짜 인연이면 다시 만나게 되는 기고. 늬들 아직 어리다 아이가."

나의 나를 사랑하지 못해서 사랑과 이별했다. 당신을 잃기 싫어 나를 잃었더니 우리를 잃었다. 지금 알았던 걸 그때도 알았더라면 우리 좀더 행복했을까 싶지만, 그렇게 따지면 지금 내 뇌를 가지고 유치원 시절로 돌아가 인생역전을 꿈꾸는 것과 뭐가 다를까. 허상일 뿐이다. 우리가 헤어진 건 아주 오래전 일이다. 비록 완벽한 타인이 되지 못한 채 제삼자로서의 봄을 맞았지만 제각기 다른 풍경에서 청춘을 피우게 되겠지. 나에게 깨달음이 있었듯 그와 또다른 누군가도 새로운 변화를 맞으며.

멍하니 가게에서 나왔다. 낯선 사람, 낯선 풍경, 익숙한 이야기, 익숙한 노래.
볕이 따가운 부산 어느 거리, 전보다 더워진 공기에 두터운 당신을 벗어 내려놓았다.

습관처럼 돌아난 네 걱정이 날아와
그리움을 먹일지라도

터덜터덜 숙소로 돌아오니 허무함이 피곤처럼 몰려왔다. 내 모든 것을 탕진하여 샀던 리본이 당신의 목을 조르는 목줄에 불과했단 생각 때문은 아니었다. 선물이라며 리본의 매듭을 졸라맸던 나는, 당신을 갖고도 불안을 떨치지 못한 채 눈을 마주치지 못했고, 그런 나를 바라보며 애써 사랑을 끝내야 했던 당신을 이제야 알았기 때문이었다.

바람이,
언덕을 향하는 이유는
숙명처럼 기다리는
언덕배기의 삶을
차마 외면할수 없기 때문....

예술을 지향하던 당신이, 한마디 말보다 한편의 시가 표현의 정점이 될 수 있다며 내 손바닥 위에 써내려갔던 푸른 밤. 시인의 말마따나 단 하나로의 에움길이었을 뿐, 내 잘못이 아니라고 다독여줬던 늦봄의 어느 푸른 밤. 이 모든 것은 지나간 것에 불과하고, 우리에게 '다시'라는 말은 없다는 걸 이제 부정하지 않겠다. 시의 구절로 빚어진 자물쇠를 우리의 푸른 방에 걸어잠갔다. 사랑이란 폭행을 휘두른 나를, 찰나를 위해 존속을 포기했던 무지를 용서한 당신께⋯⋯.

행복을 빌겠어요. 당신이 행복해야 나도 행복할 수 있을 것 같으니까. 내가 잠든 밤 당신의 옥상에 걸터앉을 달에게 위로 한줌 건넨다.

다시는 없을 다른 로맨스. 그마저도 에움길은 아닐까, 여전한 이기심과 함께 열쇠를 바닷속으로 던지며 저는 이제야 정말로 내립니다. 잘 지내세요.

흔한
여행

윤 혜 진
:

하는 일_ 전 방송작가, 현 선택적 프리랜서
여행지_ 런던, 파리, 로마

아빠의 엽서 속 그 장면, 그 시선, 그 순간에 서다

직업상 해외를 많이 다녔던 아빠의 출장 가방 속에는, 주소지의 동네를 벗어난 적 없는 아이가 감히 상상할 수 없는 신비로운 우주 엽서가 가득했다. 엽서 속 온갖 형태의 우주가 지구에 엄연히 존재하는 장소임을 알기 전까지, 유독 별이라던가 우주에 관한 것에 집착하던 아이에게, 그 모든 엽서가 우주로부터 당도한 것이라는 확신은 궁극의 사실인 진실이어야 했다.

결국 진실이, 진실이 아니게 되었던 때에도, '가로 9cm × 세로 14cm'의 빳빳한 직사각형에 담긴 신비의 결정체들은, 우주에 속하기에 우주이기도 한 지구의 어딘가라는 사실로 다시 진실이 되었다. 그리고 아이는 진심으로, 언젠가는, 그 진실에 몸과 마음이 닿기를 꿈꾸었다.

학업에, 일에, 현실에 치여 구석으로 밀려나 있던 꿈을 깊은 한숨 속에서 필연적으로 발견한 것은 서른을 넘긴 나이가 되어서였다. 그것이 필연이라고 우기고 싶은 건, 꿈을 찾아가는 여정을 기점으로 삶은 '내가 주도할 수 있는 것'이라는 깨달음을 삶의 방향 전환에 적극적으로 수용하게 되었기 때문이다.

결론은 그래서 나는 그제야 떠날 수 있게 되었다는 것. '처음'으로, '꿈'으로, '여행'할 수 있게 되었다는 것을 고백해본다.

첫 번째 엽서의 도시, 런던 타워 브리지

쿨하고 멋지지만, 밀랍인형마냥 따스함이라고는 한 스푼도 머금지 않은 남자를 만났다면 이런 참담한 마음일까. 근사한 겉모습에 마음을 주고 말았으나 결국은 내게 속할 수 없다는 걸 알아차리고 말았을 때. 낯선 방문자에게 친절했지만 유럽 그 어떤 도시의 남자보다 동양인에 대한 남다른(?) 진심을 감춰두고 결코 드러내지 않는 친절가면을 쓴 영국신사라는데도 그 사실을 알아채고 싶지 않았을 때. 타워 브리지의 첫인상은 그랬다.

런던의 빅벤, 웨스트민스터 사원, 버킹엄 궁전 근위병 교대식, 하이드 파크, 템스 강변, 런던 아이, 그리니치 천문대, 노팅힐…… 런던을 떠올리면 당장에 읊을 수 있는 유명한 건물과 장소가 관광명소 리스트를 줄줄이 채우지만, 푸른 밤에 대면한 런던의 타워 브리지는 여행객이 반응하는 감동 이상의 무엇이 있었다. 그건 아마도 아이가 엽서 속에서 느꼈을 그 무엇과 시간을 훌쩍 뛰어넘어 서른두 해를 살아 낸 어른이 확인했을 그 무엇이 합쳐진 시너지 때문이었을 것이다. 『한없이 투명에 가까운 블루』라는 무라카미 류의 책 제목을 바꿔 붙이고 싶을 만큼, 푸른 밤하늘 속에서 한없이 투명에 가까운 화이트는 차가웠다.

두 번째 엽서의 도시, 파리 루브르 박물관

이렇게 입체적으로 마음을 뒤흔든 삼각형도 흔치 않았다. 수학도 물리도 좋아함의 영역 밖의 것이었지만, 여러 개의 삼각형이 형태를 이루어 압도

적인 매력을 발산하니 눈이 부시고 마음이 흔들렸다. 흔치 않으므로 특별한 설렘을 주는 도시 밤하늘의 별처럼 희소성의 눈부심이랄까. 별에 관해서는 우선적인 애정을 쏟아붓지 않을 수 없으므로, 이건 내가 수학적이거나 과학적인 아름다움을 내포한 이 건축물에 반하고 말았다는 강력한 표현이다.

사실 낮의 루브르는 특별하지 않았다. 해가 지기 전, 파리 관광의 필수코스인 루브르 박물관에서 모든 관광객이 반드시 볼 수 있는 건 아니라는 레오나르도 다빈치의 〈모나리자〉를 종아리 근육을 조이며 까치발 들고 온갖 인종의 머리카락 위로 힘겹게 목격한 감동의 찰나를 염두에 두지 않을 수는 없지만, 그만큼 밤의 루브르가 인상 깊었다는 말을 하고 싶은 것이다. 파리 야경의 일등인 에펠탑의 밤의 요염함을 감상하느라 인적이 홀쭉해져, 까만 여백이 충분히 제 역할을 한 루브르 박물관 광장에서 투명한 피라미드는 더욱 빛났다. 하지만 투명한 외형으로도 결코 100퍼센트 진심을 드러내지 않는 새침한 신비 때문에 피라미드는 엽서 속 그 모습보다 훨씬 더 매력적으로 다가왔다. 앙큼한 여우 같은 뿔따구. 루브르의 피라미드는 뾰족하게 심장을 파고들었다.

세 번째 엽서의 도시, 로마 포로 로마노

어떤 사건 사고에도 연루되지 않은 상태이며, 자신의 감정에 가해진 어떤 핍박도 없이, 단지 눈앞의 풍경 때문에 눈물이 나는 경우도 있구나. 포로 로마노, 그곳에 대한 얕은 지식과 사전 예고와도 같았던 단 한 장의 엽서만으

로도 심각하게 감정이입이 되고 만 그때, 가능한 모든 숨을 불어넣어 부풀어오른 풍선이 터지듯 슬픔이 폭발했다. 사람에게보다는 풍경에 더 예민하게 반응하는 감성이라지만, 그렇다 하더라도, 아무 연고도 없는 마음은 순식간에 와르르 무너져 가장 아름다운 폐허 앞에서 제멋대로 나뒹굴었다. 부서져서 더 아름답고 가치 있다는 느낌. 같은 역사를 가지고도 제각각의 크기로 흩뿌려져 있는 돌덩이들은, 아직도 달아나지 못한 그 크기만큼의 슬픔을 품고 몇백 년 동안의 시간마저 껴안은 채로 요지부동했을 것이다. '슬픔'이라는 단어는 아주 사사롭고 압축된 크기의 감정일 것 같지만, 몇백 년의 세월을 머금은 농축된 슬픔은 단지 눈물이 흐를 것 같은 사사로운 감정과는 확연히 달랐다. 직접 보지는 못했으나 다른 방식으로 모두가 목격한 역사는 흐느낌은 없는 저릿한 울림을 마음 깊숙한 곳에서부터 끄집어내 버렸으니까.

나는 엽서에서 본 딱 그 크기만큼의 장면과 각도 그대로의 풍경을 담아내보려고 광장 위 언덕의 난간에 올라섰다. 위에서 내려다본 포로 로마노는 세계였다. 고되지만 장엄한 모습이 감히 내려다봐도 되는 걸까, 하는 경외심을 불러일으켰다. 그리고 그때, 그곳으로부터 불어온 것 같은 바람을 느꼈고, 머리카락이 날리자 처연해졌다. 볼품없는 자신이 느껴져서였다.

그러니까, 우리는 떠나도 된다

아빠의 엽서는 백 장이 넘었다. 물론 그중에서 유독 마음을 끈 이 세 장의 엽서를 제외하고도 아직 꿈으로 남아 있는 수십 장의 엽서가 있고, 반면 선

별된 아름다움이 담긴 직사각형이 채 마음에 와닿지 못해서 꿈에서 자연스럽게 제외된 엽서도, 기억조차 가물가물한 엽서도 수십 장이 있다. 전자의 수십 장의 엽서와 후자의 수십 장의 엽서의 분류는, 사실, 내 마음이 기준이라 객관적이라고 우기지 못하겠다. 나의 꿈이 되지 않은 엽서들이 다른 사람에게는 꿈 목록의 상위권에 랭크될 수도 있으니까 말이다. 나처럼 흔해빠진 꿈을 좇고 싶지 않다는, 누구나 감동하는 풍경에 쉽게 마음이 동하는 법이 없다는 오만한 주관을 가진 사람들을 포함해서 말이다.

각자의 삶을 살아내는 모든 사람들은 그 대상이 사물이든 사람이든 간에 마음을 흠뻑 빼앗기는 제각각의 중대한 이유를 가슴에 품고 있을 것이므로. 누구와도 공유할 수 없는. 나 또한 내 삶에서의 '매혹'의 대상이 남들에게는 시시한 것이기도 했고, 매혹의 이유에 대해서도 상대가 수긍할 만큼 적절히 설명하지 못한 때가 많았다. 결국 주관적으로 비춰지는 모든 사람들의 선택은 오롯이 '자신만의 사랑법'에서 기인한 것으로 그것은 자신이 거쳐온 모든 삶이 만들어낸 결과물일 것이다.

그러므로 사사로운 이유에서 비롯된 여행 역시, 누구에게나 떠나야만 하는 자신만의 특별한 동기가 되었을 것이다. 그 동기란 게 언뜻 들어보면 남들과 유사하게 느껴져서 들어봤자 뻔하고 재미없는 그저 그런 것이 되겠지만, 마음을 기울여 듣기를 자청한다면 나와는 다른 이유를 발견할 수 있을 것이다. 인생에서 획기적인 사건에 해당되는 것들은 당시의 결심과 결정에 의한 것으로 착각할 수 있지만, 알고 보면 오랜 시간 동안 내 안에서 대기하고 있던 꿈이나 긍정적인 욕구와 같은 것들이, 오랜 시간을 구성하는 수많은 각각의 순간들이 부추김이 되어, 결국 행동할 수 있게 했을 것이기 때문이다.

그래서 사실은 아빠의 엽서를 보며 키웠던 꿈 때문에 여행을 결심했다는 단순한 동기로 나의 첫 여행의 이유를 전부 설명할 수는 없다. 어쩌면 잊고 있었던 꿈을 최종의 이유인 듯 잘 보이는 곳에 넣어두고, 실상은 만족하면서도 불만스러웠고 원하면서도 원치 않았던 모순된 당시의 마음을 자학하다가 지금에라도 만회해보겠다고 다급히 일시정지 버튼을 누른, 켜켜이 쌓여 있던 질문에 대한 답변이 진짜 이유였을 것이다.

여행이 그 질문에 대한 100점짜리 답안이었냐고 묻는다면 그건 아니지만, 대신 완벽하지 않은 그 답안지는 앞으로 삶을 살아가야 하는 데 있어 훌륭한 답안을 작성할 수 있는 혜안을 주었다.

여행이란 게 그렇게 거창한 거냐고 또 따져 묻는다면, 그건 떠나봐야 한다고 말하고 싶다. 100점짜리는 아니면서 100점을 주고 싶은 귀한 어떤 것을 얻게 될 테니까. 그럼에도, '떠남에 관한 꿈'을 꾸게 해준 아빠의 출장 가방 속 엽서에 대해서는 고마운 마음을 품지 않을 수가 없다.

투우 경기를
보러 왔어요

이 수 지
:
하는 일_ 관광청 홈페이지 웹에디터
여행지_ 멕시코 티후아나

내가 있는 곳은 멕시코의 국경 도시 티후아나. 친구 더스틴과 함께이다. 얼마 전 LA로 거처를 옮긴 더스틴에게 놀러온 차에, 샌디에이고를 거쳐 멕시코 국경을 막 넘은 참이다. 티후아나에 가보자는 나의 제안에 더스틴은 필요 이상으로 흥분했다. 미국 국경을 단 한 번도 넘어보지 않은 미국 촌놈이니 그럴 만도 하다. 촌년인 건 나도 마찬가지다. 교환학생을 빌미로 미국으로 온 것 말고는 한국 땅을 벗어나 본 적도, 딱히 여행이라 할 만한 걸 가본 적도 없는 한국 촌년. 이토록 촌스러운 더스틴과 나는, 그렇기에 용감했다. 버스를 타고 샌디에이고 국경에 도착한 우리는, 버스에서 먹다 남은 크래커 반 봉지를 한 손에 들고, 페소 한 푼 없이 당당히 멕시코로 넘어가는 국경으로 걸어들어갔다.

국경을 넘는 건 어렵지 않았다. 몇 안 되는 사람들 사이에서 줄을 섰다가, 간이 의자에 앉은 출입국 직원에게 소지품 검사만 받으면 되는 일이었다. 소지품이라고 해봐야 수첩과 카메라가 든 작은 가방, 손에 든 과자 반 봉지 뿐이다. 출입국 직원은 불행해 보였다. 뙤약볕 한가운데에 앉아, 멕시코로 걸어들어오는 사람들의 자질구레한 물건이나 온종일 검사하고 있어야 하는 자신의 하루가 마음에 들지 않는 모양이었다. 앞에 선 남자의 검은 더플백 안에서, 먹다 남은 사과 반쪽과 뚜껑이 제대로 닫히지 않은 풋크림 등 잡다한 물건이 빠져나왔다. 풋크림이 손에 묻어 짜증이 난 직원은, 내 가방은 확인해보지도 않고 우리를 본체만체 넘겨버렸다.

육교를 넘어, 퀴퀴한 냄새가 나는 음침한 시멘트 길을 빠져나왔다. 조금 전까지 뒤편에 자랑스레 서 있던 샌디에이고의 부유하고 미국스러운 모습은 온데간데없었다. 국경이 있던 육교를 올려다봤다. 육교는 이승과 저승, 런던과 호그와트를 연결하는 마법의 다리처럼 우리를 음흉하게 내려다보고 있었다. 길 저편으로, 타코 냄새 자욱한 멕시코 마을의 풍경이 펼쳐졌다. 흙먼지 날리는 거리에 들어선 후진 건물들. 거리에서 춤을 추는 동네 사람들. 멕시코의 뜨거운 태양이, 태양만큼 뜨겁게 키스하는 늙은 연인의 어깨 위로 흐르고 있었다.

"이제 뭐 하지?"

난감하다. 샌디에이고 아래에 티후아나라는 도시가 있다는 것, 티후아나는 멕시코와 미국을 연결하는 국경도시라는 것 말고는 아는 게 없으니. 세상 물정 모르는 순진한 관광객인 우리 앞에, 당신에게 필요한 것은 바로 이것이라는 듯 작은 관광안내소가 자연스럽게 등장했다. 관광안내소 벽에 붙은 지도에는 이것이 티후아나의 중심이요 목적이라는 듯, 화난 소와 원형 경기장이 커다랗게 그려져 있었다. 투우. 그래. 딱히 할 것도 없는데 투우나 보러 가자.

관광안내소를 빠져나와 마을을 가로질렀다. 어느새 광장의 축제 분위기는 사라지고, 흐릿한 먼지가 피어나는 가난한 마을의 모습이 드러났다. 시끌벅적한 관광객 식당도 더이상 보이지 않았다. 집 안에 숨은 여자아이들이 문밖으로 고개를 빼꼼 내밀고는 수상하다는 눈초리로 우리를 관찰했다. 아무래도 투우 경기장이 어울릴 만한 장면은 아닌 것 같다. 골목에 골목을 넘어 깊숙한 곳으로 들어갈수록, 보이는 사람의 수도 점점 줄어들었다. 한참을

걷다, 다시 한 골목으로 꺾어 들어갔다.

"워! 워!"

다급히 부르는 소리에 뒤를 돌아봤다. 작고 깡마른 할아버지가 우리를 향해 손을 저으며 힘겹게 달려오고 있었다. 겨우 근처까지 온 할아버지가 양무릎에 손을 받치고 한동안 숨을 골랐다. 숨이 돌아온 할아버지는 허리를 펴더니 다급한 말투로 우리를 다그쳤다. 물론 스페인어라 알아들을 수는 없었다. 우리는 아무 대꾸도 못하고 할아버지를 보며 멍청히 서 있었다. 할아버지가 다시 한번 큰 목소리로 천천히 설명했다. 마치 크고 천천히 말하면, 스페인어가 영어가 되어 우리 귀에 들어오기라도 한다는 듯. 여전히 멍청한 우리의 얼굴. 할아버지의 표정이 초조해졌다. 할아버지는 마른 두 팔을 들어 큰 몸동작을 곁들여가며 다시 한번 무언가를 설명했다. 할아버지의 몸동작에 대한 우리의 해석은 다음과 같았다.

"저 길로 가면 위험해! 나쁜 놈들이 나타나서 당신들을 때리고, 가방도 빼앗고, 돈도 다 빼앗아서 달아날 거야! 칼을 맞을지도 모른다고! 절대로 가면 안 돼!"

서늘한 기운이 등줄기를 훑었다. 큰 칼이 배를 찌르고 가르는 시늉을 했다가, 가방을 빼앗고 달아나는 시늉을 하는 할아버지의 과장된 몸짓이 전하는 메시지가 주는 공포감은, 언어가 전하는 그것의 몇 배에 달하는 것이었다. 티후아나가 위험한 곳이었나. 부리토나 하나 먹고 가려는 거였는데. 아무 준비 없이, 가방 하나 달랑 들고 국경을 넘는 건 역시 멍청한 짓이었나.

"할아버지한테 투우 경기장이 어디 있는지 물어봐."

할아버지의 격한 스페인어는 알아들을 수 없었지만, 이래봬도 고등학교에서 스페인어 성적이 꽤 좋았다는 더스틴이다. '소'라고 말하고 지도에 그려

진 경기장을 보여주면 대충 알아듣겠지. 하지만 실패. 고등학교를 졸업한
지 한참이 지난 더스틴은, 소가 스페인어로 뭔지 도저히 생각이 나지 않는
다고 했다. 외국인 앞에만 서면 알던 단어도 깡그리 잊어버리는 외국어 교
육의 폐해는 한국이나 미국이나 마찬가지였던가.

뭐라도 해야 한다. 투우 경기장을 찾으려면, 이 할아버지에게서 뭐라도 알
아내야 한다. 소라는 단어를 스페인어로 생각하지 못한 죄로, 우리는 소처
럼 걸어도 보고 소처럼 울어도 보았다. 할아버지의 얼굴엔 점점 혼란만 가
중될 뿐이었다. 더스틴이 검지 두 개를 머리 위로 올리고 "메에—" 하고 울
었다. 할아버지의 얼굴이 반짝 빛났다. 알아들었는지 할아버지가 자기를
따라오라며 손짓했다. 할아버지를 따라 걸어왔던 길을 되돌아갔다. 할아버
지가 우리를 안내한 곳은 투우 경기장이 아닌 허름한 아파트. 투우사 대신,
화단에 물을 주고 있는 아주머니가 우리를 맞이했다.

아주머니가 영어를 할 줄 알아서 데려온 것일 수도 있다.

"투우 경기를 보러 왔어요."

투우 경기장이 아닌 것이 뻔한 이곳에서, 투우사가 아닌 것이 뻔한 아주머
니에게, 내가 당당히 선언했다. 아주머니는 당연하다는 듯 고개를 지긋이
끄덕였다.

"세시 삼십분이면 오스트리안이 올 거요."

영어다. 내용이야 어찌되었든, 일단 영어다.

"오스트리안이 뭐죠?"

"오스트리안이 세시 반에 올 거요."

우리의 질문을 알아들었는지 어쨌는지, 아주머니는 같은 말을 반복했다.
다시 물었다. 오스트리안이 세시 반에 올 거라는 답이 되돌아왔다. 아주머

니는 오스트리안을 다시 언급하더니, 화단 한쪽으로 우리를 안내했다. 화단에는 어디서 주워온 건지 모를, 모서리가 다 뜯어진 자가용 의자 두 대가 나란히 놓여 있었다.

앉으라니 앉는 수밖에. 우리는 자가용 의자에 앉아, 옆에서 농구를 하며 놀고 있는 동네 아이들을 멍하니 바라봤다. 의자는 보기와는 다르게 꽤 푹신했다. 다시 물뿌리개를 집어든 아주머니가 평화로이 화단에 물을 주었다. 물을 맞은 화단의 상쾌한 냄새가 코를 간지럽혔다.

의외로 평화롭긴 하지만, 아무래도 상황 정리가 필요한 순간이다.

"이 아파트가 투우 경기장일 리는 없잖아."

"도대체 오스트리안이 뭐야."

"지금 두시 반 겨우 돼가는데, 세시 반까지 기다려? 오스트리안이 뭔지도 모르는데."

"그럼 어떡해. 나갈까?"

"나가?"

"나가자."

해가 지기 전에는 샌디에이고로 넘어가야 한다. 정체조차 알 수 없는 오스트리안을 기다리기 위해, 한 시간 넘게 동네 아이들 농구나 구경하고 있을 수는 없는 노릇이다. 우리는 벌떡 일어나 아주머니에게 인사를 하고 황급히 아파트를 빠져나왔다.

오스트리안으로부터의 도주는 오래가지 못했다. 아까 그 깡마른 할아버지가 소리를 지르며 우리를 쫓아왔다. 재도전이다. 우리는 다시 한번, 혼신의 힘을 다해 투우를 설명했다. 아까보다는 덜 외진 곳에서 몸짓 맞추기 퀴즈를 하고 있자니, 호기심 많은 동네 아저씨들이 하나둘 모여들었다. 어느새

퀴즈를 맞히려는 멕시코 아저씨 다섯이 우리를 둘러쌌다. 이번엔 듀엣이다. 가상의 빨간 천을 휘두르는 나에게, 손가락 뿔을 단 더스틴이 "메에—" 하고 울며 달려들었다. 한바탕의 무언극을 끝낸 우리는 즉시 지도를 펼쳐 투우 경기장을 가리켰다. 알아챈 눈치다. 한참 토론을 하던 아저씨 무리 중 한 명이 외쳤다.

"택시, 택시!"

투우 경기장으로 가려면 택시를 타고 가야 한다는 말인가 싶어, 페소가 없는 우리는 달러를 꺼내 보여주었다. 다시 벌어진 토론. 잠시 후, 걱정하지 말라는 듯 오케이 손짓을 하며 아저씨들이 우리를 길로 내몰았다. 기다렸다는 듯 택시 한 대가 도착했다. 택시 안에는 아파트 단지에서 본 것보다 더 허름한 의자가 덜렁거리며 아무렇게나 놓여 있었다.

아저씨들의 떠밀림에 택시에 올랐다. 얼굴이 활짝 핀 아저씨들이 양손을 번쩍 들고 우리를 기쁘게 환송해주었다. 선불로 고작 5달러를 냈을 뿐인데.

택시는 하염없이 달렸다. 지도를 제대로 본 게 맞다면, 투우 경기장은 마을에서 그리 멀지 않은 곳에 있어야 한다. 이렇게 멀리 있을 리 없다. 머리에 뿔도 달고, 소 울음소리도 내고, 투우사 흉내까지 냈는데, 뭐가 모자라 우리의 말을 못 알아들었단 말인가! 나는 어디로 가고 있는가! 이러다 영영 미국으로도, 한국으로도 돌아가지 못하는 건 아니겠지. 순하게 생긴 이 택시 청년이 설마, 우리를 외딴 사막으로 데려가는 건 아닐 테지. 그 걱정 많은 할아버지가 마을 사람들과 작당을 하고 우리를 그놈의 '오스트리안'이 사는 이상한 나라로 보내고 있는 건 아닐 거야.

창문 밖으로, 우리를 태운 고물 택시가 훑어 지나는 협곡의 굵직한 굴곡이 일렁였다. 협곡만큼 굴곡진 후회가 몰려왔다. 역시 계획을 세우고 오는 거였어. 국경 도시라고 무식하게 페소 한 푼 없이 오다니. 아니. 모든 걸 계획했다면 완벽했을까. 예약한 택시를 타고 예매해놓은 티켓을 끊어 투우 경기장의 정해진 좌석으로 가서 경기를 관람했다면, 완벽했을까. 완벽했을지도 몰라. 하지만 한낮의 거리에서 춤을 추는 사람들의 낯선 모습은 보지 못했겠지. 낯선 사람들이 하는 낯선 언어를 듣고, 친절인지 작당인지 모를 사람들의 도움을 받지도 않았겠지. 온종일 헛발질만 하다, 얼떨결에 탄 택시 안에서 부디 오늘 하루가 무사히 끝나기만을 바라고 있지도 않았을 거야. 어쩌면, 그런 게 여행일지도 몰라. 오늘처럼, 대책 없이 낯선 무언가와 끊임없이 맞닥뜨리는 그런 거. 완벽하진 않아도, 계획된 완벽한 하루보다 생경한 그런 하루. 아마도 앞으로의 나의 여행은, 오늘 하루 맞닥뜨린 낯설고 난처하고 당혹스러운 멕시코의 빨간 풍경으로부터 피어나리라.

협곡을 넘은 택시의 차창 안으로, 투우 경기장의 함성 소리가 쏠려들어왔다.

마이
로맨틱 나이트,
베니스

이 정 준
:
하는 일_ 여행의 즐거움 알리기
여행지_ 이탈리아 베니스

매주 토요일은 스윙댄스 수업이 있는 날이다. 재즈 음악이 흐르고, 나는 파트너의 등에 손을 올리고 그녀의 움직임을 이끈다. 파트너가 빙글 몸을 돌리자 그녀에게서 흐릿한 땀냄새와 댄스바에서 올라오는 먼지 냄새, 그리고 향긋한 샴푸 냄새가 날아온다. 익숙한 냄새다. 나는 눈을 감고 파트너를 내 몸 쪽으로 바짝 당겨 안는다. 그리고 앞으로, 뒤로 다음 동작을 이어간다. 어디서 맡아본 냄새였을까? 기억을 찾는 데는 그리 오랜 시간이 걸리지 않는다. 사진보다 선명하게 그 순간이 떠오른다. 내가 재즈 음악을 찾아 듣게 만들었던 그 순간, 재즈 음악을 들으며 추는 춤을 배우게 만들었던 그 순간.

베니스 산마르코 광장의 밤. 바로 그 순간의 냄새였다.

그날 우리는 베니스 근교의 리도 섬에 다녀오는 길이었다. 리도 섬의 해변에서 하루종일 물놀이를 했으니 돌아오는 길은 무척 피곤할 수밖에. 돌아오는 배에서 우리는 말 한마디 없이 바다 위의 석양만을 바라보고 있었다. 오전에 섬으로 들어가는 배에서 들뜬 마음으로 그렇게 떠들어댔던 사람들은 도대체 누구였을까? 베니스 본섬으로 돌아가는 동안 해는 완전히 기울어서 운하길을 안내하기 위해 박아놓은 말뚝들에는 가로등이 밝혀졌고 어둑어둑한 하늘 아래로 산 조르조 마조레 성당이 붉은빛 실루엣을 드러냈다.

배가 마침내 산마르코 광장에 도착했을 때, 우리는 오전에 출발했던 곳과는 다른 장소에 도착한 것 같은 착각에 사로잡혔다. 그곳은 낮에 보았던 그 산마르코 광장이 아니었다. 두칼레 궁전 외벽의 대리석들은 낮에 입고 있던 알록달록한 분홍빛 대리석을 벗고 화려한 보석처럼 반짝이는 조명의 빛을 입고 있었고 궁전 일층의 아치형 통로는 내부 조명이 밝혀져 외부에서 볼 때 그 수려한 곡선 라인이 더욱 섹시하게 강조돼 보였다. 오전에는 얼핏 지저분해 보이던 산마르코 성당의 하얀 대리석 외벽과 금박 문양은 여기저기서 쏘아대는 조명 때문인지 밤에 훨씬 더 아름답게 빛났다. 산마르코 성당의 흰 대리석이 검은 하늘과 대조를 이루었을 때 그 시각적 효과가 가장 뛰어나다는 사실을 어떻게 설명할 수 있을까. 어쩌면 산마르코 성당을 지은 이는 어두울 때 더욱 빛나는 성당을 의도했을지도 모르겠다는 생각이 들었다. 이곳은 이 밤을 위해 또 어떤 준비를 해놓았을까.

우리는 저녁식사를 위해 산마르코 광장의 한 라이브 카페에 자리를 잡았다. 그곳에서는 오늘 라이브 공연이 있을 예정이라고 했다. 하루종일 물놀이를 해서 몹시 시장했기 때문에 음식을 어떻게 먹었는지, 어떤 맛이었는지 기억나지 않는다. 단지 음식은 나오자마자 사라졌던 것 같다. 이제 여유를 부릴 시간. 후식은 역시 에스프레소. 이탈리아에 왔으면 에스프레소지, 했지만 역시나 에스프레소는 인생의 쓴맛을 모르는 젊은이들에게는 너무 익스트림한 도전과제였는지도 모르겠다. 우리는 그냥 한국에서 한약을 먹지 왜 에스프레소를 먹는지 모르겠다며 얼굴을 있는 대로 찌푸렸다. 이렇게 쓰디쓴 에스프레소로 인생의 쓴맛을 대리 체험하는 사이 무대 위에는 진짜 인생의 쓴맛, 단맛, 신맛, 짠맛을 모두 맛보았을 법한 4인조 재즈밴드가 올라와 악기를 세팅하기 시작했다.

재즈밴드는 콘트라베이스, 클라리넷, 바이올린, 아코디언 한 명으로 구성되어 있었다. 다만 특이한 것은 콘트라베이스와 바이올린을 연주하는 분들의 나이가 최소 육십대는 되어 보였다는 것이다. 클라리넷과 아코디언을 연주하는 분들도 사십대 중반 정도인 것 같았다. 그들의 나이가 어떻든 간에 나는 그들이 무대에 올라온 순간부터 알아볼 수 있었다. 그들은 음악과 사랑에 빠져 있다. 무대에 올라와 악기를 튜닝하고 연주를 준비하는 그 순간부터 이미 그들의 표정에는 행복이 넘쳤다. 설렘과 흥분, 그리고 기대를 섞어놓은 표정. 어서 빨리 연주를 시작하고 싶어 어쩔 줄 모르겠다는 표정이랄까. 그들에게 한 번이라도 눈길을 준 사람들은 그들의 표정에 빨려들어간 듯이 그들에게 시선을 고정했다. 마침내 악기 세팅이 끝나고 그들이 각자 자세를 갖추었다. 어둠이 내려앉은 광장에 일순간의 긴장감 같은 것이 스쳤다.

마침내 바이올린 연주자의 짐짓 과장된 몸짓과 함께 음악은 시작되었다. 그것은 마치 하나의 몸이 여러 가지 악기를 동시에 연주하는 듯했다. 음악은 질서정연했고 밤공기처럼 차분했다. 처음에는 곤돌라 위의 바람처럼 살랑살랑 사람들의 얼굴을 간질이며 사람들 틈을 지났고, 다음에는 방파제를 강타하는 파도처럼 강렬하게 사람들을 덮쳤다. 사람들은 그들의 연주에 따라 표정을 바꾸기도 하고 고개를 흔들기도 하며 음악에 빠져들었다. 연주자들 역시 악기로도 연주하고 있었지만 그들의 표정과 몸짓으로도 함께 연주하고 있었다. 나는 그들이 분명 마음으로도 연주하고 있었다고 믿는다. 그 표정과 몸짓과 음악은 마음속에서부터 나온 것이 아니고서는 표현될 수 없는 느낌의 것이었으므로. 점차 사람들이 많아지자 우리는 그들이 연주하는 모습을 잘 보기 위해서 일어나 의자가 없는 곳으로 이동했다. 서서 보는 사람들 중에는 그들의 음악에 맞추어 블루스를 추듯 서로를 끌어안고 가볍게 몸을 움직이는 사람들도 보였다. 우리 바로 앞에서는 나이가 지긋하신 노부부 한 쌍이 너무나 정답게 꼭 끌어안고 춤을 추며 음악을 듣고 계셨다. 그 순간 나는 내 인생의 청사진을 하나 추가했다. 나중에 나이가 들면 꼭 저렇게 재즈 음악을 들으며 사랑하는 사람과 꼭 끌어안고 춤을 출 수 있는 아름다운 노부부가 되겠노라고.

어디서 그런 용기가 나왔는지 지금 생각해도 모르겠다. 밤에 취했기 때문일까 음악에 취했기 때문일까 아니면 물 위에 떠 있는 도시의 신비한 분위기에 취했기 때문일까. 나는 앞에서 춤을 추고 있는 노부부를 턱으로 가리키며 내 옆의 친구에게 손을 내밀었다. 그렇게 슬쩍 마음을 표현해보고 싶었던 친구, 하지만 그럴 수 없었던 친구, 좋은 친구 이상이고 싶었으나 좋은 친구마저 될 수 없을까 두려워해야 했던 친구, 그런 친구에게 나는 그렇게 슬

쩍 마음을 표현했다. 태연한 척 내밀었지만 내 손은 조금 떨리고 있었으므로, 내 얼굴에는 설렘과 흥분, 그리고 기대를 섞어놓은 표정이 떠올라 있었으므로, 그 친구가 그것을 어떻게 받아들였는지는 알 수 없다. 하지만 그녀는 기꺼이 그 순간 나와 함께 짧은 춤을 추었다.

그때의 산마르코 광장은 밤하늘을 천장으로 한 하나의 거대한 댄스홀이었다. 나는 세상에서 가장 크고 아름다운 댄스홀에서 그녀와 댄스파티를 즐겼다. 그때 내 손에 느껴지던 그녀의 등의 감촉과 그녀에게서 전해져오던 샴푸 냄새를 나는 언제까지고 기억할 수 있을 것 같았다. 그리고 앞으로 사십 년쯤 지난 후에도 그녀와 이렇게 춤을 출 수 있으면 좋겠다고 생각했다.

우리,
하나 그리고 둘

이 지 혜
:
하는 일_ 회사원
여행지_ 대만 타이베이

춥디춥던 악건성의 겨울이었다. 두꺼운 코트를 입어도 으슬으슬 추웠지만 나에겐 목에 칭칭 두를 목도리도 있었고 월세 가스비 꼬박꼬박 내면 따뜻한 자취방도 있었다. 이제 난 부모님께 쩔쩔매며 손을 벌리지도, 친구들에게 아쉬운 소리도 하지 않게 되었다. 그건 바로 정신차리고 꿈을 접었기 때문. 현명한 선택이었다. 그랬으니 제 밥벌이하고 지붕 있는 집에서 배 곯지 않고 산다. 남들처럼 아침에 일어나 출근하고 저녁에 퇴근하며 꼬박꼬박 월급도 받는다. 사람이 다 자기 하고 싶은 것만 하고 살 순 없다. 나는 그렇게 정신을 차렸다.

매년 꼭 한 번은 보는 영화가 있다. 그 영화는 바로 2007년 고인이 된 에드워드 양 감독의 〈하나 그리고 둘〉이다. 타이베이의 한 가족 이야기가 장장 세 시간에 걸쳐 펼쳐지는 영화인데, 나는 이 영화를 볼 때마다 무언가 답을 얻곤 했다. 그 답은 매번 다르다. 어떨 때는 내게 질문이 있는지도 몰랐는데 질문까지 얻곤 했다. 이 영화를 처음 본 이래로 매년 한 번씩, 그러니까 벌써 열 번도 더 본 이 영화는 그날 내 앞에서 엉엉 울었다.

— 엄마한테 할 얘기가 없어요. 매일 똑같은 이야기를 해요. 아침엔 뭐 하고 오후엔 뭐 하고 저녁엔 뭘 했는지 딱 일 분 걸려요. 난 참을 수가 없어요. 내가 너무 하찮게 느껴져요. 어쩌면 이렇게 하찮을 수가 있죠? 마치

바보 같아요. 내 삶은 매일매일이 너무 무미건조해요. 내가 어느 날 갑자기 엄마처럼 생을 마감하게 된다면…….

미처 말을 끝내지도 못하고 엉엉 목놓아 우는 밍밍의 모습을 나는 마치 처음 보는 것처럼 놀라서 본다. 그리고 턱밑으로 뚝뚝 떨어지는 내 눈물을 보며 왜 이렇게 많은 눈물이 나오는지 내 자신이 이상하다.
그리고, 며칠 후 타이베이로 떠났다.

온전히 〈하나 그리고 둘〉 때문이었다. 그렇게 따뜻하고 진심 어린 영화를 만든 곳이라면 내 마음의 갈증을 해소해줄 수 있을 것 같았다. 나 이대로 괜찮은지, 어떡하면 좋을지 사실 내 안에 나도 모르는 질문이 너무 많았던 것이다. 영화를 볼 때마다 답을 얻었으니 영화를 찍은 그곳에 가면 더 큰 것을 얻을 수도 있을 것 같은 막연한 기분마저 있었다.
막 도착한 타이베이는 따뜻하고 촉촉했다. 불과 몇 시간 전과는 전혀 다른 온기와 수분감이었다. 여행 첫날은 영화 속에 나온 호텔 원산대반점에 갔다. 이 호텔에서 영화가 시작되기에, 첫날은 꼭 이곳에 가고 싶었다.
원산대반점 호텔은 생각보다 훨씬 으리으리했다. 하지만 주눅이 들기는커녕 매년 이곳에 왔던 것만 같은 기분마저 들었다. 귀여운 양양이 시무룩 돌아다니던 아빠 NJ와 우연히 마주친, NJ의 첫사랑이 도끼눈을 뜨고 너 왜 그날 안 나타났냐며, 너 때문에 내 인생은 엉망이라고 소리소리 지르던 그 장소. 이곳 원산대반점. 서울에서 예약해놓은 애프터눈 티까지 시간이 남아 호텔 내를 둘러보았다. 영화에 나왔던 붉은 카펫이 깔린 계단에 서 있는 내 모습을 남기고 싶어 호텔 직원에게 사진을 부탁했다. 친절히 사진을 찍어준 호텔 직원은 내게 어디서 왔냐고 묻는다. 나는 한국에서 왔다고, 이 호텔에서 찍은 영화 〈하나 그리고 둘〉 때문에 왔다고 신이 나서 말했다. 그랬더니 고개를 갸우뚱하며 묻는다. 잘 모르는 모양이다.

"하나 그리고 둘?"

좀 이상했던 것이 있는데, 여행하면서 만난 타이베이 사람들 중에 에드워드 양 감독의 〈하나 그리고 둘〉을 아는 사람은 한 명도 없었다. 혼자 여행을 떠난 것도 정말 오랜만이고, 그것도 내게 각별한 영화 〈하나 그리고 둘〉의 장소 타이베이로 온 것이 무척 신나서, 현지인과 이야기할 기회만 생기면 에드워드 양 감독의 영화 〈하나 그리고 둘〉 때문에 온 거라고 말하곤 했는데, 그럴 때마다 대만 사람들은 고개를 갸우뚱할 뿐이다. 영화 촬영지인 원산대반점에서 사진을 찍어주신 직원분도 고개를 갸우뚱했으니 말 다했다.

둘째 날, 나는 영화를 보러 극장에 갔다. 그곳, 타이베이에는 허우샤오셴 감독이 운영한다는 시네마테크가 있다. 그곳은 바로 SPOT, 타이베이 필름하우스다. 그곳에는 허우샤오셴, 차이밍 량 등 여러 대만 감독들의 사진도 붙어 있었는데, 거기에 에드워드 양 감독의 사진도 있었다. 그 사진을 보고 얼마나 반갑던지! 영화표를 끊으러 매표소에 가니 그 안에 예쁜 대만 언니가 드라마 〈옥탑방 왕세자〉를 보고 있다. 반가워서 한국 사람이라고 했더니 더듬더듬 한국말을 섞어주며 크게 맞이해주었다. 어떻게 타이베이까지 오게 됐냐고 하기에, 난 또 신나서 에드워드 양 감독의 〈하나 그리고 둘〉 때문에 온 거라고 대답했다. 그랬더니 예쁜 언니가 고개를 갸우뚱한다.

"에드워드 누구?"

"에드워드 양. 〈하나 그리고 둘〉. YI YI! A ONE AND A TWO! 저기 사진의 저 사람!"

그랬더니 미안하다며 말했다.

"몰라. 난 그 감독도 영화도 처음 들어보는데."

이 영화는 2000년도 제53회 칸 영화제에서 감독상도 탔다. 칸 영화제에서 감독상을 탔다면 그 나라의 시네마테크에서 일하는 언니만큼은 알 법도 한데, 영화를 못 봤다는 게 아니라 들어본 적이 없다니. 너무 의아했다. 저기 붙은 저 사진은 어쩔 거냔 말이다.

여기에서까지 에드워드 양 감독도 〈하나 그리고 둘〉도 모른다니 왠지 쓸쓸해졌다. 현지에 오면 뭔가 큰 답을 얻을 것만 같았는데 웬걸. 흔적을 찾는 것도, 그 영화를 아는 사람을 찾는 것도 힘들다.

그러다가, 내가 묵던 유스호스텔에서 이 영화를 아는 사람을 만났다! 사일러스라는 이름의 중국 아이는 반갑게도 영화를 무척 좋아해서 우린 얘기하느라 시간 가는 줄도 몰랐다. 내가 또 신나서 에드워드 양 감독의 〈하나 그리고 둘〉 때문에 타이베이에 왔다고 하니 사일러스가 반색을 하며 자신도 그 영화 너무너무 좋아한다고, 벌써 여러 번 봤다고 볼 때마다 더 좋아지는 영화라고 침을 튀기며 말한다. 나도 반가워서 재빨리 하소연했다. 여기 사람들에게 감독과 영화 얘기를 하면 아무도 모르더라고, 왜 그런지 모르겠다고, 너무 이상하다고. 그랬더니 그 아이가 그 답을 말해주었다.

"몰랐어? 〈하나 그리고 둘〉은 대만에서 상영되지 못했어."

서둘러 기사를 찾아보니 '에드워드 양의 조국 대만은 대륙 상하이에서 태어난 그와 그의 영화를 불온시하고 평가절하했다'고 한다. 그랬구나. 왠지 모르게 더 쓸쓸해지는 내 마음. 매년 나와 함께 나이를 먹어간 영화의 자취를 찾아 여기까지 왔는데, 정작 이곳에서는 그 영화가 극장에 걸리지도 못했다니.

그 이야기를 듣고, 뭔가 하고 싶어졌다. 이 소중한 여행에서 영화 〈하나 그리고 둘〉을 기념하기 위한 나만의 무언가를 꼭 하고 싶어진 것이다.

나는 그 다음날 아침 일찍 일어나 타이베이 거리를 돌아다니며 사진관을 찾아헤맸다. 일회용카메라를 사고, 그날 하루 타이베이의 풍경을 담고, 그것을 타이베이의 사진관에서 뽑아보는 것이다. 디지털카메라가 있었지만, 필름카메라로 찍고 그곳에서 시간을 들여 그 사진을 기다려보기로 했다. 영화 속 꼬마 양양처럼 말이다.

  —아빠, 아빠는 내가 보는 걸 못 보고, 내가 보는 건 아빠가 못 보잖아요. 어떻게 하면 아빠가 보는 걸 내가 볼 수 있죠?

귀여운 얼굴로 어려운 걸 잘도 묻는 꼬마 양양에게 아빠 NJ는 이렇게 대답한다.

  —좋은 질문이다. 한 번도 생각해 본 적은 없었는데. 그게 바로 카메라가 필요한 이유란다. 카메라 갖고 싶니?

이렇게 카메라를 받은 양양은 팬티바람으로 아파트 복도에서 플래시를 팡팡 터뜨리며 무언가를 찍느라 열중이다. 그렇게 열심히 찍고 있는 것은 바로 모기. 뭘 그렇게 열심히 찍느냐는 앞집 아주머니 질문에 양양은 말한다.

  —엄마한테 모기 보여주려고요.

양양의 엄마는 자기 인생이 너무 허무하다며 펑펑 울었다. 나를 타이베이에 오게 만든 그 장면. 양양도 나처럼 그 소리를 들었나보다.

　—모기? 모기를 잡을 수 있겠니?
　—아빠도 그랬어요. 사람들이 믿지 않을 거라고요.

다음날 양양은 학교에서 모두들 잠을 자고 있는 쉬는 시간을 틈타 어제 찍은 필름을 현상하러 사진관으로 달려나간다. 현상한 필름을 찾아 부리나케 학교로 돌아온 양양은 선생님께 호되게 혼이 난다. 선생님은 다른 아이들 앞에서 양양이 찍은 사진을 보며 비웃는다.

　—이게 뭐야, 아방가르드 예술이구나. 예술가 나셨네, 예술가 나셨어.

그래, 어제 양양이 그랬지.

　—아빠도 그랬어요. 사람들이 믿지 않을 거라고요.

나는, 나 자신에게 모기 사진을 찍어주기로 했다.

나는 운좋게 중정기념당 역 근처에서 사진관을 하나 찾았다. 소박한 느낌의 작은 사진관이다. 내가 할 수 있는 모든 보디랭귀지와 그림을 동원해서 '일회용카메라 하나 주세요'를 한다. 인상 좋은 사진관 아저씨는 잘 못 알아들으시다가 몇 번의 메모지가 오가고서야 비로소 일회용카메라를 꺼내주신다. 아침부터 나타나 일회용카메라를 달라고 하는 한국 아가씨가 재밌는지 연신 웃음이시다.

—아빠, 진실의 반을 볼 수는 없을까요?
—뭐? 이해가 안 가는구나.
—앞에서만 볼 수 있지 뒤에 있으면 못 보잖아요. 그러니 진실의 반만 보는 거죠.

난 일회용카메라를 들고, 영화에서, 지금의 여행에서, 날 따뜻하게 위로해주고 맞아준 나의 타이베이를 담는다. 찰칵하고 드륵드륵 필름 감고 찰칵하고 드륵드륵 필름 감고. 그래, 양양의 말처럼 어쩌면 내가 보는 것 그게 다가 아닐지 모른다. 내가 안다고 보고 있는 것들, 그건 사실 반밖에 되지 않는 걸지 모른다. 그래서 양양은 슬픈 엄마에게 자기가 보는 반을 보태주려

했는지 모른다. 그래, 나도 서울에 돌아가면 그곳의 내가 볼 수 있도록 그 나머지 반쪽을 여기서 찍어 가자.

다음날 오전 아홉시에 설레는 맘으로 찾은 나의 사진은 흐린 날씨와 모자란 실력 탓에 대부분 잘 나오지 않았지만 내 마음에는 쏙 들었다. 잘났든 못났든 내 '모기'였다. 사진관 아저씨는 사진 잘 보관하라고 작은 앨범도 선물로 주셨다. 그중에 잘 나온 사진을 골라 그 앨범에 넣었더니 정말 근사했다. 난 여행 내내 이 작은 앨범을 가방에 넣고 다녔다.

집으로 돌아가기 바로 전날이었다. 이날 오후에는 화산 1914 창의문화원구(화산예술원)에 갔다. 큰 전시회장도 두 개나 있고, 아기자기하고 예쁜 카페, 음식점, 상점들이 가득한 분위기 있는 곳이었다.

그런데 그곳에 또다른 SPOT이 있었다. 바로 SPOT 2호점이었다. 가이드 책에도 SPOT 2호점이 있다는 정보는 없었다. 며칠 전 영화를 본 SPOT 1호점과는 분위기가 많이 달랐다. 더 크고, 멋졌다. 커다란 평면 티브이 화면으로 다음 상영작들의 예고편이 나왔고, 정말 다양한 국적과 장르의 영화포스터들이 큼지막하게 걸려 있었다. 상영관도 두 개였다.

그리고, 난 거기서 나만의 타이베이를 보았다.

첫번째 상영관에는 〈A ONE〉이,

두번째 상영관에는 〈A TWO〉가 큼지막하게 쓰여 있다.

그 사이에 내가 서 있다.

그것은 바로 내가 그렇게 찾아헤맨 〈하나 그리고 둘〉.

에드워드 양 감독의 절친한 친구인 허우샤오셴 감독은 조국에서 한 번도 영화를 상영하지 못한 친구의 영화를 이런 식으로라도 영영 기리고 싶었던 걸까? 〈하나 그리고 둘〉은 이제 친구가 세운 영화관에 그렇게 길이길이 걸려 있다.

그 순간, 내 가방에 들어 있는 작은 앨범 속 모기들이 웽웽거리며 내 귓가를 간질였다.

그리고 떠오르는 영화 속 대사.

　—어디로 갈지 나한테 묻지 말아요. 당신은 젊잖아요. 젊은 사람들은 언제나 스스로 길을 찾을 수 있죠. 그것도 가장 좋은 길을요.

내 앞에 나타나준 〈하나 그리고 둘〉 앞에 가슴은 뛰기 시작한다. 이게 얼마 만에 뛰는 가슴이냐. 그래, 가장 좋은 길은 내가 알고 있다. 그게 무엇이든, 내가 찾을 수 있을 거라는 믿음이, 내 안에서 그렇게 두근두근 뛰기 시작했다.

안타깝게도
나는
그대로네요

———

이 채 인
:

하는 일_ 교사
여행지_ 아이슬란드

당신은 날 기억하고 있을까요?

우리가 만난 것은 여름이었고, 지금 계절은 봄을 향해 가고 있네요. 나는 그때 막 호픈에 도착하였고 당신은 당신과 잘 어울리는 큰 버스에서 날 보고 있었죠.

당신이 독일 어느 곳에 사는지 묻지 않은 것 같네요. 내가 사는 서울에는 화난 사람들이 많습니다. 오전 일곱시부터 아홉시 사이, 지하철 2호선을 타는 사람들은 거의 화가 나 있지요. 출근할 때면 나를 제외한 모든 사람을 포토샵의 올가미 도구로 묶어 지워버리는 상상을 해봅니다. 각자에게 허락된 좁은 공간에 몸을 욱여넣고 넘어져서도 밀려서도 안 되는 도시인의 요가를 합니다. 몸이 흔들려서도 안 되지만 마음도 무게중심을 잘 잡아야 하지요. 매일 화난 채로 살아가다보면 아름다운 도시, 서울이 싫어지고 스스로 한없이 측은해지는 겁니다. 멀리 떠나야 할 것 같은 기분이 듭니다. 사람들이 알지 못하는 곳으로. 그런 곳이 없다면 이름을 들어도 잘 기억하지 못하는, 지도에서 쉽게 찾을 수 없는 곳으로 말이죠.

아이슬란드에 가겠다고 말하는 것은 설명할 일이 많아졌다는 뜻입니다. 친구들은 에베레스트 정상에 태극기를 꽂았던 탐험대장의 인터뷰라도 하듯 왜 가는지, 볼 게 얼마나 많기에, 근데 거긴 도대체 어디에 있는데 등 쉴새 없이 질문을 던졌습니다. 문제는 여기서부터 시작이었던 것 같네요. 다른 사람이 모르는 곳은 나도 잘 알 수 없기 때문이었죠. 내가 아이슬란드에 대해 아는 것은 우울한 하늘과 독특한 짜임이 목부터 어깨까지 연결되는 스웨터, 오로라 그리고 빙하가 전부였습니다.

스웨터보다는 빙하가 그럴듯한 핑계가 될 듯하여 유빙 호수 지역인 요쿨살롱에 가기로 하고 버스로 한 시간쯤 떨어진 호픈에 숙소를 정했습니다. 아이슬란드의 수도 레이캬비크에서 호픈으로 가는 방법은 세 가지입니다. 링로드를 따라 운전해가거나, 버스 또는 비행기를 타는 방법입니다. 당신은 그 큰 버스를 멋지게 몰았지만 나는 운전을 하지 못합니다. 버스로는 여덟 시간 반, 비행기로는 한 시간. 시간을 사는 기분으로 항공권을 예약하고 공항으로 향했습니다. 공항이라고는 믿어지지 않을 만큼 작은 직육면체 모양을 한 그곳에서 정원이 열여덟 명인 비행기를 타게 되었습니다. 좌석은 왼쪽에 하나, 오른쪽에 두 개씩 여섯 줄. 며칠째 혼자였던 나는 맨 뒷줄 왼쪽에 앉게 되어 탑승객들의 행동을 살펴볼 수 있었죠. 옆자리의 두 사람은 부부처럼 보였는데, 믿음직스러워 보이는 아이슬란드 가이드북을 가지고 있었습니다. 그들은 책을 뒤적이더니 이내 기도를 하고 손을 견고하게 마주잡았지요. 그게 그들의 습관이었는지, 창밖의 눈부심, 한여름에 얼음 위를 지난다는 경이로움의 표현이었는지 알 수 없었지만 나는 그들을 보면서 비행기가 추락하는 재난영화의 한 장면을 떠올리게 되었고 급기야는 '이렇게 혼자 죽을 수는 없어' 생각하게 된 겁니다. 작은 비행기로 빙하지대를 날아가는 이 황홀한 순간에 시가 줄줄 읊어진다거나 아름다운 음악 한 구절이 떠올라야 하는 게 아닌가요? 낮잠을 자는 바람에 뒤척이게 된 침대에서나 해도 되는 생각을 참 골똘히도 한 것입니다. 언제쯤 나는 내 여행을 온전히 즐길 수 있게 될까요.

호픈의 공항은 작은 섬의 선착장 같은 느낌이었습니다. 비행기에서 내린 열여덟 중 절반은 마중나온 사람이 있었고 그 나머지는 렌터카 직원의 안내를 받았습니다. 그래도 명색이 공항인데 버스라도 있겠지 하며 화장실에 다녀왔는데 그새 공항은 텅 비어버렸습니다. 발음조차 할 수 없는 아이슬란드어로 된 주소를 공항 직원에게 다급히 내밀었더니 택시를 불러주겠다고 했습니다. 건물 밖에는 택시를 기다리던 두 명의 여행자가 있었고 그들은 내키만한 배낭을 메고 있었습니다. 이때부터 슬슬 주눅이 들기 시작한 것 같네요. 여행 이레째, 가져온 돈이 거의 떨어져서 공항의 현금지급기에서 찾을 생각이었지만 당연히 그런 게 있을 리 없었고, 생각지도 않은 택시까지 타게 됐으니 기사님이 이방인에게 호의를 베풀어주길 바랄 뿐이었지요. 다행히 가지고 있던 돈으로 택시비가 해결되었지만, 도시가 아니면 아무것도 할 수 없는 내 서툴고 무능한 모습에 조금씩 실망해가고 있었습니다.

숙소에 도착해서는 부리나케 무선인터넷 비밀번호를 알아내 나를 별로 궁금해하지 않을 사람들에게까지 잘 도착했노라 메시지를 보내고 티브이를 크게 틀어 끊임없이 채널을 돌렸습니다. '도시 분리불안'이라는 증상도 있을까요. 그렇게 도시를 떠나겠노라 노래를 하더니 막상 나는 이 작은 마을에서 끝도 없이 막막해졌고 도시와 내가 연결된 흔적을 찾아내려고 애썼습니다.

음악을 켜고 침대에 누웠습니다. 얼마쯤 지났을까요. 그저 배가 고파졌고 무언가 먹어야 했습니다. 나가는 김에 인포메이션 센터에 들러보았지만 불행히도 내가 이미 알고 있는 것 이외의 정보는 얻을 수 없었습니다. 게다가 인포메이션 센터는 빙하 전시관과 연결되어 있어 몇 발자국 걸어들어갔다가 입장료까지 내게 되었으니 나는 더욱 투덜댈 수밖에 없었던 겁니다. 전시관 한편에서는 요쿨살롱에서 촬영한 〈007〉 시리즈가 특유의 음악과 함께 상영되고 있었지만 나에겐 버스가 선다는 N1 주유소까지 가는 게 먼저였습니다.

우리가 만났던 게 그때쯤인 것 같습니다. 주유소를 찾아 두리번대는 내가 불안해 보였는지 당신은 창문을 열어 나를 불러세웠고 차에서 내려 독일에서 온 가이드라 소개했지요. 내가 어디까지 가는지 물었고, 걷기에는 먼 거리이니 버스로 태워주겠다고 했습니다. 마침 여행객들이 식사중이라 시간이 있다면서 말이죠. 평소 같으면 무척 망설였겠지만 당신이 혼자서 외롭지 않으냐고 묻는 바람에 마음이 일렁여 버스에 타버리고 말았습니다. 당신은 버스에 오르내릴 때 내가 유명인사라도 되는 것처럼 대해주었고 주유소 앞에 있는 가게에 대신 들어가 행선지와 버스 시간을 꼼꼼히 확인해주었습니다. 버스표는 운전기사에게 직접 사면 된다는 말도 잊지 않았죠. 내가 키 작은 동양인이기 때문에 당신은 내가 무척 어리다고 생각했을까요. 어쩌면 그게 당신이 일하는 방식이었는지도 모르겠네요. 당신은 이메일 주소를 적어주며 집으로 돌아가거든 내가 찍은 당신의 사진과 여행 이야기를 보내줄 수 있겠냐고 물었습니다. 그게 무척 어려운 부탁인 것처럼 주저했을 때 나는 흔쾌히 그러겠다고 했지만 돌아온 지 한참이 지나도록 그 약속을 지키지 못한 것을 보면 당신은 그게 쉽지 않다는 걸 이미 알고 있었나봅니다.

나는 다음날 아침, 주유소 앞에서 버스를 탔고 당신이 말했던 대로 운전기사에게 티켓을 샀습니다. 물 흐르는 소리를 종일 들으며 천 년쯤 된 얼음을 맛보고 현무암이 부서져 생긴 까만 모래와 커다란 얼음이 떠 있는 바다를

보았습니다. 거리를 가늠할 수 없는 한 지점을 정해놓고 걷다가 사람들이 보이지 않으면 이름이 '소행성 332'쯤 되는 곳에 홀로 남겨진 것 같기도 했죠. 어제의 초라한 모습은 말끔히 도려낸 채 친구에게 엽서를 쓰기도 하고 돌아오는 길에는 어마어마한 바다를 보고 자라는 아이슬란드 어린이의 꿈을 궁금해하며 아직 소년 티를 벗지 못한 운전기사의 미래에 대해 생각해보기도 했습니다.

사실 난 이날 아침까지도 기분이 나아지지 않아 유빙 호수에서 보트만 타고 오는 거라 자신을 다독였는데 용케 마지막 버스로 돌아올 만큼 그곳에서 오랜 시간을 보냈습니다. 만약 당신을 만나지 않았더라면 침대에 누워 무선인터넷 신호를 탯줄처럼 붙잡고 시간아 빨리 가라, 도시로 돌아갈 날만 기다렸을지도 모르죠. 당신은 할 일을 했을 뿐이었고 내가 지나치게 감상적이었던 거라 할지라도 말입니다.

아이슬란드에는 훌륭한 여행자들이 많았습니다. 그들은 지구를 한 바퀴 돌 수 있을 것처럼 당당했고 전혀 추워 보이지도(여름이라 느껴지지 않는 온도로 아이슬란드에 오자마자 내가 처음 한 일은 싸구려 니트를 찾아 시내를 헤매는 것이었습니다. 무려 아이슬란드에서 말이죠) 두려워 보이지도 않았습니다. 그들은 키가 컸고, 영어를 잘했고, 가끔 이상한 냄새가 나기도 했지만 자신이 왜 여기에 있는지를 분명히 알고 있었습니다. 나는 늘 내가 마음에 들지 않았으므로 어떤 계기로 내가 변하길 바랐습니다. 여행기를 읽었고 그 안에는 많은 것이 들어 있었죠. 여행기의 주인공들은 모험을 하고 가끔 위기를 만나지만 씩씩하고 현명하게 헤쳐나갔으며 애벌레가 탈피하는 것과 같은 성장을 했습니다. 나의 귀는 팔랑팔랑, 심장은 쿵쾅쿵쾅. 그곳에 가면 나도 그렇게 될 것 같았습니다. 하지만 놀이동산의 스릴 만점 놀이기구를 탔다고 해서 용감한 어린이가 되는 게 아닌 것처럼 아이슬란드에 다녀왔다고 내가 특별한 어른으로 성장하는 것은 아니었습니다. 까맣게 그을린 얼굴, 단단해진 종아리와 내디딘 땅을 고스란히 기억하고 있는 신발이 아무 의미가 없다는 말은 아니지만 안타깝게도 나는 그대로네요.

창밖으로 지구 태초의 모습이 지나가는 중에도 머리를 박으며 졸고, 바이킹의 후예가 쓰는 해바라기만한 샤워기로 낑낑대며 머리를 감으며 그들 집에 걸린 거울로는 내 입술까지밖에 볼 수가 없어 의자에 올라서서 옷차림을 확인했지요. 핫도그와 맥주를 사러 휴게소에 들어갔다가 하루 한 대 있는 버스가 출발하는 것을 보고 쥐가 나도록 달린 적도 있습니다. 저녁만큼은 든든히 먹겠다고 레스토랑에 들어갔다가 배부른 척 에피타이저만 주문하기도 하고요. 나는 이렇게 시시하고 외로운 여행을 했습니다. 아이슬란드는 무척 멋진 곳이지만 말이죠.

사람들은 흔히 엄청난 확률로 만남을 논하지만 내가 아이슬란드의 갈 확률은 2분의1, 당신이 여전히 아이슬란드를 안내할 확률도 2분의1, 4분의1의 확률로 아이슬란드에서 당신을 다시 만난다면 내가 유일하게 아는 독일어로 인사하겠습니다. 고마웠습니다. Danke schön!

부풀어오른
책,
당신의 온도

이혜령
:
하는 일_ 뮤지컬 제작 프로듀서
여행지_ 러시아 모스크바

●

단지 비행, 그것만으로도 충분합니다. 공간의 이동, 그 이동의 시간 동안 우리가 할 수 있는 것이 제한된다는 것은 역설적이게도 가장 자유로운 시간이라는 뜻이 됩니다. 아무것도 할 수 없기에 쓸모가 없어진 시간이기에, 세상은 게으름을 허락합니다. 이동 수단이 움직이는 동안 움직일 수 없는 나는, 그제야 멈출 수 있습니다. 그중에서도 단연 비행은 가장 비현실적이며 공포스럽고 또한 아름답습니다. 지하철의 부대낌과 버스의 흔들림, 기차의 진동과 배의 들썩임이 아닌 비행의 순간, 우리는 그렇게 멈춥니다.

그때 당신은 책을 꺼냈습니다. 알랭 드 보통의 책에서처럼 연인이 처음 만난 순간이 되기를 기대하는 보통 사람들의 비행과는 달리 당신은 주변에 무감해 보였습니다. 당신 옆자리가 비어 있었기 때문일지도 모르지만, 어쨌거나 당신은 오로지 스스로에게만 집중한 것처럼 움직였고 바라보더군요. 그 책은 무엇이었을까, 그 좁은 이코노미석을 꽉 채운 채 앉아 앞 의자의 등걸이에 달린 쟁반 같은 테이블을 펼치고 발밑에 둔 가방으로 팔을 뻗은 엉거주춤한 자세로 한참을 부스럭거린 후에야 꺼낸 그 책은? 당신은 어렵사리 책을 꺼냈지만, 펼치지도 않은 채 테이블에 올려두고 창밖만 바라보았습니다. 그냥 작은 창밖에 놓인 비현실적으로 거대한 알루미늄합금 날개만을 물끄러미 바라보았습니다. 그때, 그 책은 무엇이었나요?

이 혜 령 **⋯▶** **러시아 모스크바**

존 레논은 그의 주변에 예쁜 여자들이 많았지만 그와 '예술적 온도'가 맞는 여자는 오노 요코뿐이었다고 합니다. 나는 예술가가 아닙니다. 그래서 함께 살아갈 사람을 찾을 때 '예술적 온도'를 따지지는 않습니다. 하지만 나 또한 어떤 '온도'를 따지곤 합니다. 그 온도란 삶을 대하는 태도라든가 주어진 시간을 보내는 방식 같은 것들을 통해서 가늠해볼 수 있습니다. 실제로도 우리는 누군가를 만나면 상대의 온도를 가늠해보곤 합니다. 그리고 서로의 온도계가 비슷한 선상에서 멈춘다는 것을 확인하고 나면, 그제야 함께하는 시간 동안이 편안해지는 걸 느끼게 될 것입니다. 물론 그 온도가 맞는 사람을 발견하는 일이란 것은 매번 많은 시간과 노력이 드는 일이긴 하지요. 게다가 당신을 알기 위해 들였던 시간과 노력으로부터 배신을 당하는 일도 더러 있지요. 보이지 않는 뜨거움과 차가움을 시각화하는 것은 그렇게도 어렵습니다. 하지만 그 비행에서 깨달았습니다. 당신과 나는 같은 온도에 있구나. 우리의 온도는 여행을 떠나는 순간 가방에 넣은 책을 고를 때 맞춰지는구나.

우리가 도착한 모스크바는 밤이 밝은 도시였습니다. 당신이 왜 모스크바에서 내렸는지 미처 묻지 못한 채 우리는 밝은 밤사이로 흩어졌습니다. 뒷모습이 기억날 것 같기도 했습니다. 높은 건물도, 높은 산도 없었기에 웬만한 건물에서 창밖을 내다보면 지평선 너머로부터 우주가 내는 빛이 가만히 번져오는 걸 볼 수 있었습니다. 백야. 러시아의 밤은 그런 것이었습니다. 베를린의 동쪽에서 쉽게 찾을 수 있는 양식으로 지어진 모스크바의 건물들은 굳이 시간을 거스르지 않았습니다. 세상의 시계보다 조금 더 느린 속도도 시간을 거스른 것이라면, 그렇게 볼 수도 있겠네요. 밤에도 어둠 뒤로 숨지 않고 다른 도시들의 바쁜 속도를 좇아가지도 않는 모스크바는, 시간에 순

종적인 도시는 아니었습니다. 시간의 거친 발자국이 남아 있는 창틀과 벽과 장식들. 하지만 적당하게 바랜 잿빛의 외관은 늙었다기보다는 어른스러워 보였습니다.

그리하여, 그 도시의 여행자도 쉽게 시간에 반항하게 됩니다. 한동안 숙소 밖으로 나가지 않았습니다. 이 도시의 어느 곳에도 친절한 영문 표시가 없고 나를 문맹으로 만드는 키릴문자만 가득한 길을 나서기가 두려웠을 거라는 추측은 틀렸습니다. 지하 벙커를 염두에 두고 만드느라 너무나 깊숙한 땅속으로 내려가는, 거의 90도에 가까이 경사진 에스컬레이터로 내려가 지하철을 탄다는 일이 번거로웠을 것이라는 추측도 틀렸습니다. 두려움도, 떨림도 없이 나설 준비는 되었지만 내일이나 모레 나가도 좋다고 나를 붙드는 게으름이 이유였습니다. 사실 게으름은 보통의 여행자들이 자꾸 까먹는 여행의 필수품입니다. 바삐 하나라도 더 보겠다고 여기저기를 들쑤시는 사이에 당신의 여행은 도시의 일상과 다를 바가 없어지곤 했습니다. 사전을 펼쳐보면 행동이 느리고 일하기 싫어하는 태도를 게으름이라고 부르지만, 사실 게으름은 태도라기보다는 시간의 개념입니다. 그와 같은 태도가 시간을 과식할 때서야 비로소 게으름이라고 부를 수 있을 뿐입니다. 행동이 느리다는 것은 그만큼 예상했던 것 이상의 시간을 낭비하게 만드는 일이기 때문입니다. 하지만 낭비도 괜찮다고 얘기할 수 있을 때야 그 여행은 완성됩니다. 나는 숙소 안에서 느릿한 시간을 얼룩진 벽지처럼 방치했고, 어느 때보다 부지런히 게으름을 피웠습니다.

게으름의 주장은 옳았습니다. 열어둔 창문으로 보이는 90퍼센트의 하늘 아래 낮게 깔린 10퍼센트의 건물들, 그리고 한여름의 오후에 불어들어오는 선선한 바람이 충분해 보였습니다. 책을 읽기에 좋은 곳. 그곳에는 열 시간

남짓 비행을 해오면서 몇 페이지 읽지 못한 책을 순식간에 읽어내게 하는
소파가 있었습니다. 그 소파에 누워 팔이 아플 때까지 읽던 책을 잠시 내리
면, 팔꿈치는 잠시 찌릿했고 천장의 얼룩은 흐릿해졌습니다. 다시, 책을 들
어 펼치다가 어떤 익숙함을 발견합니다. 이렇게 누워 있던 또다른 도시들.
파리에서는 『프랑스적인 삶』을 읽었습니다. 한 미술학도가 자신의 여름휴가
동안 지낼 수 있도록 해주었던 파리의 집은 어느 골목의 1층이었습니다. 열
어둔 창문 너머로 지나가던 행인이 빙긋 웃어주었습니다. 베를린에서는 『자
기 앞의 생』을 한글로, 『어린 왕자』를 독일어로 읽었습니다. 뉴욕에서는 하
루키의 『상실의 시대』를 읽었고, 도쿄에서는 『위대한 개츠비』를 읽었습니다.
로마에서는 이 년 넘게 40페이지를 넘기지 못하던 『스밀라의 눈에 대한 감
각』의 마지막 장을 덮었습니다. 그리고 게으른 여행을 끝내고 다시 분주한
집으로 돌아올 때, 그 책들은 수많은 밑줄과 꾹꾹 눌러 펼쳤던 흔적과 커피
와 눈물이 마른 자국으로 부풀어 있었습니다.

이 도시에서의 마지막날, 러시아의 거친 지하철을 타고 광장으로 나갔습니다. 총을 든 군인 조각상과 끝없이 높은 천장, 포탄이 터지는 것 같은 굉음의 지하철역에서 친절한 러시아인들을 만났습니다. 책을 읽고 있는 사람은 없었습니다. 적잖이 두꺼운 책을 손가락 사이로 끼워 펼치고 어느 자리에선가 앉아 낯익은 옆모습으로 책에 둔 시선이 흔들림 없을 당신을 기대했던 걸지도 모르겠네요. 내가 만나지 못했더라도 당신은 지금의 모스크바 하늘 아래 어디선가 그 책을 펼치고 있을 거라고 생각했습니다. 어쩌면 지금 향하는 광장의 끝에 서 있을지도 모른다고 생각했습니다. 떠나온 역으로부터 도착한 역까지 이어진 낯섦 끝에 테트리스 게임에서 보던 사원이 손톱만하게 보이는 광장을 만났습니다. 이곳의 이름은 크나스나야 광장입니다. '크나스나야'라는 러시아어에는 아름답다는 뜻과 붉다는 뜻이 겹쳐 있습니다. '블루(blue)'라는 영어에 푸르다는 뜻과 슬프다는 뜻이 겹쳐져 있는 것과 닮은 듯 다르게 말입니다. 아름다운 광장이라 번역되어야 마땅할 이 넓고 아득한 광장. 그러나 세월이 빠르게 넘겨버린 시간들 가운데, 이곳 광장의 페이지들에는 혁명의 파도가 넘실댔던 핏빛의 경험이 아직 다 마르지 않았고, 사람들은 그 페이지에 끼워둔 책갈피를 끝내 빼내지 않았습니다. 그리고 그들의 손에 들려 펄럭이던 붉은 깃발만을 기억해냈을 것입니다. 그리하여 한때 아름다운 광장이라 불리던 이곳을 우리는 '붉은 광장'이라고 부릅니다. 광장 위로 펼쳐진, 유난히 푸른 하늘이 슬퍼 보이는 것은 들뜬 관광객들 사이에 혼자 서 있는 여행자의 외로움 탓만은 아닐 것입니다.

외로움은 카페인을 통해 희석됩니다. 광장을 지나 들어선 골목길에는 카페가 두 개 나란히 있습니다. 그중 하나의 카페에는 수다스러운 테이블 하나

와 책을 읽는 테이블 두 개가 있었습니다. 나는 빈 테이블에 자리를 잡았습니다. 그들이 체호프 극의 웃음을 이야기하고, 도스토옙스키를 읽고, 톨스토이에 밑줄을 긋고 있을지도 모른다고 생각해봤으나 무슨 이야기를 하는지, 무슨 책을 읽는지는 끝내 알 수가 없습니다. 방금까지 그리도 드넓은 광장과 비현실적으로 귀엽고 큰 사원이 있었다는 것을 알 수 없게 만드는 좁은 골목은 그저 아늑했습니다.

얼음이 두 개뿐인 아이스아메리카노와 가방에서 꺼낸 책을 그 좁은 철제테이블에 올려놓았습니다. 비행기 좌석에 달린 네모난 쟁반 같은 테이블이 떠오릅니다. 앞사람의 등을 빌려 밥을 먹고 일기를 쓰는 것 같은 마음이 들었던 테이블. 그 위로 가장 먼저 올라왔던, 적잖이 두꺼웠던 그 책이 떠오릅니다. 당신은 모스크바 어딘가에서 남은 페이지를 읽고 있나요? 이미 다른 도시로 또 떠났을까요? 그곳에서도 여전히 그 책을 읽고 있나요? 무슨 책인지 알았더라면 한마디 말이라도 붙여봤을지 모른다고 생각해봤습니다. 그런데 아닙니다. 말을 해보지 않았어도 우리는 이미 같은 온도에 사는 사람들입니다. 게으름을 준비하며 책을 가방에 넣고 공항에 도착한 당신. 여행을 떠나는 비행의 순간, 가장 먼저 하는 것이 가방에서 책을 꺼내는 일인 당신. 그리고 차마 읽지 않을 책을 쥐고 한참 동안 속수무책으로 창밖의 거대한 날개와 구름을 응시하는 당신. 그리고 집으로 돌아갈 때면 수많은 밑줄과 꾹꾹 눌러 펼쳤던 흔적과 커피와 눈물이 마른 자국으로 부풀어 있을 책의 주인은 옳은 온도를 가졌습니다.

남반구의
어느
천문대에서

임은주
:

하는 일_ 간헐적 여행자
여행지_ 호주 동부

●

밤 아홉시가 지나고 있었다. 천문대에 전화를 해보았다. 이십 분 내에 오면
관람을 할 수 있다 한다. 서둘러 차에 올라 내비게이션을 눌러보니 25킬로
미터 거리다. 천문대로 가는 길은 무척 캄캄했다. 도시를 빠져나가서 어둠
을 향해 달려가는 동안 어디에선가 섬광이 번쩍이고 큰 굉음이 들려왔다.
간헐적이면서도 규칙적인 불빛과 소리는 어쩐지 좀 괴기스러웠다. 지나가는
차도 거의 없는데다가 헤드라이트 불빛 하나에만 의존한 채 길을 더듬듯 가
고 있다는 공포가 차츰 밀려왔다. 갈수록 첩첩산중이었다. 알 수 없는 소리
와 섬광, 차창으로 달려드는 밤의 곤충들이 내는 소리. 오싹한 기분이 들어
실내등을 켠 채 달렸지만 한기가 가시질 않았다. 나는 애써 그 기분을 감추
기 위해서 분명 이웃 도시에서 불꽃놀이를 하는 것이 틀림없다고 혼잣말
처럼 중얼거렸다. 달려가는 길의 정면 하늘에서 빛이 제대로 보이기 시작했
다. 그리고 어렴풋이 멀리서 들려오던 소리가 꽤 가까워진 듯한 느낌이 들
었고, 그 소리는 우리를 자극하고 있었다. 공포감이 극에 달할 무렵 내비게
이션이 목적지에 도착했음을 알려준다. 그런데 아무리 둘러보아도 천문대
는 보이지 않았다. 길을 잘못 든 것이 틀림없었다. 이것은 전부 이상한 빛과
소리 때문이었다. 그것에 홀리지 않고서야 이 첩첩산중으로, 빛 하나 없는
으스스한 곳에 우리가 안내될 수는 없는 일이었다.

결혼한 지 십 년이 지난, 청춘이라 말하기도 중년이라 말하기도 어정쩡한 나이 마흔이었다. 렌트한 차량 뒷좌석에 앉아 있는 고집쟁이 사내아이 둘은 어쩌다가 자신들이 이곳에 닿아 있는지 알지 못한 채 와글와글 떠드는 것이 사명인 것처럼 쉼 없이 종알거렸다. 아홉 살과 다섯 살 두 아이는 긴 여행에 지쳐 있었고, 우리는 긴 여행에 지친 아이들에게 지쳐 있었다. 여러 가지 이유를 갖다붙인 채 시작한 호주 동부 여행은 시작부터 힘에 겨웠다. 무엇보다도 약 삼 주간 육천 킬로미터를 이동하도록 계획을 수립한 무지한 엄마 덕분에 호주의 드넓은 평원을 원 없이 밤이고 낮이고 달렸다. 호주의 관문이자 유명 관광지인 시드니나 골드코스트는 아주 잠깐 스쳐지나갔다. 오히려 우리가 매혹되었던 곳은 호주 내륙의 자그마한 마을들이었다. 그곳들에 대한 구체적인 정보는 없었다. 오로지 지도에 표시된 작은 도시 중에서 하루 이동거리로 적당해 보이는 곳에 무작정 머물기로 했다. 온천이 유명한 모리, 남반구 최대 동물원이 있는 더보, 웰링턴 동굴 등 실망스러운 곳은 단 한 곳도 없었다. 하지만 생각해보면 작은 마을들을 향해 질주하는 동안 멀미를 달고 살던 아이들은 무슨 죄란 말인가. 그들의 죄라면 모험적이고 무모하며 작은 것에 쉽게 매혹당하는 어미를 만난 덕분일 것이다.

우리가 거쳐왔던 마을들과는 달리 카우라는 비교적 알려진 마을이었다. 빌 브라이슨의 『대단한 호주 여행기』에서도 잠시 소개가 된 바 있는 마을로, 일본식 정원이 유명한 곳이라 한다.
늦은 오후 카우라에 도착했던 우리는 모터 인 안의 수영장에서 수영을 하고 잠자리에 들 계획이었다. 모터 인에 비치되어 있던 관광 안내 책자를 우연히 읽다가 근처에 천문대가 있다는 것을 알게 되었다. 저녁을 먹은 후 휴

식을 취하던 중이라 미리 계획하지 않은 일정이었다. 하지만 남편과 나는 망설임 없이 천문대에 가보기로 결정했다.

몇 해 전, 김해 천문대에 간 일이 있었다. 천문대 오르는 길이 무척 멋있었고, 육중하고 거대한 천문대 안도 잘 꾸며놓았었다. 현대식, 최첨단의 기술들이 가미된 천문대의 그 묘한 느낌이라니. 또 우리나라의 천문대를 소개한 책을 본 적도 있다. 천문대는 대개 산속에 있기 때문에 경치가 아름다웠고, 전시도 훌륭하였으며, 건물도 멋있었다. 나의 상상력은 딱 그때의 경험에 머물렀다. 직접 가보았던 김해 천문대나 책에서 보았던 아름답고 현대적인 천문대의 형태와 공간이 천문대의 정석이라고 생각했다. 그러나 나의 빈곤한 뇌에 각인된 천문대는 그곳에 없었다. 그럼에도 우리가 도착한 곳은 천문대가 맞았다.

빛이라곤 단 하나도 없는 완전한 어둠 속에서 헤드라이트가 비춰주는 곳에 조그마한 움막 하나가 있었다. 잠든 작은 아이를 차에 두고 우리는 조심스레 차에서 내렸다. 발밑도 보이지 않았고, 가시거리도 확보되지 않은 길. 휴대폰 불빛으로 발아래를 더듬으며 움막으로 다가갔다. 살며시 문을 열었다. 꽤 뚱뚱한 할아버지 한 분이 계셨다. 할아버지는 '웰컴'이라며 들어오라고 말했다. 영화 〈백 투 더 퓨처〉에 나오는 박사님과 흡사한 외모였다. 얼핏 둘러본 실내의 벽면에는 온갖 공구들이 걸려 있었다. 여기가 천문대 맞느냐고 조심스레 물었다. 그렇다는 간단한 대답이 돌아왔다. 우리가 생각했던 전시 공간이나 첨단 기기는 단 하나도 보이지 않았다. 그저, 헛간이 있을 뿐이었다. 나는 어떻게, 무엇을 볼 수 있을지 알 수가 없었다. 밖으로 나가서 작은 아이를 차에서 안아 내렸다. '박사님'이 마련해 준 긴 의자에 아이를 눕

했다. 박사님은 헛간 안쪽에 있던 작은 문을 열어주면서 들어가라고 말했다. 들어가고 나면 문이 잠기면서 어디선가 도끼날이 날아올 태세였다. 오면서 보고 들었던 빛과 소리의 공포는 공포 축에도 끼지 못했다. 우리는 최대한 의연해야 했다. 지켜내야 할 아이가 둘이나 있었으니까.

문을 열고 들어서자 웅성거리는 소리가 들렸다. 어둠에 눈이 익자 사람들의 모습이 실루엣으로 보였다. 그리고 놀랍게도 뻥 뚫린 하늘에 은색 점점이 박힌 밝고, 맑고, 선명한 별이 우리를 맞았다. 언젠가 빛이 잠든 산사의 마루에서 올려다보았던 장엄한 별과는 또다른 별이었다. 점차 어둠과 친근해지자 주변에 있던 사람들이 보였다. 일본인 딸 둘과 엄마가 한 팀이었고, 다른 팀은 호주인 가족이었다. 곧이어 '박사님'이 어디선가 대포를 끌고 왔다. 바퀴가 달려 있는 대포는 커다란 천체망원경이었다.

동그랗게 양철 펜스가 쳐진 곳에서 한 사람씩 사다리를 타고 올라서서 망원렌즈에 눈을 댔다. '맙소사' '우와' '와우, 세상에' 따위의 감탄사가 저절로 입 밖으로 나왔다. 지구처럼 동그란 금성이 입체감 있게 보였다. 선명하고 커다란 금성을 보노라니 우리가 살고 있는 지구의 일도 비현실적일 때가 많지만, 저 우주 너머 금성이 지구처럼 동그랗게 존재하고 있다는 것도 비현실적이었다. 밤하늘에 밝게 빛나는 점 같은 별이 아닌, 우리가 살고 있는 지구처럼 생명력이 깃든 듯한 행성. 관측기구가 아닌, 그저 맨눈으로 총총 떠 있는 금성과 별들을 보는 것으로도 충분히 감동적이었지만, 망원렌즈 너머로 어마어마하고 거대하게 확대된 우주 너머의 별을 바라보는 황홀한 느낌은 감동을 넘어서는 것이었다. 곧이어 '박사님'은 서비스라며 은하수의 장관을 우리에게 선물했다. 은빛 별들의 무리가 하늘을 덮고 있었다.

함께 있던 사람들이 계속된 빛과 소리는 번개와 천둥이라고 알려주었다. 하지만 이곳과는 상관없이 먼 곳이라고도 말했다. 번개 치는 방향에는 먹구름이 희미하게 끼어 있었지만 반대쪽 하늘은 거짓말처럼 맑았다. 그 숱한 밤들 중에 번개가 번쩍이는 바로 그 밤. 남반구의 한 천문대에서 조우한 사람들. 우리는 어떻게 그날 그곳에서 만나 우주 너머를 함께 공유하게 된 것일까. 번개가 번쩍일 때마다 초 단위로 잠깐씩 드러난 그들의 얼굴은 평생 잊을 수가 없을 것이다.

생각해보면 우리나라에 있는 외양, 규모, 시설이 무척 훌륭한 천문대들도 나름 의미 있을 것이다. 하지만 내 눈 안으로 렌즈를 통과해서 들어오는 우주의 별 외에, 기계음의 안내와 책자, 벽면의 전시물들이 과연 무슨 의미인가. 직접 눈으로 보면서 별들과 소통하는 느낌을 가지는 것, 그 밖에 또 무엇이 필요할까. 별을 관측할 때 중요한 것은 짙은 어둠, 열린 눈과 망원경, 그것을 조작할 수 있는 사람 하나면 족하리라.

별 구경을 마치고 우리는 서로에게 다정한 작별 인사를 건넸다. 새해 복 많이 받으라는 덕담도 오고갔다. 인사를 마치고 곤히 자고 있던 작은 아이를 안고 차 뒷좌석에 앉았다. 차가 출발하려는데 창밖으로 무엇인가 보였다. 번개 불빛에 노출된 그것은 그토록 우리가 보고 싶어했던 야생 캥거루였다. 몸집이 어마어마하게 큰 캥거루가 우리 차 바로 곁에 서 있었다. 헤드라이트 불빛과 번개에 놀란 캥거루가 잠시 멈칫거리다가 숲을 향해 달렸다. 아이와 남편과 나는 놀라고 기쁘고 설레었다. 경중경중 뛰다가 숲으로 사라진 캥거루의 환영이 아른거렸다. 아이에게 약속을 지킬 수 있어서 다행이었다. 동물원에서 사육되는 캥거루나 길바닥에 로드킬된 캥거루의 사체밖에 볼 수밖에 없었던 아이에게 야생 캥거루를 꼭 보여주마 하고 약속을 했었기 때문이다. 하지만 모든 것이 이미 예정된 것처럼 바로 그 순간 우리의 눈앞에 나타나준 캥거루. 그 밤 숙소로 돌아온 아이는 흥분을 가라앉히지 못한 채 금성과 캥거루를 번갈아 이야기하다가 결국에는 캥거루가 뛰어다니는 금성을 상상하며 잠이 들었다.

우리가 머물렀던 더보의 타롱가 동물원에서 '내 생이 끝나기 전에 이곳에 다시 한번 더 올 수 있을까' 생각했었다. 이곳에서도 마찬가지였다. 마침 한 장면이 스친다. 한 아이가 그의 아빠와 함께 망원렌즈를 통해 금성을 바라보고 있다. 금성과 별무리들의 황홀한 모습에 눈을 떼지 못한다. 아이는 환하게 미소짓고 있고, 아빠는 아이에게 아주 오래전 아빠의 아빠 엄마가 함께 보았던 별 이야기를 들려준다.

문득 생각한다. 존재에서 존재에게로 이어지는 여행이라면 나란 존재가 다시 가지 않아도 아쉬울 것이 없다고. 어쨌든 여행은 계속될 것이다.

기다리다

전 형 준
:
하는 일_ 서울예대 영화과 재학중
여행지_ 프랑스 마콩로쉐 역

오랜만에 기차를 탄다. 열흘간 머물렀던 파리에서 잠시 떠난다. 짐을 반쯤 줄여 민박집에 맡기고 새벽 일찍 조용히 나왔다. 어두운 파리의 새벽은 아직 잠자고 있었다. 어느 땅이나 새벽은 침잠한 안에서 깨어 있는 자신을 발견하는 시간을 마련해주는가보다. 그런 시간만큼은 그 어떤 상흔이나 잊지 못할 기억의 잔상이라도 건드려도 좋다. 특히, 여행처럼 온몸으로 밀고 나아가는 자신만의 시간에서만큼은 더할 나위 없이 좋다. 누군가의 침묵을 참고 기다릴 줄 몰랐던 내가 결국 침묵과 함께 그 사람을 떠나보내야 했던 아픔을 헤아려보고자 여기까지 왔는지도 모르겠다.

시련이나 이별과 같은 아픔으로부터 한 발짝이라도 멀리 서기 위해 여행을 떠나왔다. 낯선 타지에서 이방인이 된 상태로 익숙한 것들과 멀어진 내 마음을 들여다보면 지나온 내 아픔이란 것이 마치 내 아픔이 아니었던 것처럼 보인다. 마음의 통증으로부터 둔감하게 해주는 것은 여행에 숨은 처방이 분명하다. 내 여행도 그러했고, 내가 상정하는 여행의 의미에 가장 큰 부분이 여기에 있었다. 익숙함으로부터 떠나와 내 아픔으로 말미암아 거울을 들고 서 있는 나를 바라보는 것. 그 바라봄으로 하여금 과거의 나의 환부를 여실히 어루만져보는 것. 그것이 나에게 여행이었다.

그럼으로 여행지에서 익숙함에 물들어지는 것은 '이동'을 요망하는 내 안의

신호와 같았다. 그러한 익숙함이 느껴지면 '여기도 떠나야겠구나' 싶었다. 그렇게 어젯밤에도 짐을 챙겼다.

퐁피두센터에서 한 블록 옆에 위치한 민박집에서부터 리옹 역까지 걸어왔다. 꽤 먼 거리지만 배낭과 발걸음은 오랜만에 이동하는 내겐 가볍게 느껴진다. 11월과 함께 프랑스 겨울을 맞이한 대합실 안에서 모두가 팔을 끼고 잠을 청하는 모습을 보고 입김을 후 불어보았다.

'그래 이별과 침묵에 능숙해야 하는 나의 겨울이 왔음을 경청하자.'

열차 시간을 십오 분 앞두고 실내 대합실에서 나와 플랫폼 앞 벤치에 앉았다. 플랫폼 안까지 들어와 있는 비둘기 한 무리와 누추한 노인이 내 앞에 있었다. 노인은 다리가 불편해 보였다. 하지만 그의 얼굴에는 더이상 상실이나 박탈과는 거리가 먼 철갑 같은 깊이가 존재해 보였다. 욕심 없이 오늘 하루를 맞이하고 있는 그를 알아볼 수 있었던 것은 그가 바게트를 잘게 부숴 비둘기들에게 던져주고 있었기 때문인지도 모르겠다.

그의 행동에 시선이 사로잡혀 한참을 보고 있었다. 그는 가까이에 있는 나조차 의식하지 못할 정도로 유연한 노인 같았다. 눈마저 먼 노인이었다면 나는 감당할 수 없었겠구나 하는 생각이 들었다. 여행 안에서 이런 부분은 언제나 아름다움으로 자리했다. 내가 여행 안에서 사람을 만나고자 하는 이유라면 한 사람의 행동 안에서 그의 인생을 가늠하고, 그의 내면에 역사해 있는 심연 깊은 무언의 알람을 듣는 기분, 콜로세움이나 노트르담, 에펠탑보다도 내게 더 짙은 인상을 스며들게 하는 영화의 한 프레임 같은 소중한 장면이란 늘 사람에게 있었다. 테제를 향해 가는 기대감은 이뿐이다. 사람과 사람, 사람 대 사람. 오직 사람에게 향해 있었다. 헤아려보니 그동안 로마에서부터 파리까지 오는 동안 온전히 사람을 기대하고 향하는 행선지는 테제가 처음인 것 같다.

노인은 바게트를 모두 비둘기에게 내어주었다. 그는 입가에 옅은 미소와 함께 불편한 다리를 붙들고는 자판기 앞에 서서 동전을 모아 커피 한 잔을 뽑아 들고 어디론가 홀연히 사라졌지만 비둘기들은 한동안 그 자리를 지켜서고 떠나지 않았다.

그는 가난하지 않다. 그는 배고프지 않다. 그 자신만의 방식으로 삶을 살고 내 눈에 아름다운 사람으로 기억되었으니 그는 참으로 의미 있는 사람이 되었다. 그가 흑인이었고, 그가 노인이었고, 그가 장애를 갖고 있었다는 것이 완전히 배제되어 그 짧은 순간만으로 나는 그를 사랑했다는 것. 바로 그러한 바라봄. 바로 거기에 나의 여행은 의미가 있었다.

기차를 타면, 졸음이 쏟아진다. 찬 공기를 한참 동안 들이마셔서인지 열차에 올라 좌석에 앉자마자 출발과 동시에 잠이 든 것 같다. 한 시간이 좀 안

되게 잤을까. 곧 도착할 시간이 되자 슬슬 걱정이 되었다. 마콩로쉐는 아주 작은 역으로 알고 있었다. 정거를 해도 거의 내리는 사람이 없을 정도로 작은 역이었고, 지도상으로 보아도 시가지와는 동떨어진 말 그대로 작은 시골 역이었다. '테제까지 잘 찾아갈 수 있을까'라는 겁쟁이 같은 목소리가 포시타노에 가는 버스 안에서처럼 달팽이관을 때렸다.

마콩로쉐 역에서 나를 포함해 열 명 정도의 승객이 내렸다. 역사는 생각했던 것보다 더 작았다. 초라함이라는 표현이 과분할 정도로 가히 싸늘한 분위기였다. '버려진 역일지도 몰라.' 역내로 연결된 단 하나의 통로로 들어가면 대합실과 화장실, 조촐하게 마련된 그마저도 문을 닫고 있는 바와 역내 창구 두 칸이 전부였다. 내리자마자 주목했던 것은 나와 함께 내린 승객들이 모두 유유히 역 밖으로 빠져나갔다는 것이다. 나와 두 남자를 빼고는 말이다. 역내 창구는 이미 불이 꺼져 있는 상태로 역무원은 보이지도 않았다. 역 밖으로 잠시 나가보니 주차되어 있는 차들 외에는 아무도 없다. 화장실이 열려 있었던 것은 그나마 다행이었다. 소변을 누는 동안 잠시 잊고 있었던 현실을 바로 보았다.

프랑스는 지금 내가 타고 온 TGV를 제외한 대부분의 구간을 무기한 교통 대파업에 돌입한 상태다. 내년부터 법률제정이 바뀌게 되어 파업이 쉽지 않은 모양이라 올해가 가기 전에 한번 깃발을 들어올린 모양인데, 가여운 처지로 여행을 연명하는 나와 같은 여행자들에게는 영 마음에 들지 않는 그들만의 톨레랑스였다. 한 달 전에도 철도 파업을 했던 혁명가들께서 감자칩을 먹으면서 티브이를 보는 대신 패기 있는 무기한 파업을 감행하신 거다. 이제 버스를 타고 테제 공동체까지 가야 하는데 이곳 마을버스마저 파업이라면 난 이제 오고갈 곳이 없는 놈이 되는 것이다. 아주 순식간에 불안해졌다. 왜 생각 못했을까? 이 작은 역에 내리면서 철도는 파업을 했는데 그렇다면 마을버스가 정상운행을 하지 않을 수도 있다는 것을 난 왜 염두에 두지 못했을까? 난 또다시 내 여행은 참으로 세련되지 못하다는 것을 절실히 깨달았다.

만약, 버스는 오지 않고, 현재 역 밖으로 나가면 망망대해인 이곳에서 무얼 할 수 있을까 생각해보니 막막했다. 최악의 상황에 놓이는 것을 대비해 몇 가지 대책을 토론해보기로 했다. 첫째, 걸어서 테제까지 간다. 둘째, 뛰어서 테제까지 간다. 아무리 생각해도 난 테제에 가야 했다. 내가 할 수 있고 해야 하는 것은 버스가 오기만을 기다리는 것뿐이었던 거다.

나와 함께 대합실 남은 남자 두 명 중 한 명은 여유롭게 의자에 앉아서 땅콩을 먹으면서 책을 읽고 있었다. 또다른 장발의 키가 큰 친구는 주머니에 손을 찔러넣고 다소 초조한 표정으로 역 안을 이리저리 걸어다녔는데 그 정황 안에서 난 우리 모두 버스를 기다리고 있다는 것을 확신할 수 있었다. 다만 그 기다림을 수행하는 여유의 차이가 있었을 뿐.

키 큰 친구에게 있는 큰 배낭이 은근히 반가웠다.

"버스를 기다려?"

"응."

"언제 오는지 알아?"

"저기 임시 시간표가 붙어 있는데, 이미 한 시간이 늦었어. 그러니 언제 올지 모르지."

그의 냉소적이고 냉철한 의견에 더이상 할말이 없었다. '언제가 될지 모른다'는 말을 살면서 많이 들어본 것 같은데 이토록 잔인하게 다가온 적이 없

었다. 무언가를 기다린다는 것. 그 대상이 꼭 사람이 아니라도 기다림이란 마음에 채우기 힘든 부분이다. 침묵을 기다릴 줄 몰라 마음에 두었던 사람과 이별하고 여행을 떠나온 내가 이제 버스를 기다리고 있다.

다시는 노숙을 하지 않겠노라. 돈이 모자라도 다시는 밥은 굶지 않으리라 다짐했지만 가혹한 결말로 향하고 있는 기분이 짙어지고 있었다. 땅콩을 먹는 여유로운 친구는 버스를 기다리지 않을지도 모른다는 생각이 들 정도로 여유가 넘쳤다. 그의 바로 옆에 앉았다. 배낭을 발받침으로 멍하니 앉았다. 키 큰 친구도 내 옆에 앉았다. 작은 대합실 기다란 벤치에 셋이 나란히 앉아 있는 모습이 연출되었다. 우리 셋은 대화 없이 그렇게 텅 빈 역 안에서 앉아 있었다. 그렇게 두 시간이 흐를 동안 서로 한마디도 하지 않았다. 불편한 침묵은 아니었다. 마치 수행자들의 침묵처럼 같은 대상을 기다리는 셋은 그것만으로 다른 대화가 필요 없었는지도 모른다.

찬 공기가 휘감는 침묵하는 대합실 안에서 따사롭게 빛나는 역 밖을 바라보면서 난 서서히 모든 것을 포기할 준비를 하고 있었다. 작은 시골 역사 안에서의 두 시간이란 시간은 결코 짧지 않은 시간으로 체감되었다. 대책 같은 것을 생각해보아도 아주 작은 희망조차 찾기 힘든 시간이었다. 그 역 안에서라면 누구라도 나와 같았으리라. 땅콩을 다 먹은 이 녀석도 슬슬 불안해서인지, 땅콩 조각들이 목에 눌어붙어서인지 자꾸 목을 가다듬었다. 키가 큰 친구는 급격한 초조함에 놓였나보다. 손톱을 깨물기 시작했다. 오히려 초조했던 내가 담대하고 숙연해진 모습이 되었다. 난 팔짱을 끼고 이런 심각한 상황이 재밌어지기 시작해졌다. 버려진 듯 텅 빈 대합실에서 남자 셋이 아무런 대화 없이 작은 벤치에 큰 엉덩이들을 바싹 붙어 앉아 멍하니 유리로 된 문 밖만 보고 있는 모습이 로드무비의 에필로그 같았다.

에필로그가 디졸브되는 순간이었을까. 셋이 함께 지탱하고 있던 적막의 중심에서 귀가 쫑긋 세워졌다. 저멀리 역 아래 방향에서 무슨 소리가 들려오기 시작했다. 우리 셋은 침묵의 늪 속에서 귀만을 활짝 열고 있었다. 그리고는 저멀리서. 서서히. 부르르릉. 부르르르릉. 내 인생에 이러한 적막은 없었다. 가여웠던 남자 셋이 숨죽인 채 귀기울이고 있었다. 동부전선 한복판에 고립된 우리를 구하기 위해 달려온 연합군의 구출차량처럼 버스가 고개 끝부터 조금씩 모습을 나타냈다.

버스다! 우리를 태우기 위해 버려진 이 마콩로쉐 역으로 온 마을버스가 영웅처럼 등장했다. 대화도 통성명도 없었던 우리 셋은 기립과 동시에 환호하며 손뼉을 마주쳤다. 두 시간 동안 이가 시릴 정도로 추웠으면서 서로 내색없이 어색하게 바짝 붙어 앉아 있던 남자 셋은 일순간 전장에서 살아 돌아가는 전우처럼 뜨거운 우정으로 환하게 웃기 시작했다. 침묵과 추위를 견뎌낸 인고의 노력이 빛을 발한 순간이었다.

나는 분명 버스를 기다렸을 뿐인데. 지금 내 눈앞에 나타난 저것이 정말 버스인지 그보다 위대한 무엇이진 않을지 그렇지 않다면 이토록 가슴이 벅차 오를 수 있는지 순간 내 감정에 당혹스러웠다.

우린 그렇게 함께 같은 대상을 기다렸다. 추위와 적막. 공허와 침묵으로 기다림에 끝에선 우리에게 이보다 완벽한 결말은 없었을 것이다. 비록 그 기다림의 대상이 버스였을지라도 기다림이란 자체에 불안정했던 나에게는 훌륭한 결말이었다.

기다린다는 것은 무엇으로든 분명 쉽지 않은 일이 분명한데 그동안 기다림을 온전히 '기다림'으로 본 적이 있던가. 지난날의 나의 시간들이 설움처럼 터졌다. 흉터를 보기 싫은 마음의 눈처럼 기다림이 나에겐 그랬다. 마음이 주저앉는 기분. 불편한 결말을 가져올 것만 같은 정서적인 불안의 시간. 버스에 올라타 테제를 향하는 창문에 투명하게 반쯤 비친 내 모습을 보면서 문득, 살아간다는 건 언제나 기다림으로부터 얻어졌는지도 모른단 생각이 들었다.

늘 무언가를, 누군가를, 언젠가를, 기다려온 시간들로 나의 많은 부분이 채워져 있었음에도 불구하고 기다림 자체가 견인해오는 불안함을 견디지 못해 늘 거북해하던 내 자신의 흉터를 바로 쳐다본 것이다. 자신으로서 세상을 잘 살아간다는 건. 어쩌면 대단한 태도로부터 오는 것이 아니라 기다림을 응시할 수 있는 내 마음에서부터 길러지고 있진 않았을까. 내가 한 사랑도, 나와 함께한 사람도 진정으로 기다려주었다면 놓칠 게 없었고, 꿈도 이상도 성숙한 기다림으로 나아가면 누구도 빼앗아가진 못하는 것이었을 텐데…… 결국 기다림과 내가 함께 잘 걸어갈 수 있느냐가 삶을 아름답게 그리는 붓이 되어주는 것이었다. 나는 어쩌면 그 대합실에서 버스를 기다린 것이 아니라 기다림을 기다렸던 것 같다.

어머니의 배 속에서부터 세상에 나오길 기다렸을 나. 기억에 자리하진 않아도 나로서 내게 역사하는 첫번째 정서적 행위는 기다림이었고. 지금껏 내가 얻고, 잃은 많은 것도 기다림을 통한 것이었을 텐데 나는 두려움에 등 돌려 한 번도 진정으로 받아들이려 하지 못했던 것 같다.

아픔을 입고 벗는 것. 그 외에 생의 모두라 할 수 있는 것이 결국엔 기다림의 연속이었음에도 바라보지 못한 마음이 참으로 컸다. 나는 또 무엇을 기다려야 할지 알 수 없어도 버스는 기다릴 줄은 아는 이가 되었다. 모든 기다림이 앞으로도 불안할 테지만, 그 불안이 슬픈 결말만을 가져다주지 않는다는 것. 그 믿음만은 기다릴 줄 아는 여행자가 된 것이다. 마콩로쉐 역에서 테제로 향하는 버스를 기다리면서 말이다.

땅콩을 먹으며 여유롭게 책을 읽던 크루니에 사는 프랑스 친구와 그 버스로부터 테제까지 함께하며 룸메이트가 된 키 큰 독일인 친구 티보에게도 기다림이란 더이상 버겁지 않은 것이 되었으면 좋겠다. 우리가 함께 기다린 버스처럼.

세상에서
가장 맛있는
굴국밥

———

정 경
:
하는 일_ 디자이너
여행지_ 호주 시드니

"아아, 굴국밥 먹고 싶다."

마주앉은 테이블에 엎드려 누운 그가 말했다. 우리는 자주 밥을 함께 먹었고, 밥과 함께 술을 마시는 일이 흔했다. 그리고 술을 마신 다음날이면 으레 그의 굴국밥 타령이 이어지곤 했다.

"여기 어디서 굴국밥을 구하냐?"

한식당이야 호주 여기저기서 심심치 않게 발견할 수 있지만, 메뉴는 늘 고기나 찌개류 정도. 굴국밥 같은 요리를 내놓는 식당을 찾을 수 있을 리 만무했다. 그리하여 굴국밥이 언급될 때마다 우리의 대화는 이리도 시시하게 끝을 맺을 수밖에 없었다.

처음 만난 건 그가 일하던 커피숍에서였다. 호주는 한국과는 계절이 반대라, 2월이면 한여름인데도 이상기온으로 며칠째 계속 춥고 비가 내렸다. 날씨처럼 나는 되는 일이 별로 없었고, 자주 아프기까지 하며 이역만리 먼 데까지 와 주로 침대에 처박혀 우중충한 날들을 보내고 있었다.

당시 다니던 길목에 커피숍이 하나 있었는데, 시드니에서 알게 된 사람 중 유일하게 나보다 나이가 많았던 언니가 눈밑이 퀭하고 어깨가 축 처진 내 몰골을 보고는 혀를 끌끌 차며 안타까워하더니 그 집 커피맛이 좋다며 한 잔 사주겠노라 손을 잡아끌어 데리고 갔다. 커피는 못 마시지만, 그날도 날이 흐리고 추웠던 터라 따뜻한 차 한잔이 간절해 삐죽한 입을 하고 덜덜 떨며 언니 뒤를 쫄래쫄래 따라갔다.

하지만 언니를 따라 들어간 그곳은 커피전문점이었으므로, 커피 이외의 차 메뉴는 매우 협소했다. 따뜻하고 다디단 밀크티라도 한잔 마시면 기분이 좀 나아질까 싶었는데, 생각하다가 나도 모르게 입 밖으로 볼멘소리가 나와버렸다.

"밀크티 마시고 싶었는데, 없네."

그냥 따뜻한 차로 마셔야지 하고 카운터로 가 내가 마실 다즐링 하나, 언니가 마실 커피도 하나 주문했다.

"7달러 20센트입니다."

한데 돌아오는 말이 뜻밖에도 한국말이다. 물론 카페에서 한국인이 일하는 건 전혀 놀라울 것 없는 일이지만, 보통은 한국인이 주인인 가게에서 일을 하므로, 시티 중심에 그것도 모든 스태프가 외국인인 곳에서 한국말을 듣게 될 거라곤 예상치 못한 일이라 적잖이 놀랐고, 또 마음 한편에선 의외의 반가움이 아롱아롱 피어나고 있었다. 언니가 음료의 가격을 계산하는 동안 옆에서 생각해보니, 라테에 들어가는 우유가 있을 것 같았다.

"저, 혹시 우유만 따로 판매될까요?"

주문을 받은 그 사람이 조금 웃고는 대답했다.

"밀크티 만들어드릴게요."

바로 전, 내가 혼자 툴툴거리는 소리를 들은 것이다.

"달게요. 많이 달게요."

염치없는 부탁까지 덧붙여진 밀크티를 만드는 그 사람의 뒷모습을 보면서 좀 멋쩍기도 하고, 고맙기도 하고, 그리고 그 사람이 베푼 친절보다 훨씬 더

많이, 이상하리만치 기뻤다.

머지않아 내 특별 맞춤 주문인 밀크티가 손에 쥐여졌고, 그날 마신 밀크티는 매우 달고, 매우 따뜻했다. 내가 원했던 그대로.

함께 식사할 때면 우리는 잘 알려진 곳보다 동네 어귀 구석진 곳에 숨어 있는 맛집을 찾아내는 것을 좋아했다.

그중 좋아했던 곳은 그의 브라질리언 친구가 기가 막히게 맛있는 타이 음식이 있다고 추천해 가게 됐던 레스토랑. 사실 알려준 위치대로 찾아간 곳에 있었던 건 타이가 아닌 타이베이 레스토랑이었다. 외국인에게 타이와 타이베이는 별 차이가 없어 보이는 걸까?

일단 자리에 앉으면 신중하게 메뉴를 보며 '이건 시다는데 어느 정도로 실까?' '고기만 시키지 말고 하나는 해산물로 하자' '이건 매워 보이니까 이거랑 먹으면 딱이겠다' 하는 대화를 나누면서 조화로운 메뉴 선택의 시간을 보냈다.

음식은 늘 여유롭다 못해 넘칠 정도로 주문했다. 담당 서버가 주문을 받고는 두 사람뿐인 테이블을 보며 일행이 몇 명이나 더 오는지 물었을 정도. 덩치에 비해 거대한 위장을 자랑하는 나와 덩치에 맞게 대식가인 그는 매번 거의 남기는 일 없이 음식을 먹어치우며 직원들의 경이로운 눈빛을 받아내고는 부른 배를 통통 치며 가게를 나서곤 했다.

그곳이 마음에 들어 빈번히 드나들며 다양한 메뉴를 두루 섭렵해나가다보니 자연스레 얼굴을 익히게 된 주인아주머니는, 몇번째인지 세는 것도 잊어버렸던 방문 즈음엔 따끈하게 김이 나는 몰랑한 물만두를 서비스로 내어주시기도 했다.

"한국인이니?"

"네. 저희는 둘 다 한국인이에요."

"나 한국 매우 좋아해. 집에서 한국 음식도 해 먹고 한국 드라마도 많이 보고 있어."

자신을 메이라고 소개한 주인아주머니는 자신이 본 한국 드라마 제목들을 줄줄이 읊었다. 이건 엔딩이 좋았고, 이건 남자 주인공이 너무 멋있었다는 등의 평을 동글동글하게 웃는 얼굴로 신난다는 듯 내놓으면 우리는 음식을 입에 넣고 오물거리며 이야기를 들었다.

동네 어귀에 위치한지라 규모가 작았던 그 레스토랑은 술을 판매하지 않았다. 호주는 우리나라와는 다르게 슈퍼나 편의점에서는 술을 살 수 없고 정해진 리쿼드숍에서만 살 수 있었다. 맛있는 음식엔 술이 따르는지라 먹는 음식의 양만큼 술 역시 꿀떡꿀떡 잘도 넘어갔고, 미리 사 온 술이 부족해져 그가 한 블록 떨어진 곳에 있는 리쿼드숍까지 뛰어가 바닥난 술을 충당해 오는 일이 다반사였다.

"원한다면 우리 냉장고 한쪽에 자리를 만들어줄게. 술을 넣어두고 마셔도 좋아."

자주 가게를 들락거리며 매상을 올려주는 것과 더불어 우리가 한국인이라는 데 매우 후한 점수를 준 아주머니는 아무에게나 베풀지 않는 자비를 베푸셨고, 그날부터 그는 맥주를 한 짝씩 사다가 그의 몫으로 배당된 냉장고의 아래 칸에 넣어둘 수 있었다. 덕분에 더는 밥 먹다가 뜀박질을 해야 할 일이 없어졌다.

"괜찮은 걸로 사 왔어. 마셔봐."

여느 때와 다름없이 밥을 먹으려 들른 메이네 가게에서 음식을 주문하고 기다리는데 리쿼드숍에 다녀온 그가 와인 두 병을 테이블 위에 내려놓으며 말했다. 한 병은 카베르네 소비뇽, 한 병은 시라즈.

와인에 조예가 깊진 않지만, 종종 마시긴 했다. 처음 와인을 접할 땐 그 특유의 시큼떨떠름한 맛이 싫어 다디단 것만 찾았는데, 마시는 횟수가 늘다보니 이제는 반대로 단 와인에 별 매력을 느끼지 못하고, 보통 우리가 '와인이다' 하고 말하는 류의 붉고 마시면 목구멍이 따끈해지는 것이 좋아졌다.

먼저 카베르네 소비뇽의 마개를 열어 때마침 나오는 음식과 함께 마신다. 여름밤. 크지 않은 가게는 평일이라 한산하다. 우리를 포함해 손님은 세 테이블 정도. 가끔 고개를 돌리다 눈이 마주치면 서로 웃고, 눈인사를 나눈다. 소규모의 공간에서만 느낄 수 있는 특유의 친밀함. 우리가 내뱉은 숨이 가게를 메운다. 벽과 천장에 우리가 나눈 말들이 덕지덕지 붙어 있을 것만 같다. 많은 것을 이야기한다. 별 사소한 이야기에도 서로 귀를 기울여준다.

어릴 적, 그의 아버지는 집에서 그리 멀지 않은 곳에서 건축 사무실을 운영하셨는데, 간혹 점심때면 어머니가 도시락을 싸서 어린 그의 손에 들려 심부름을 보내셨다고 한다. 여기서 길을 건너서 버스를 타고 몇 정거장 지나면 내려서 어디 어디 보이는 데서 왼쪽으로 돌아 두번째 건물이라고 가르쳐주시면서. 길을 잃지 않으려 어머니의 말에 집중하는 어린 그의 얼굴이 그려진다. 어떻게 그렇게 작았던 아이가 이렇게 커진 걸까?

보답으로. 내가 기억하는 어릴 적 장면 한 가지를 이야기해준다. 초등학교 5학년쯤. 그땐 위아래로 한 살씩 터울인 사촌언니와 사촌동생, 나 이렇게 셋이 잘 어울려 놀았는데, 셋이 있으면 뭐가 그리 즐거웠는지 종일 함께 놀고도 떨어져야 하는 순간엔 많이도 아쉽고 그랬었다. 하루는 셋이서 놀이

공원을 갔는데, 이맘때쯤이었던 것 같다. 늦여름 즈음, 방학이라 놀이공원엔 놀이기구마다 사람들이 길게 줄을 서 있었고, 덕분에 대부분의 시간을 기다리는 데 써야 했지만, 그동안에도 우리는 쉴새없이 떠들고, 웃고, 장난을 치며 보냈다. 마지막으로 들어간 커다란 에어 정글짐에서는 남은 정열을 다 쏟아부어 장렬히 전사할 것처럼 방방 뛰고, 미끄러지고 하며 최선을 다해 놀다가, 놀이동산 폐장 안내방송을 듣고도 가기 싫다고 퉁퉁거리며 버티고 버티다 같이 놀던 아이들이 다 나가고 난 후에야 정글짐을 빠져나왔다. 신발을 신은 발 너머로 닿던 맨땅의 이상한 느낌. 정글짐이 놀이공원의 가파른 곳 꼭대기에 자리잡고 있던 탓에 내려오는 동안 놀이공원이 한눈에 들어왔다. 그 많던 아이들은 다 어디로 사라졌는지 아무도 보이지 않았다. 갑자기 다른 세계에 들어와버린 것만 같은 두려움이 가슴 저 밑바닥에서 몽글몽글하게 일었다. 정글짐에 있던 많은 문들 중에 내 세계의 것이 아닌 다른 세계의 것을 통해 밖으로 나온 게 아닌가 하는 두려움. 엄마도 아빠도 오빠도 우리집 강아지도, 다신 볼 수 없을 것만 같은 두려움. 정글짐에 들어가기 전엔 흔적도 없던 노을이 빨갛게 주변을 물들이고 있었다. 놀이공원 폐장 방송에선 김건모의 〈아름다운 이별〉이 흘러나왔다. 눈물이 흘러 이별인 걸 알았어. 힘없이 돌아서는 너의 뒷모습을 바라보며. 이 기억이 너무 생생해, 후에도 이 노래를 들을 때마다 이때의 느낌이 되살아난다. 세상에 나 혼자 남겨진 것 같은 어린 마음.

이야기하는 동안 와인 한 병이 비워지고 다른 한 병을 연다. 와인 향이 밴 코르크는 향이 참 좋다. 내가 코르크를 만지작거리며 코에 대고 킁킁대는 동안 그가 빈 술잔에 술을 따른다. 잠시 가라앉았던 마음이 다시 천천히 활기를 띤다. 다시 시작되는 시시콜콜한 이야기.

두번째 와인을 반병쯤 비운 후 그가 묻는다.

"둘 중에 어떤 게 더 맛있어?"

길게 고민할 것 없이 대답한다.

"이거. 약간 밍밍한 게 더 좋아. 첫번째 건 좀 맛이 강한 거 같아."

"그럼 넌 이제 앞으로 와인이 마시고 싶으면 시라즈로 마시면 돼. 시라즈가 네 취향인 거야."

방금, 나에게도 좋아하는 와인이 하나 생겼다.

금요일. 어제 그는 친구들과 함께 고향으로 돌아가는 스페인 친구를 배웅하는 술자리를 가졌다. 고주망태가 되어 집에 돌아간 모양인 그는, 오늘은 숙취 때문에 만나지 못할 것 같다는 문자메시지를 일찍이 보내왔다. 남자들끼리의 술자리니 어련하셨겠어. 고개를 가로저으며 혀를 쯧쯧 차고 휴대폰을 내려놓는다.

'오늘 만났다면 또 굴국밥 굴국밥 노래를 했겠구나.'

비실비실 웃음이 나온다. 굴국밥이라. 혼자 산 시간이 꽤 되어 생활요리에 능한 편이라 국도 찌개도 이것저것 만들어봤지만, 평소 굴을 좋아하는 편이 아니라 굴국밥을 만들어본 적은 없었다. 여기까지 생각하고 보니, 누굴 위해 정식으로 요리해준 적이 없구나, 하는 걸 깨달았다. 집에 놀러온 친구에게 내가 먹는 반찬에 국 데워서 밥을 차려준 적은 있지만, 마음먹고 맛있는 음식을 먹여주고 싶다는 기분으로 요리해준 적은 한 번도 없었던 거다. 굴국밥이라……

인터넷을 켜고 굴국밥 만드는 법을 검색해본다. 소고기뭇국을 끓이는 것과 크게 다르지 않다.

'내가 좋아하는 와인이 뭔지 알려준 데에 대한 보답으로.'

사야 할 재료를 종이에 적어, 지갑을 들고 집을 나선다.

한인마트로 가 필요한 재료를 찾는다. 무랑 미역, 두부, 다져놓은 마늘은 출처를 알 수 없으니 통마늘로, 청양고추도 푸른색, 붉은색. 음식은 먹는 것 전체가 에너지가 되므로 재료는 되도록 유기농으로 산다. 굴은 우리나라에서처럼 싱싱한 생굴을 구할 수는 없다. 피시마켓이라도 다녀와야 하나, 잠깐 생각했지만, 그렇게까지는 않기로 한다. 그리고 새우젓. 해산물이 들어간 국은 소금 대신 새우젓으로 간을 하면 훨씬 감칠맛이 난다. 문제는 여기서 구할 수 있는 새우젓은 식당의 김장용으로 어마어마한 크기와 가격을 자랑한다는 점. 그 많은 걸 어디에 쓸데가 없어 살 수도 없지만, 그렇다고 포기하고 싶지도 않았다. 절충은 냉동 굴로 충분하다. 방법이 없을까 고민하다가, 이 새우젓이 식당용이라면, 식당에 가면 조금 구할 수 있지 않을까 하는 생각이 든다. 마침 가끔 가던 한식당이 근처에 있다.

양손 가득 장 본 거리를 들고 식당에 들어선다. 점심시간은 한참 지났고 저녁시간은 아직인 어중간한 시간대라 그런지 가게가 한산하다.

"어서 오세요. 몇 분이세요?"

어려 보이는 종업원이 묻는다. 뭐라 말해야 좋을까.

"저, 실례가 안 된다면 주방장님과 잠깐 이야기 좀 할 수 있을까요?"

의아한 얼굴을 하고는, 어린 종업원이 주방으로 향한다. 종업원을 따라 나도 몇 걸음 주방 쪽으로 자리를 옮겨 사람이 다니지 않는 곳에 서서 기다리기로 한다. 잠시 후 몸집이 작은 남자가 앞치마를 입은 채 걸어나왔다. 조금 전까지 불 앞에 있었던지 땀냄새와 함께 열기가 훅 끼친다.

"저를 보자고 하셨다고."

주춤주춤, 서 있는 자세를 바로잡는다.

"저, 제가 친구한테 음식을 해주려고 하는데 새우젓이 꼭 필요하거든요. 마트에 가봤는데 너무 커다란 것들만 팔아서. 혹시 가게에 새우젓이 있으면, 괜찮으시면 조금만 파시면 안 될까요? 조금이면 되는데……."

딱딱한 표정을 하고 있던 주방장의 얼굴이 미소를 띠며 슬며시 부드러워진다.

"무슨 요리를 하려고 그러시는데요?"

스스로 생각해도 꽤 황당한 부탁이라 자못 긴장했었는데, 웃어주니 급 신이 나 목소리가 조금 높아진다.

"굴국밥이요. 소금보다 새우젓으로 간을 해야 맛있잖아요."

주방장은 좀 전보다 더 확연하게 웃고 만다.

"요리를 좀 하는 아가씬가보네. 잠깐만 기다려요."

세상에. 내가 해냈다. 이런 민망한 일을.

다시 주방으로 사라진 주방장은 보이지 않는 저 안에서 달그락달그락 소리를 만들더니, 이내 손바닥만한 반투명 플라스틱 용기에 새우젓을 가득 채워서 나왔다.

"이 정도면 되겠어요?"

"네네. 이 정도면 충분해요. 감사합니다. 얼마 드리면 될까요?"

"저기 카운터에 가보면 동전 놓는 접시 있어요. 거기다가 동전 몇 개만 놔두고 가요."

그러곤 곧장 카운터로 가 지갑에 있던 동전을 탈탈 털어 나무접시에 놓고 새우젓과 함께 가게를 나선다. 집으로 향하는 발걸음은 나도 몰래 원 투 스텝이 밟아진다. 양손 무겁게 비닐봉지 바스락거리는 소리를 내가며 콧노래를 흥얼흥얼거린다.

집에 돌아와 사온 재료를 봉지에서 하나씩 꺼낸다. 무를 썻고, 보일링 팟에 물을 끓여 두부와 미역에 부어 불린다. 굴은 소금을 뿌려 흐르는 물에 썻어두고, 마늘을 다지고 청고추와 홍고추도 가지런히 썰어두면 준비는 끝.

냄비에 물을 올려 적당한 크기로 다박다박 썬 무를 넣고 무가 반투명해질 때까지 끓인다. 오늘의 굴국밥은 숙취해소용이므로 무를 특히 많이 넣는다. 물이 끓는 동안, 한쪽에선 다른 작은 냄비에 불린 미역을 잘게 썰어넣고 다진 마늘, 참기름, 소금, 천연 조미료를 넣어 볶는다. 여기에 물만 부어 끓이면 미역국이 된다. 이렇게 하면 미역만 건져 먹었을 때도 싱겁지 않고 맛있다. 미역을 볶자 벌써 부엌 가득 맛있는 냄새가 퍼진다.

가정식이란 참 신기하다. 국을 하나 끓이고 있을 뿐인데 내가 있는 이곳이 호주가 아닌 한국의 어느 가정집인 것 같은 기분이 든다. 남편과 아이들을 위해 저녁을 짓는 주부가 된 듯한 느낌.

볶은 미역을 끓고 있는 물에 섞어준다. 따뜻한 물에 누워 얌전히 차례를 기다리고 있던 두부도 먹기 좋은 네모로 잘라 퐁당퐁당 넣어준다. 새우젓으로 간을 한다. 만족스러움에 입꼬리가 삐죽하고 올라간다. 용기 있게 포기하지 않고 쟁취한 새우젓. 장하다. 청고추 홍고추도 좋게 올린다. 색 구색도 맞추고 나니 한식 느낌이 물씬 풍긴다. 마지막으로, 굴국밥의 하이라이트, 굴을 살포시 투하한다. 굴은 오래 삶으면 질겨지므로 살짝만 익히도록 한다. 완성.

맛을 본다. 시원하고 칼칼한 것이 열흘 전에 마신 술도 해장시켜버릴 것만 같다.

커다란 사발 한가득 굴국밥과 공깃밥, 김치를 넣은 쇼핑백과 함께 집을 나섰을 때 밖은 이미 어두워져 있었다. 국물이 쏟아질까 조심조심, 품에 안고 그의 집으로 향한다. 그의 집은 시티에서 꽤 떨어진 주택가 도로변에 자리 잡고 있다. 그는 메이의 레스토랑을 추천해준 브라질리언 친구와 둘이서 살고 있다. 그의 방은 현관 입구 쪽에 있었다.

어두운 주택가는 무섭다. 외국은 더더욱. 어디선가 총성이 들릴 것만 같다. 납치당하지 않도록, 빠른 걸음으로 쇼핑백을 품에 안고 뛰듯이 걷는다.

도착한 그의 집 앞 골목에서 내다보기에도, 그의 방 불은 켜져 있었다. 전화해서 불러내야 하나 고민하다가 일단 집 안의 동태를 살피기로 한다. 가까이 가보니, 텔레비전도 켜져 있는 채다. 방 안에 그는 보이지 않았지만, 창문은 열려 있었다. 에어컨 없이 생활하는 탓에 집에 있을 때 창문을 열어두는 것은 알고 있다. 방에 없으면 거실에 있을까?

문을 두드릴까 하다가 같이 사는 룸메이트에게 실례일까 싶어 열린 창으로 그의 방을 한 번 더 살핀다. 자세히 들으니 텔레비전 소리에 묻힌 규칙적인 숨소리가 들린다. 아까는 보이지 않았던, 그의 침대 끄트머리로 빼꼼 삐져나온 그의 발도 보인다. 뭔지 모를 흐뭇한 마음이 차오른다. 목젖까지 따뜻한 온기가 일렁이는 것 같다.

창가 가장자리에 조심조심 가져온 굴국밥을 내려놓는다. 쇼핑백 모서리를 찢어 메모를 남긴다.

— 해장하고 자. 먹고 바로 자지 말고, 한 시간이라도 앉아 있다 자도록.

돌아오는 길은 그의 집을 찾아갈 때처럼 무섭지 않다. 아까보다 밤공기가 달고, 달이 예뻐진 느낌이다.

집에 거의 다다랐을 즈음 전화기가 울린다. 엄마 몰래 나쁜 짓을 한 꼬마처럼 킥킥 웃으면서 울려대는 전화벨을 사뿐히 무시한다. 엘리베이터를 타고 집에 도착해 방에 들어와 확인한 전화기에는 부재중 전화 두 통, 문자메시지 한 개.

— 세상에 이거 너무 맛있다. 고마워. 나 지금 울고 있어.

돌연, 행복하다는 느낌이 마음 가득해진다.

첨벙첨벙
설악산의
추억

—

정우철
:

하는 일_ 글 쓰는 사람
여행지_ 강원도 설악산

눈이 좋아? 비가 좋아?

누구나 한두 번 들어본 질문이다. 비는 각종 행사에 와서는 안 되는 불청객이다. 소풍이나 운동회 날이 다가오면 며칠 전부터 일기예보에 귀를 기울인다. 모처럼 맞이한 여행에 비가 내리면 기대했던 멋진 풍경을 놓치고, 여행일정은 뒤죽박죽되고 만다. 그러나 첨벙첨벙 걸었던 빗속의 여행길은 먼 훗날 아름다운 추억으로 변할 수 있다. 겨울 내내 땅속 깊이 묵혀놓았던 김치를 꺼내 썰 듯, 비와 함께한 추억을 되새겨본다. 해묵어 숙성된 김치에서 신선한 맛이 나듯 지난 여행이 새롭다.

1980년대의 고등학생들은 너 나 할 것 없이 별을 보며 귀가할 때야 구속 같은 하루의 일과가 끝났다. 야간자율학습이 끝난 어느 날 밤, 예상치 못했던 비가 내리고 있었다. 같은 반 여섯 명의 친구들은 사이좋게 우산 하나에 두 명씩 함께 썼다. 비 오는 밤거리는 인적도 없었고 우산 위로 떨어지는 빗소리는 더욱 커져갔다. 바람마저 몰아치자 하나의 우산을 두 명이 함께 쓰는 것으로는 비를 피하기 불가능했다. 친구들은 우산을 모두 접고 맨몸으로 비를 맞기 시작했다. 축축했던 비는 상쾌함으로 다가왔고 얼굴에는 함박웃음이 피어났다. 뜻 모를 고함을 질러댔다. 영화 〈쇼생크 탈출〉이 이러했을까? 비바람을 맞으며 느낀 것은 자유였다.

학교를 졸업하고 만나는 시간이 줄어드는 것이 싫었다. 그래서 대학을 서로 다른 곳으로 다니면서도 주말은 물론이고 평일에도 특별한 일이 없으면 모교 앞 당구장에 모였다. 일 년이 넘도록 만나서 하는 일이라고는 당구치고 술 마시는 일이 전부였지만 그것은 가장 큰 행복이었다.

대한민국 남아의 영원한 숙제. 군 입대영장을 친구들 중 수광이가 가장 먼저 받았다. 때는 여름방학 기간이었고 군입대를 기념하고 여름휴가를 겸할 겸 네 명의 친구들이 설악산 여행을 떠났다. 등산에 대한 지식이나 경험이 전무했고 젊은 혈기 하나만을 믿고 설악산 정상을 밟아보려 했다. 해발 1,708m의 대청봉을 오르는 여러 코스 중에 오색약수터에서 출발하는 것이 가장 쉬운 코스로 보였지만, 초보 등산객들에게 설악산 대청봉은 호락호락한 존재가 아니었다. 초반부터 가파른 경사길이 시작되었고 산을 오르기 시작한 지 한 시간도 되지 않아 체력은 바닥났다. 힘껏 오르다 힘이 부치면 멈춰서 한참을 쉬고 다시 힘껏 오르다 멈춰 쉬고를 반복했다. 그러는 사이 동시에 출발했던 육십대 노부부는 쉬지 않고 천천히 꾸준히 오른다. 등산 스타일이 상이하게 다른 우리 일행과 여러 번 앞서거니 뒤서거니 했다.

"그렇게 빨리 오르면 금방 지쳐."

노부부는 나무라는 말투로 요령을 알려주며 쉬고 있는 우리를 앞질러갔다. 그뒤로 노부부는 시야에서 멀리 사라졌다. 산을 오르며 메고 들었던 짐은 잡다한 물건들로 가득했다. 여행 내내 입을 옷가지, 카세트, 기타, 쌀, 반찬거리, 버너, 구형텐트 등등 강원도 이곳저곳을 다니며 야영할 물건들이었다. 생전 땀을 이토록 많이 흘려본 기억이 없었다. 나타나지 않을 것만 같았던 대청봉이 드디어 시야에 들어왔지만 걷고 또 걸어도 만날 수가 없는 신기루였다. 기진맥진한 상태로 대청봉에 올랐지만, 등정의 기쁨도 잠시뿐 내려갈 걱정이 태산이었다.

밤이 오기 전에 하산해서 텐트를 치고 하루 묵을 준비를 해야 했다. 산행 속도가 서로 달랐기 때문에 체력이 좋은 두 명을 선발대로 정했다. 선발대는 먼저 내려가 비선대에 텐트를 치고 야영 준비를 하기로 하였다. 산속의 어둠은 빨리 찾아왔다. 비선대에 텐트가 설치되자 산기슭은 어두워졌다. 어둠 사이로 후발대 광현의 모습이 보였다. 그런데 동행하던 수광이 보이지 않았다.

"수광이는?"

광현이가 오히려 되묻는다.

"아직 안 왔지? 내려오겠지 뭐."

"어떻게 된 거야?"

"도중에 힘들다고 계속 뒤처지더니, 먼저 내려가라고 해서 내려왔어."

즐거움만 넘칠 줄 알았던 여행이 꼬이기 시작했다. 더이상 산을 내려오는 사람이 없을 때까지 기다렸지만 수광이는 보이질 않았다. 다음날 수광이를 찾아 꼬박 하루를 산속에서 헤맸지만 아무 소득이 없었다. 설악동 캠핑장에 텐트를 치고 차비와 비상금을 제외한 돈으로 술과 안주를 사 왔다. 술기운이 돌자 우울했던 분위기는 풀어지기 시작했다. 빈 술병이 하나둘 늘어가는 도중 어디선가 흥겨운 음악 소리가 들려왔다. 누가 먼저라고 할 것도 없이 그곳으로 달려갔다. 수학여행을 온 여고생들이 숙소 마당에서 캠프파이어를 하고 있었다. 때마침 디스코타임. 그 광경을 보자 나는 숙소의 담을 넘었다. 친구들도 나를 따라 합류했고 여고생들에 둘러싸여 춤을 추기 시작했다. 여고생들은 소리를 질러댔고 분위기는 고조되었다. 잠시 후 선생님이 다가와 우리를 제재했다. 며칠간의 여행중 처음으로 찾아온 즐거움이었다. 이대로 물러날 수는 없었다. 선생님께 정식으로 요청을 했다.

"저희는 나쁜 짓 하러 온 것이 아닙니다. 함께 춤을 추러 왔을 뿐입니다."

"여학생들만 있고 남자는 한 명도 없는데 즐겁게 해드릴게요."

"음악이 끝나면 조용히 돌아가겠습니다. 허락해주세요."

그러고는 선생님께 악수를 청했고 아무 말 없는 선생님의 손을 잡고 춤을 추었다. 학생들은 환호했고 우리는 그날 밤 백마 탄 왕자가 되었다. 파티가 끝나자 다시 근심과 함께 텐트 속으로 돌아왔다. 비가 오기 시작한다. 비는 폭우가 되어 쏟아졌고 텐트 바닥으로 물이 스며들어 누워 있는 몸을 적시었다. 스며드는 빗물을 피해 서로의 몸은 텐트 중앙으로 점점 좁혀갔지만 바닥은 곧 물바다가 되고 말았다. 날은 밝았으나 비는 그치지 않았다. 아침 일찍 설악산관리사무소에 들러 사고접수상황을 살펴보았지만 도움이 될 만한 정보는 없었다. 사무실 티브이에는 설악산 호우 소식이 뉴스로 나오고 있었다. 친구를 찾아 산행은 계속되었다. 서둘러 하산하는 사람들이 무리 지어 내려오고 있었다. 그들은 이런 상황에 산을 오르는 우리를 이상하다는 듯이 쳐다보았다. 좀더 산을 오르자 등산로는 이미 물속으로 가라앉아 자취가 없어졌고 여기저기 버려진 텐트들이 계곡물에 휩쓸려 있었다. 곳곳에는 로프를 이용해 탈출하는 사람들과 구조대의 모습이 보였다. 등산로가 아닌 재난의 현장이었다. 더이상 산을 오를 수가 없다고 판단이 되었다. 순식간에 불어나는 계곡물을 바라보며 도망치듯 산을 내려왔다.

다음날 인천의 집으로 돌아오자 곧바로 이실직고하기 위해 수광이 집으로 갔다. 수광이 부모님 앞에 무릎을 꿇고 그동안의 사연을 말씀드렸다. 배낭의 무게가 서로 달랐기 때문에 우리는 도중에 배낭을 바꿔가며 설악산을 올랐다. 수광이 배낭이 우리 수중에 있었기 때문에 아무 생각 없이 배낭을 수광이의 부모님 앞에 내려놓았다.

"너희들이 싸우고 벼랑에서 밀어버리고 배낭만 가지고 온 거지."

수광이 어머니는 그렇게 말씀하시며 의심하셨다. 어머니께서 배낭을 열어 들어 있던 한약을 꺼내셨다.

"군대 잘 갔다 오라고 지어준 보약인데 먹지도 않고 죽었네."

배낭 안에 있던 청바지 주머니에서 만육천 원이 나왔다.

"아이고, 우리 수광이 이 돈 써보지도 못하고 죽었네."

어머니는 통곡을 하셨다. 죄인의 심정에 아무 말 없이 고개만 떨구었다. 수광이 아버님은 개인택시를 하는 친척의 택시를 빌리셨고 곧바로 수광이를 찾아 강원도로 가자고 하셨다. 뒷좌석에 세 명이 타면 불편하니 두 명만 동행하길 원하셨지만 우리는 누구 하나 남으려 하지 않았다. 모두 다시 설악산으로 출발했다. 몇 시간을 달리던 차가 휴식을 위해 논가에 멈춰 섰다. 논두렁의 개구리 울음소리가 시끄러웠다. 그 소리를 듣고 아버님께서 한 말씀하신다.

"수광이가 태어날 때 탯줄을 감고 나와서 몸이 안 좋았지. 그놈 살리려고 개구리를 엄청 잡아다 먹였는데……."

개구리 울음소리는 구슬프게 들렸다. 심신은 지쳤지만 모두들 친구의 얼굴만 생각했다. 이틀에 걸쳐 설악산도 다시 가보고 경포대, 강릉 일대를 다녔다. 강릉터미널에 도착한 밤 열시쯤이었다. 어둠 때문에 잘 보이지 않자 우리는 큰 소리로 외쳐대기 시작했다.

"수광아."

"수광아."

"이수광."

그 목소리를 들으신 아버님이 우리를 불러모으신 후 말씀하신다.

"너희들이 수광이 찾는 모습을 보니 그 아이를 어떻게 한 것 같지는 않구나. 오늘은 이곳에서 자고 내일 아침 인천으로 돌아가자."

집으로 돌아온 우리들은 멍하니 정신병자처럼 지냈다. 어머니들은 모여서 논의 끝에 용하다는 점집을 다녀오셨다.

"어딘가 있다가 때가 되면 돌아올 놈이야. 걱정할 것 없어."

점괘를 듣고 수광이 어머님은 마음의 안정을 찾으신 듯했다.

며칠이 흘렀고 무료한 날을 달래기 위해 아지트 당구장에 모여 있을 때였다. 당구장 문이 열리더니 수광이가 어깨에 기타를 걸치고 개선장군처럼 들어선다. 죽은 줄 알았던 녀석이 살아 돌아온 것이다.

"잘 있었냐?"

마치 아무 일 없었던 듯 소리치며 걸어온다.

"어떻게 된 거야?"

사건이 터진 당일 수광이는 비선대에서 우리와 만나지 못하고 지나쳐 내려갔다. 혼자 산을 내려오다가 설악산 가이드를 만나게 되었고 친분이 생겨 그가 운영하는 민박집에서 하루를 머물렀다고 한다. 다음날 집으로 돌아오려 했으나 군입대를 생각하니 이렇게 돌아가는 것이 아쉬워 부산에 살고 있는 같은 과 친구를 찾아갔다고 한다. 살아 돌아온 것에 대한 안도의 한숨이 가시기도 전에 수광이의 무심함에 모두들 말문이 막혔고 화가 났다.

일이 꼬이게 된 원인 중 하나는 수광이 집 전화번호의 변경 때문이었다. 뒷자리가 '8282'였던 수광이 집 전화번호는 평소 여러 곳에서 후한 값에 팔라는 문의가 많이 왔었다. 여행을 떠난 사이 수광이 어머니께서 전화번호를 팔아버렸던 것이다. 유선전화만이 유일한 통신수단이던 시절. 전화번호 하나 바뀌었을 뿐인데, 평생 잊히지 않는 추억이 되었다.

동네,
제주

———

조 희 진
:

하는 일_ 푸드 포토그래퍼
여행지_ 제주

여행이 길어질수록 모양이 다른 여러 개의 거울을 만날 것이다. 어쩌면 나도 당신도 자신의 삶에 비중 있는 조연이었는지 모른다. 혼자일 때 비로소 주인공이 될 수 있는 쓸쓸한 독백이었다. 대화는 주고받는 것이다. 일방적일 때 그 관계는 축축해진다. 당신의 이야기를 내 이야기처럼 들을 때 우리의 이야기는 함께 쓰여진다.

그런 상황에서는

여기는 서울보다 혼자 시간을 보내기 더 어려운 곳인지도 모르겠단 생각이 들던 아침. 서귀포 강정동에서 한 달이 되던 날 협재로 짐을 옮겼다. 익숙함으로부터 거리를 두는 일이 현재를 일상으로 끌어들이지 않는 최선의 방법이었다. 제주는 단지 여행이어야 했으므로.

제주를 여행하는 방법은 이랬다. 이사한 동네에서 한 달 동안만 살 것. 네 번의 계절이 지나가도록 둘 것. 열두 번의 이사를 생각하면 짐은 가지고 다닐 수 있을 만큼. 있으면 편한 것보다 없으면 못 살 것들을 담는 편이 나았다.

두번째 집으로 이사를 하면서 사소한 이별이 있었다. 이곳에 와 처음으로 알게 된 사람이었는데 그녀와 나눈 마지막 대화는 매우 인상적이었다. 그녀의 말을 조금도 알아들을 수 없었다.

"당신은 왜 그럴 만한 상황에서도 고맙다는 이야기를 하지 않는 거죠?"

그럴 만한 상황이란 그녀의 약속이 마침 취소되어 내가 가려고 했던 곳에 갈 수 있게 됐으니 자신의 차로 함께 가도 좋다는 것. 나는 버스를 타려고 일정을 좀 서두르고 있어 당신도 조금 일찍 함께 출발하는 게 가능하냐고 물었다. 그녀는 괜찮다고 했다. 그리고 그날 저녁, 자신의 차를 타고 간 것에 대해 왜 고맙다는 말을 하지 않는지를 묻는 메시지가 도착했다. '그런 상황'에서는 고맙다고 해야 하는 거라고 설명해주었다.

나는 이해할 수 없었지만, 당신을 만나게 된 이유만큼은 알 것 같았다. 혼자 여행길에 섰을 때에는 되도록 자주 고마워해야 한다는 것. 그뒤로 여행중에 만나 짧고 길게 스쳐가는 사람들에게서도 자주 고마움을 찾게 됐다. 같이 걷는 길이 조금씩 늘어가고 있는 것은 그러니 이별 덕분이다.

대 평 소 도

사람이 바람이었다. 불어오는 바람에 이따금씩 몸을 맡겼다. 칼칼한 제주의 북서풍이었다가 유채꽃 향 나르는 봄바람이기도 했다. 그치는가 싶으면 불기도 했고, 한 점 없는 그런 날도 있었다.

잘 오지 않는 버스를 두 번이나 갈아타고서 가시리에 도착했다. 협재 근처에서 한 달간 함께 일하던 동생이 꼭 가보고 싶다던 곳이었다. 도착했을 때 같은 방에 먼저 도착한 이가 짐을 풀고 있었다. 어떻게 그리됐는지 모르

겠지만 우린 서로의 화장품을 번갈아 찍어바르다 양말까지 빌려 신는 사이가 됐다. 이번엔 따라비 오름에 가겠다고 우비 두 개를 챙겼다. 여행에서 만난 언니와 함께였다. 쌀쌀맞은 제주의 눈 비 바람이 얼굴을 가만두지 않았다.

가시리에서 지낸 지 나흘이 지났다. 생각해보니 하루라도 빨리 집을 구해야 했다. 아침을 먹다가 지낼 곳을 찾는다고 하니, 이곳 주인이 마침 대평리에 싼 월세방을 놓고 있으니 가서 보고 살 수 있겠으면 그렇게 하라는데 대평리라는 것에 나는 조금 놀랐다.

박수기정 절벽을 오른편에 두고 안덕계곡 입구에서부터 대평포구로 이어지는 길은 어떤 시간에서도 늘 평화로울 것 같았다. '난드르'라고 불리던 본래 이름만치 넓은 평지가 바닷물 근처까지 닿아 있었다. 중문에서도 한참을 들어가야 했는데 제주 4·3사건의 아픈 역사도 이곳만은 비켜갔다고.

더군다나 따라비 오름에 같이 올랐던 언니의 마지막 숙소가 대평리라니! 언니를 따라가기로 했다. 신이 머무는 대평의 신성한 곳. 제주에서의 나의 세번째 집. '대평소도'를 첫눈에 찾은 것도 그녀였다. 화장실과 욕실이 바깥에 있는 제주식 민가에서 나는 완벽에 가까운 행복을 느꼈다. 당분간 이곳을 혼자 써야 한다고 했다. 그 고요가 마음에 들었다.

이 여행이 흥미로워지고 있다면 그건 전부 집 앞 창고 공사 때문이었다. 낭만은 짧고 현실은 가까웠다. 이튿날부터 창고는 샌드위치 가게가 되기 위해 몸부림을 떨었다. 고요는 싱겁게 끝이 났고 그날 이후로 나는 집에 붙어 있는 일이 거의 없었다.

여행하라고 별것이 다 등 떠민다며 중얼거리며 버스 정류장에 도착했다. 전단 한 장이 눈에 들어왔다. 새로 생긴 호텔 커피숍에서 사람을 구한다는 것. 면접을 보러 가겠다고 했다. 당장에라도 좋으니 일을 할 수 있게 해달라는 애원에 가까웠다.

대평소도에 온 지 일주일 만에 도저히 궁금증을 참을 수 없던 엄마는 제주행 비행기 티켓을 끊었다. 예정에 없던 나홀로간의 모녀여행이었다. 제주 관광의 진수를 경험하고 돌아가던 날 엄마는 한마디를 남겼다.

"너같이 사는 사람도 있구나. 세상 사는 방법도 참 여러 가지다."

평소 그런 방식으로 나를 이해하는 분이 아니었기 때문에 나는 그날 좀 오래도록 뭉클했다.

엄마를 태운 비행기가 김포에 도착했을 즈음. 제주 아트센터에서는 금난새의 해설이 있는 음악회가 열리고 있었다. 운좋게 표 한 장을 얻어 나도 그 자리에 있었다. 이례가 없는 세 시간여의 연주회. 결국, 대평리로 가는 마지막 버스를 보내고 택시를 탔다.

도착해 내리려는데 기사 아저씨가 걱정스러운 말투로 이야기한다.

"서귀포 살인사건 범인이 아직 안 잡혔다데…… 아가씨도 조심해요."

그 말이 더 무섭다는 생각을 했다. 신발을 벗는데 옆방에서 인기척이 들린다.

대평의 밤은 원초적 공포가 무엇인지 알게 해주었다. 바람 소리인지 빗소리인지는 창문을 열어봐야 알았다. 오매불망 기다렸다. 그러니 옆방의 인기척이 구원의 종소리로 들릴 수밖에. 두 사람이었다. 4월 공항에 놓일 등 작업을 하러 삼 주 정도 있게 됐단다. 저녁을 먹다 둘의 관계에 대해 물었다. 동거인이라고 했다. 그러고 보니 여기 오기 전날 가시리에서 식사를 한번 같이 한 적 있다.

"이렇게 다시 보게 되네요."

엘리와 노아

평소 나는 아침 일찍 호텔로 일을 나갔고 달이 뜨면 집으로 돌아왔다. 가끔 들어가지 않은 날도 있었는데 오랜만에 집에 가면 옆방 노아와 엘리의 친구들이 잔치를 벌이고 있었다. 그런 날은 근사한 밥상이 차려졌다. 식재료의 궁합이 서로 잘 맞아 뭐가 됐든 먹을 수 있는 게 만들어졌다. 핑크 라벨 제주 막걸리, 칼루아 밀크, 레몬을 띄운 한라산 소주 칵테일. 각자의 취향만큼이나 여러 개의 술잔이 수다에 섞였다. 그러다 어떤 날은 노아가 방으로 들어가 문을 닫았다. 그러면 공간은 전혀 다른 세계가 됐다. 늘 두 사람 사이로 옅은 안개가 커튼처럼 드리워져 있었다. 저릿한 이별의 냄새가 진동을 했다.

집 앞 공사가 활기를 띨수록 한숨이 늘어갔다. 이제 반나절 일을 마치고 돌아와도 포클레인은 남아 있었다. 일이 격일제로 바뀌면서 하루는 꼼짝없이 집에 있어야 했다. 그때 옆방 노아와 엘리가 일손이 부족하다며 등 작업장에 나올 수 있겠냐고 물었다. 그동안 등을 만들고 오면 늘 당신들의 표정이 온전한 기쁨으로 따뜻했었기 때문에라도 나는 꼭 그러고 싶었다.
그녀들을 따라갔던 날은 서귀포 광장에 세워질 탑을 만들고 있었다.
주변 속도를 너무 맞추려 하거나 잘하려고 하면 힘들어질 테니 할 수 있는 만큼만 즐겁게 하란다. 이런 일이라면 꿈에서라도 쉬지 않고 할 수 있을 것 같았다.
"여행을 온 거예요?"
등 작업을 하시는 선생님께서 물었다.

여기에 있은 지 석 달이 됐고, 사계절을 보려고 당분간 살게 되었다고 했다. 그랬더니 그 계절을 다 보면 다시 갈 수 없을 거라고 한다.

중문에서의 등 작업이 끝나갈 무렵 옆방 두 사람의 관계도 끝이 났다. 작은 소란이었다. 한 사람은 울고 있었다. 남은 사람은 엘리였다.

두 사람의 이별은 사소한 취향 때문이라고 했다. 실내화를 신고 방에 들어가거나, 눈썹을 길게 기르는 일, 밥을 먹고 설거지를 한 다음 차를 마실 것인지, 차를 마시고 설거지를 할 것인지 하는 모든 일상이 다툼거리였다고. 자기가 하고 싶은 말을 상대가 먼저 꺼내 곤혹스러울 때가 많았다고 했다. 모양이 다른 거울이었겠다.

어느새 나는 낯선 시골길 인적 없는 교차로에서 사고를 목격한 유일한 사람이었다. 너무 결정적인 순간에 있었다.

비중 있는 조연

내가 엘리의 이별 이야기에 마음 쓸 수 없는 날이 늘어가고 있을 즈음, 중문에서 등 작업을 알려주었던 선생님 댁 아들 마노의 돌잔치에 사진을 찍어달라는 부탁을 받았다. 일러준 대로 예례초등학교 후문 벚꽃나무길 세번째 집으로 찾아갔다. 성게를 넣은 미역국이 올라간 생일상이었다. 축하해. 초에 불을 붙였다. 나의 서른두번째 생일이었다.

마노가 검을 집어드는 것으로 돌잔치는 끝이 났다. 돌아가려는데 선물이라며 수십 가닥 실로 엮어 만든 팔찌를 손목에 묶어준다. 이 팔찌가 소원을

들어줄 거라고 했다. 저절로 풀려나가거나 끊어져 어느 날부터 보이지 않게
되면 소원이 이루어질 거라고. 그러니 소원을 생각하며 손을 움직이란다.
그날이 언제가 될지 나는 무척 궁금해졌다.

옆방 엘리의 이별 이야기는 그후로도 끝나지 않고 이어졌다. 쪽파밭으로 떨
어지는 빗소리나 엊그제 뜯어온 미역이 벌써 제맛을 잃었다는 이야기가 차
라리 새로웠다. 그러다 뜬금없이 오늘 저녁 스테이크를 굽겠다며 장에 다녀
오겠다고 했다.

그렇다면 내가 와인을 사겠으니 대신 우체국이 근처에 있거든 부쳐달라며
두 장의 엽서를 부탁했다. 지내다보니 이런 날도 있다.

다녀온 엘리가 비닐봉지에 담긴 소고기와 와인를 들고 믿기지 않는다는 듯
내 얼굴과 영수증을 번갈아본다. 횡재수였다. 이별을 잊은 건 엘리가 먼저
였다. 화색이 돌고 있었으므로. 엊그제 마노네 정원에서 손가락만큼 뜯어
온 로즈메리를 고기에 올리고 올리브유에 재어 달궈진 팬에 올렸다. 나는
와인오프너를 빌리러 병째 들고 이웃 카페로 갔다. 코르크와 씨름을 벌이다
와인 한 잔을 따라놓고 왔다.

초록 이파리가 달린 당근을 삶는 동안 밭에서 따온 달래를 간장과 식초에
버무렸다.

건배! 나의 늦은 생일과 엘리의 이별을 위하여.

이상했다. 매일 특별한 일들이 아무 일도 아닌 것처럼 손을 흔든다.

팔찌에는 무슨 소원을 빌었냐고 묻는다. 두 가지 소원이 있는데 아직 정하
질 못했다고 했다. 한 가지는 좋은 풍경을 만나 사진을 찍는 일이고, 다른
한 가지는 오래 같이 살고 싶은 사람을 만나는 일이라고 했다.

"양손에 들고 아무것도 갖지 못하고 있네요. 빠져나갈 구멍도 있고요."

그녀가 말했다.

한쪽을 선택해 그리로 가다가보면 다른 하나가 따라올 거라고. 도무지 짐작이 안 되는 말이었다. 그래서 나는 팔찌를 볼 때마다 두 사람을 떠올리기로 했다. 그러면 당신이 했던 말과 우리가 나눴던 풍경 그리고 내 두 소원까지 따라 떠오를 테니까.

얼마 후, 옆방 엘리와 노아는 메모 한 장을 남겨두고 두 사람 집으로 돌아갔다.

우리 안에 길이 있군요. 무서워 말고 즐겁게 가요.
고맙고 또 고맙습니다.

그런 상황에서는 나도 고맙다는 말을 해야 할 것 같았다.

엘리, 노아! 가시리 집에는 잘 도착했나요. 노아의 손수건이 나한테 있네요. 곧 다시 만나겠어요. 아, 대평소도에 작은 대문이 달렸어요. 다음에 보여줄게요. 여기가 더는 무섭지 않다면 그건 엘리의 메모 때문이에요.

사실 모르는 이야기처럼 들었지만 내 이야기이기도 했어요. 고마워요. 그렇게 말해줘서. 맞아요. 젖은 마음은 햇볕에 내놓고 바삭하게 말리는 거예요. 좋은 시 만나기를요. 이미 좋은 시인이지만.

리제의
아저씨에게는
싸구려 짜이
향이 난다

———

최동민
:
하는 일_ 〈빨간책방〉 프로듀서
여행지_ 터키 트라브존, 리제

바다와 도시. 두 개의 단어가 붙었을 때 느껴지는 산만함을 좋아한다. 그 안에 많은 것이 있다는 듯 멈추지 않고 요동치는 바다와, 바다를 닮아 소란 스러우면서도 선이 굵은 사람들의 부산스러움. 어린 시절을 부산에서 보낸 나에게 그런 풍경은 익숙했다. 터키 흑해 연안에 있는 항구 도시 트라브존. 이스탄불을 출발해 트라브존으로 가는 흑해의 해안 도로에서 나는 그때의 소란스런 공기를 떠올렸다.

우리가 탄 버스는 해가 지기 전에 출발했음에도 해가 지고 다시 떠오르는 시간이 돼서야 겨우 트라브존에 도착했다. 항구든, 내륙이든, 도시든, 시골 이든 버스터미널의 분위기는 비슷했다. 그곳을 설명하려는 노력은 거의 보 이지 않고 이제 막 도착하려는 사람들과 이제 막 출발하려는 사람들의 선 수 교체 사인판만 있을 뿐이었다. 트라브존이라는 경기장 안으로 이제 막 들어선 우리는 근처의 식당에서 적당히 요기를 했다. '적당히'라고는 하지 만 터키의 빵은 종류를 불문하고 맛이 좋았기에 여행지의 인상을 좌지우지 하는 첫 끼로 부족함이 없었다. 일 년에 절반 이상은 날씨가 흐리다는 트라 브존답게 요기를 마칠 때쯤 비가 한 방울씩 떨어졌다. 우리는 숙소가 모여 있는 트라브존의 중심, 메르단 공원으로 향하기 위해 돌무시(Dolmus, 터키 의 미니버스)에 올랐다. 공원에 도착해서는 어려운 길이 아니었음에도 비를 맞아가며 힘겹게 숙소를 찾아 헤맸다. 다행히 대학생으로 보이는 한 청년의 도움으로 숙소를 잡은 우리는 트라브존의 첫 여행지로 '리제'를 선택했다.
리제는 한국으로 치면 보성과 비슷한 곳이다. 터키인들은 우리가 녹차를
마시는 것보다 백배 이상으로 자주 짜이라는 이름의 차를 마신다. 공원,
노천카페, 식당, 심지어 버스 매표소에서까지 짜이를 마실 수 있는 곳이
바로 터키이다. 그만큼 터키인들에게 짜이는 우리의 주머니에 늘상 숨쉬고
있는 스마트폰처럼 절대 뗄 수 없는 관계의 무엇이다. 짜이가 그토록 유명
하니 짜이를 재배하는 생산지 역시 유명할 수밖에 없다. 그중에서도 리제
는 짜이밭은 물론이고 짜이 연구소까지 있어 짜이의 정수를 맛볼 수 있는
도시로 알려져 있다.
우리는 차에 관해 잘 알지도 못했고 녹차보다는 아이스 아메리카노를 백
배 더 자주 마시는 편이었다. 하지만 우리도 잔의 밑바닥을 가리지 않는 깨
끗한 한 방울의 차를 좋아했기에 수고스러움에도 불구하고 다시 버스에
올랐다.

버스로 약 한 시간 정도 달리자 리제에 도착했다. 기대와 달리 정류장에서
처음 느낀 리제는 차의 고장과는 거리가 멀었다. 찻주전자 모양의 조형물을
제외하면 어떤 각도로 눈을 돌려도 차를 느낄 만한 것이 없었다. 그냥 작은
도시의 버스 정류장 하나. 그것이 리제의 첫인상이었다. 우리는 서로 말은
안 했지만 약간 실망한 채, 늘 하던 대로 돌아가는 버스를 예약한 후 관광
을 하기로 결정했다. 그런데 터키 어디에서고 쉽게 볼 수 있던 버스 매표 회
사가 보이지 않았다. 한참을 둘러보다 버스 정보라고 적힌 푯말을 따라 어
떤 건물에 들어갔다. 관광객을 위한 인포메이션 정도로 생각한 건물 안은
예상외로 조용했다. 사무실이라기보다는 집무실에 가까운, 차분하고 정돈

된 공간이었다. 어쩌면 차에 관한 우리의 이미지를 잘 대변해주는 리제의 첫번째 공간이 아니었나 싶다. 어리숙한 모습으로 몇 걸음을 걸으니 한 젊은 남자가 서류를 보며 일을 하고 있었다. 남자는 우리를 보더니 친절한 미소를 지으며 옆으로 가보라고 손짓을 했다. 그의 손짓에 우리가 정확히 찾아왔구나 하는 안도감이 들었지만 옆방에 들어서자 그 기대는 다시 산산히 무너지고 말았다.

옆방에는 사오십대로 보이는 아저씨 세 명이 양복을 입고 앉아서 이야기를 나누고 있었다. 우리를 먼저 반긴 것은 오래된 카펫과 마찬가지로 오래된 소파와 탁자, ㄷ자 형태로 놓인 평범한 책상이었다. 그때까지도 어리숙하게 눈동자만 굴리던 우리에게 후덕한 살에 콧수염을 기른 아저씨가 인사를 건넸다. 우리도 어설픈 터키어로 아저씨들에게 인사를 하자 아저씨들은 서로 마주보며 미소를 지었다. 가지고 있는 악의는 모두 자신의 뱃살 아래 감추었는지 그들의 웃음에 기분이 상하지는 않았다. 한결 경계가 풀어진 우리는 목적을 달성하기 위해 트라브존으로 돌아가는 버스가 있는지 물어보았다. 쉬운 영어 문장이었는데 세 아저씨는 도저히 무슨 뜻인지 모르겠다는 표정을 지었다. '무슨 인포메이션이 이렇지?' 생각을 하며 다시 한번 버스 정보를 물었다. 이번에도 예의 그 악의 없는 웃음. 조금 답답한 마음에 헛웃음이 먼저 나왔다. 세 아저씨들은 서로 무언가를 이야기하더니 책상 위 컴퓨터로 향했다. 그리고는 구글번역기에 접속하여 터키어로 무언가를 타이핑하기 시작했다. 알파벳 하나를 찾아 누르는 데 3초 이상이 걸리는 놀라운 속도. 우리는 이 복잡한 상황을 타개할 문장이 모니터에 떠오를 것이란 기대와 인내를 가지고 아저씨의 타이핑을 지켜봤다. 그렇게 기다림의 시간 끝에 화면에 문장 하나가 나타났다.

—Are you hungry?

세상에. 버스 정보를 물어보는데 배고프냐고 되묻는, 그것도 구글번역기로 되묻는 황당함은 어떤 말로 대꾸해야 하는가? 우리는 서로의 행색을 잠시 살펴보고는 동시에 대답했다.

"예스."

그러고는 가이드북에서 본 리제의 맛집 이름을 말하며 그곳에 갈 것이라고 말했다. 그러자 세 아저씨는 또다시 악의 없이 웃었다. 재미의 강도가 강했는지 이번에는 웃음소리도 새어나왔다. 영문을 몰라 어리둥절해하는 우리를 두고 후덕한 아저씨는 어딘가로 전화를 했다. 그러자 말끔한 차림의 여직원이 짜이 두 잔을 가지고 방으로 들어왔다. 후덕한 살집의 아저씨는 소파를 가리키며 앉으라고 권했고, 우리는 소파에 앉아서 얼떨결에 짜이를 마시기 시작했다. 차의 고장 리제에서 마시는 첫번째 짜이가 이름 모를 사무실의 특색 없어 보이는 싸구려 짜이라니…….

후덕한 아저씨는 언어가 안 통하는 것을 알았는지 어디서 왔는지 정도만 물어본 후, 우리가 짜이를 다 마실 때까지 가만히 앉아 기다려주었다. 우리는 빨리 버스 시간을 알아보고 관광을 해야 한다는 생각에 호의를 제대로 받지 못하고 조금 서둘러 짜이를 마셨다. 그러자 후덕한 아저씨는 우리에게 따라오라고 손짓하며 넝마 수준의 큰 양복 재킷을 입었다. 이제 될 대로 되라는 식으로 아저씨를 따라나섰다.

아저씨가 향한 곳은 건물에서 조금 떨어진 케밥 가게. 우리가 정말 배고파 보였던 것일까? 아저씨는 우리의 의사는 묻지도 않고 케밥 두 개와 콜라 두 개를 주문해주었다. 케밥 가격을 지불할 정도의 돈은 있었고, 배도 고팠기에 잘 먹겠다는 말을 전하며 영문도 모른 채 케밥을 먹기 시작했다. 우리가 아저씨를 의식하며 말없이 케밥만 먹자 아저씨는 우리를 불편하게 하지 않으려는 것인지 가게 밖으로 나가 담배를 한 대 피웠다. 담배를 피우면서도 가게의 창문을 통해 우리를 지켜보는 아저씨의 시선이 느껴졌다. 이름조차 모르는 터키 아저씨의 눈빛 덕분에 우리는 한결 편한 마음으로 케밥을 먹을 수 있었다. 물론 먹는 동안 우리는 "이게 무슨 일일까?" 하며 미스터리를 풀어보고자 했지만 콜라의 마지막 한 방울이 사라질 때까지 결국 답을 내지 못했다. 우리가 케밥을 다 먹자 아저씨는 가게로 들어와 케밥값을 계산해주었다. 졸지에 밥을 얻어먹은 우리는 한국식으로 고개 숙여 인사하며 감사의 마음을 전했다. 그러자 아저씨는 악의 없는 웃음과 함께 한 손으로 가슴을 두어 번 치며 말했다.

"타맘!"

무슨 말인지 몰라 갸웃했지만 아저씨의 몸짓이 'OK'를 뜻한다는 것을 느낄 수 있었다. 아저씨는 몇 차례 우리와 대화를 시도했지만 역시나 언어가 통하지 않았고 그럴 때마다 "타맘!"을 외치며 미소지었다. 그 포근한 미소에 우리 역시 "타맘!"을 웅얼거려보았으나 역시 오리지널을 따라갈 수는 없었다. 아저씨는 우리가 알아듣지 못한다는 것을 알고 있음에도 거리를 돌아다니며 이런저런 설명을 해주었다. 그리고 마지막에는 어디서 버스를 타면 된다는 것을 알려주고 다시 사무실을 향해 걸어갔다.

아저씨와 헤어진 후, 우리는 아저씨가 손짓으로 알려준 곳을 향해 걸었다. 그러자 차밭 꼭대기에서 기대했던 노천카페를 만날 수 있었다. 몇몇의 연인들과 관광객들, 그리고 노부부가 넓은 카페 테이블을 채우고 있었고 우리도 한 자리를 차지했다. 드디어 터키 차의 중심, 리제의 짜이 맛을 볼 수 있다는 생각에 몹시 흥분하기 시작했다. 그런데 이게 웬걸. 리제의 짜이는 이스탄불의 어느 공원에서 먹은 짜이와 크게 다르지 않았다. 물론 짜이 맛을 잘 몰라서 그런 것일 수도 있겠지만 특별하다 말할 정도는 분명 아니었다. 짜이 향이 코를 얼얼하게 할 것이란 예상이 빗나간 것도 짜이를 한 모금 마셨을 때 깨달은 사실이었다. 우리만 그런가 싶어 주변을 둘러보니 감탄하며 마시는 사람은 없었다. 그저 마시는 것이 당연하니까 마신다 정도의 느낌이었다. 이것 역시 짜이가 터키인들의 생활에 깊은 자리를 차지하고 있기 때문이라는 결론을 내어보았다. 물론 그러한 결론에도 불구하고 우리는 터키인이 아니기에, 특별한 한잔의 짜이를 기대할 수밖에 없는 이방인이기에, 아쉬운 마음을 빈 짜이 잔에 담을 수밖에 없었다.

다시 리제 시내로 내려오는 길에서 우리는 구멍가게와 빵집, 아파트 창문의 젖은 빨래와 아이의 손을 잡고 집으로 향하는 어머니와 마주쳤다. 하지만 그 어떤 것에서도 여전히 리제의 특별한 짜이 향은 나지 않았다. 시내로 가는 길의 끝에 있는 정류장에 도착하자 시간이 되었는지 버스는 여유로운 모습으로 문을 열어주었다. 후덕한 아저씨 덕분에 우리는 전용 버스를 예약이라도 한 듯 어려움 없이 버스에 오를 수 있었다. 이윽고 버스의 문이 닫히자 어떤 특징도 없어 보이던 리제의 시내 풍경이 조금은 특별하게 느껴졌다. 그리고 리제의 꼭대기에서도 맡을 수 없었던 특별한 리제 짜이의 향이 그리워지기 시작했다. 물론 그리운 향의 주인공은 노천카페의 고급 짜이가 아닌, 친절한 리제 아저씨와 함께 마신 싸구려 짜이였음은 말할 필요도 없다.

캄보디아에서
첩보영화를
찍다니

최 형 민
:

하는 일_ 철없는 대학생
여행지_ 캄보디아 시엠레아프

캄보디아로 여행을 다녀온 사람들에게 앙코르와트는 빠질 수 없는 필수코스이다. 나 역시 과거 찬란했던 크메르제국의 영광을 느끼고 싶어 캄보디아를 택했고, 앙코르와트가 있는 시엠레아프로 향했다. 앙코르와트는 정말 위대한 유적지다. 부정할 수 없다. 하지만 나는 그보다 더 멋진 경험을 했다. 여행을 하면서 만났던 많은 캄보디아 사람들에게서 내게 부족한 점이 무엇인지를 알 수 있었고, 현재 내게 주어진 것에 대한 감사함을 느낄 수 있었다. 먼저 인사를 건네면 캄보디아 사람들은 답례로 인사와 함께 항상 환한 미소를 내게 보여주었다. 아이들의 미소는 너무나 해맑아 그 속까지도 보이는 듯하였다.

2014년 1월 8일 캄보디아 시엠레아프에 도착했다. 날씨도 화창하고 생각보다 덥지 않았다. 공항에 대한 첫인상도 괜찮았다. 아담하고 쾌적했다. 사람도 우리와 같은 비행기 탄 사람이 전부인 듯했다. 비자 발급도 신속 정확했다. 일단 돈을 내면 얼마 지나지 않아서 바로 비자가 발급되었다. 그냥 여권에 스티커 붙이고 도장 꽉 찍고 비자 발급 다 됐다고 여권 찾아가라고 하니 약간의 허무함까지도 느껴졌다. "이렇게 쉬운 걸 다른 나라에서는 왜 이렇게 고생을 해야 됐었지?" 하며 혀를 끌끌 찼다.
경험에 비추어볼 때 새로운 나라로 여행을 갔을 때는 항상 첫날을 조심해야

한다. 아직 현지 분위기에 적응이 되지 않았기 때문이다. 현지 화폐도 익숙하지 않아 '어? 한국보다 싸네?'란 생각에 지갑을 꺼냈다가 나중에 현지물가에 익숙해지고 나면 바가지 썼다는 것을 알게 된다. 금전적인 손해는 솔직히 얼마 되지 않지만, 일단 기분이 나쁘다. 바보가 된 듯한 느낌도 든다. 하지만 내가 외국에 있는 것을 어쩌랴. 내가 외국인이기 때문에 어느 정도는 지출은 감수해야 한다고 생각을 하면 여행을 더 즐길 수 있다.

첫날은 공항에서 시엠레아프 시내까지 기분좋게 갈 수 있느냐였다. 공항 출구 쪽을 슬쩍 보았더니, 나 같은 어리바리한 배낭여행객을 애타게 기다리고 있는 뚝뚝 기사들이 진을 치고 있었다. 일단 공항 쪽에서 승객들을 기다리고 있는 뚝뚝은 요금이 비싸다. 차라리 공항을 빠져나가 길에서 뚝뚝을 잡는 것이 더 낫겠다는 판단이 들었다. 그래서 현지 요금을 알아내는 것이 중요했다. 마침 공항 한쪽에 현지 휴대전화 유심칩을 파는 가게들이 보였다. 현지에서 쓸 유심칩이 필요했기에 한참 비교해보고 1달러짜리 유심칩을 구입했다. 가게에서는 고등학생 정도로 앳되어 보이는 친구들 다섯 명이 함께 일하고 있었다. 유심카드를 사면서 마침 현지 친구들이니까 뚝뚝 요금도 대략적으로 알 수 있겠다 싶어서 그들에게 물어보았다.

"나 시내까지 가야 하는데 학생 혼자 다니는 거라 너희들도 알다시피 공항 뚝뚝은 너무 비싸서 못 타겠어. 길에서 뚝뚝 잡아타려고 하는데 얼마 정도들까?"

그런데 이상한 일이 벌어졌다. 이 친구들이 사뭇 심각한 표정들을 지으며 가끔씩 나를 힐끗 보면서 격렬한 논의를 하기 시작했다. 순간 나는 내가 뭘 잘못한 건가 싶어 불안하였지만, 일단 잠자코 얘기가 끝날 때까지 기다렸다.

격렬한 논의를 끝낸 친구들은 나를 바라보았고, 나는 그들의 대답을 기다렸다. 갑자기 그 친구들이 내게 5달러를 내밀었다! 5달러를 보고 나는 물음표가 내 마음을 채웠다. '아니 왜 이걸……?' 얘기를 들어보니 내가 학생이고 혼자 여행할 거란 얘기를 듣고 이 여행자를 도와야겠다고 자기들끼리 결정을 내렸단다. 그래서 내 차비를 보태고자 다섯 명이 각자 1달러씩 모아 내게 5달러를 주려고 한 것이다. 그 얘기를 듣자 너무 당혹스러웠다. 이 어린 친구들이 하루종일 고생해가면서 번 돈 중 일부를 내게 주려는 마음씨가 너무 따뜻하게 느껴졌다. 하지만 나는 그저 공항에서 나가는 수많은 배낭여행자 중 한 사람인데 왜 이런 분에 넘치는 친절을 내게 보여주는지 이해하기 힘들었다. 나는 여행하면서 꼬마아이들이 1달러 달라고 하면 어떻게 해야 할지 고민한 적은 있었지만, 정작 캄보디아 사람들이 내게 금전적으로 도와주려고 하는 장면은 생각하지 못했다.

당연히 그 돈은 받지 않았다. 아니, 받을 수 없었다. 대신 너희들이 내게 보여준 따뜻한 행동은 캄보디아를 떠나서도 잊지 못할 것 같다고 진심으로 고맙다고 말했다. 하지만 그들은 '이 돈은 우리가 친구로서 주는 거니까 받아도 된다'고 기어코 나에게 돈을 쥐여주려고 했다. 나 역시 '그래, 우리는 친구지만, 친구니까 이 돈을 받아서는 안 된다'고 버텼다. 내가 끝까지 받지 않자, 내 친구들은 또다시 격렬한 2차 논의에 들어갔다.

"이 한국 친구가 끝까지 돈을 안 받는데 뭐 다른 방법이 없을까?"

논의가 끝난 뒤 친구들은 다시 나를 가게 안쪽으로 부르더니 속삭이듯이 말했다.

"최, 내 말 잘 들어. 우리는 너를 여기 공항 사람들 몰래 시내로 데려다줄 생각이야. 우리에게 오토바이가 있으니 그거 타고 가면 문제없을 거야. 그

런데 한 가지 주의해야 할 점이 있어. 여기 공항 뚝뚝 아저씨들이 좀 사나워. 그 아저씨들이 우리가 너를 시내까지 태워준 걸 알면 분명 우리를 가만 안 둘 거야. 그러니까 일단 너는 공항 정문 쪽 길가에 먼저 가 있어. 오토바이 준비해서 뒤따라갈게."

캄보디아에서 〈007〉 영화를 찍게 될 줄이야! 내 뜻과는 다르게 캄보디아에 도착하자마자, 나는 제임스 본드 아니 '제임스 최'가 되어야 했다.

나는 이 친구들이 나를 도와주려다가 들켜서 나중에 두고두고 뚝뚝 아저씨들한테 찍힐까봐 걱정이 되었다. 그들은 내가 떠난 후에도 공항에서 오랫동안 일을 할 텐데 내가 뭐라고, 참. 그러나 이 친구들이 워낙 완강해 나 역시 그들의 첩보작전에 협조할 수밖에 없었다.

일단 내가 먼저 약속 장소에 가 있는 것이 중요했다. 공항을 빠져나가기 전 크게 심호흡 한번 하고 배낭끈도 단단히 조인 채 애써 태연하게 뚝뚝 아저씨들의 눈을 피하며 나가려고 했다. 하지만 뚝뚝 아저씨들 역시 이 바닥에서 이골이 난 사람들이라 나를 에워싸듯이 모여들어 연거푸 물어보았다.

"뚝뚝? 뚝뚝?"

죄송하다고 하면서 그들의 포위를 뚫으려고 하자 아저씨들은 흥정을 하려고 했다.

"시내까지는 거리가 좀 있는데 공항 나가면 아무것도 없어. 내가 싸게 해줄게. 얼마를 원하는 거야?"

그러나 나는 그들에게서 도망치듯이 빠져나왔다. 공항 정문까지는 삼 분 정도 걸렸다. 그 와중에도 마주치는 뚝뚝 아저씨들은 어김없이 '뚝뚝?'이라고 물어보니 나중에 꿈에서도 이 징글징글한 아저씨들을 만날 것 같다는 느낌이 들 정도였다.

가까스로 정문 밖으로 빠져나왔다. 길가 모퉁이에 서서 한 친구를 기다리는 동안 시간이 갑자기 국방부 시계로 돌아가는 듯한 느낌을 받았고 온갖 잡다한 생각이 들었다. '이 친구가 올 때가 됐는데 왜 안 오지? 오토바이가 고장났나, 기름이 떨어진 건가? 여기 말고 또다른 출구가 있는 건 아니겠지?' 이렇게 불안이 꼬리에 꼬리를 물고 있을 때, 빛나는 아우라를 뿜고 오토바이 하나가 내게 다가오는 것을 본 순간, 안도의 한숨을 내쉬었다.

"휴, 살았다."

오토바이는 넓은 대로에 시원한 바람을 가르며 장쾌하게 달려나갔다. 공항을 빠져나온다는 것이 이렇게 짜릿한 일임을 온몸으로 느꼈다. 그렇게 나는 게스트하우스들이 밀집해 있는 오늘의 목적지까지 도착할 수 있었다. 나는 이 친구가 온 길을 다시 가야 하니까 기름값이라도 하라고 돈을 건넸지만 한사코 받지 않았다. 그놈의 친구가 뭐라고 참. 이렇게 사람을 막 감동시켜도 되는 건가.

첩보작전이 시행되기 전, 나를 도와주려던 그 친구들에게 물어보았다.

"나는 그냥 너희들이 공항에서 수없이 스쳐지나가는 여행객 중 한 명인데 왜 이렇게 도와주려고 하는 거야?"

"대부분의 여행객들은 우리를 잡상인 취급해. 본체만체하는 사람도 많지. 그런데 너는 우리들에게 하루종일 공항에서 일하는 게 힘들지 않느냐고 물어봐주었고 같이 이야기도 나누었고, 친구처럼 따뜻하게 대해주었잖아."

나는 그저 1달러짜리 유심칩을 사면서 이 앳된 친구들이 안쓰러워서 물어본 것이었는데, 내 작은 행동이 그 친구들의 마음을 움직인 모양이었다.

'내가 오히려 그 친구들이 보여준 진심 어린 행동에 감동받았는데 이 친구

들이 내게 고맙다고 말을 하다니⋯⋯.'

그들의 따뜻한 행동에 감동받아 첫날 캄보디아에 도착하자마자, 나는 캄보디아의 매력에 쏙 빠져버렸다. 그것도 아주 깊숙이. 그 따뜻함이 싼 게스트하우스만 고집하다 온몸을 베드버그에 물려 긴 밤을 지새우고, 거리에서 나가기만 하면 귀신같이 쫓아오는 뚝뚝 아저씨들의 러브콜 세례에도, 나를 미소짓게 하였다.

낯선 나라 사람들과의 순수한 교감은 정말 황홀한 경험이었다. 이제까지 다른 사람이 나를 해코지할까봐, 깎아내릴까봐, 끊임없이 경계하고 의심해 온 나에게 그들이 보여준 우정과 배려는 참 따뜻했다. 첩보영화의 주인공이 되었으되 사람은 죽지 않았으니 이보다 더한 해피엔딩이 어디 있으랴.

내가 캄보디아를 잊을 수 없는 이유이다.

어쩌면 우리는 모두가 여행자

1판 1쇄 발행 2014년 7월 8일
1판 3쇄 발행 2014년 8월 6일

지은이   강지혜 고현주 김미현 김민정 김민화 김 별 김상욱 김세원 김세진 김수수
          김지연 김지현 김희섭 박원근 박정규 박현순 백율하 양인모 오경은 오민아
          윤예은 윤혜진 이수지 이정준 이지혜 이채인 이혜령 임은주 전형준 정 경
          정우철 조희진 최동민 최형민

편 집   김지향 이희숙 ㅣ 편집보조 박선주 ㅣ 모니터링 이희연
디자인   김현우 이현정
마케팅   방미연 정유선 오혜림 ㅣ 온라인마케팅 김희숙 김상만 한수진 이천희
제 작   강신은 김동욱 임현식

펴낸이   이병률
펴낸곳   달
출판등록 2009년 5월 26일 제406-2009-000034호

주 소   413-120 경기도 파주시 회동길 210
전자우편   dal@munhak.com
페이스북   facebook.com/dalpublishers ㅣ 트위터 @dalpublishers
전화번호   031-955-2666/1921(편집) 031-955-2688(마케팅) ㅣ 팩스 031-955-8855

ISBN   978-89-93928-73-0 03810

● 이 도서의 국립중앙도서관 출판시도서목록(CIP)은 e-CIP홈페이지(http://www.nl.go.kr/ecip)와
  국가자료공동목록시스템(http://www.nl.go.kr/kolisnet)에서 이용하실 수 있습니다.
  (CIP제어번호: CIP2014018608)